兵法十三篇

张辉力 著

中国出版集团公司
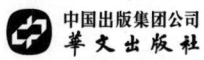
华文出版社

图书在版编目（CIP）数据

兵法十三篇 / 张辉力著. —— 北京：华文出版社，2022.7

ISBN 978-7-5075-5653-7

Ⅰ. ①兵… Ⅱ. ①张… Ⅲ. ①长篇历史小说-中国-当代 Ⅳ. ①I247.5

中国版本图书馆CIP数据核字(2022)第119544号

兵法十三篇

作　　者：	张辉力
责任编辑：	南　洋
出版发行：	华文出版社
社　　址：	北京市西城区广外大街305号8区2号楼
邮政编码：	100055
网　　址：	http://www.hwcbs.cn
电　　话：	总 编 室 010-58336239　发 行 部 010-58336267
	责任编辑 010-58336256
经　　销：	新华书店
印　　刷：	北京明恒达印务有限公司
开　　本：	710×1000　1/16
印　　张：	16.5
字　　数：	230千字
版　　次：	2022年7月第1版
印　　次：	2022年7月第1次印刷
标准书号：	ISBN 978-7-5075-5653-7
定　　价：	58.00元

版权所有，侵权必究

目 录

第 一 回	上兵伐谋	001
第 二 回	知彼知己	011
第 三 回	兵者诡道	020
第 四 回	上智为间	029
第 五 回	避其锐气	037
第 六 回	兵以诈立	046
第 七 回	将能而君不御者胜	056
第 八 回	兵者，国之大事	065
第 九 回	攻其所不戒	074
第 十 回	以逸待劳	082
第十一回	主不可怒而兴师	092
第十二回	陷之死地然后生	100
第十三回	待敌之可胜	109
第十四回	兵闻拙速	117
第十五回	出其不意	126
第十六回	齐之以武	135
第十七回	奇正相生	144
第十八回	兵无常势	153

第 十 九 回	动而不迷	161
第 二 十 回	穷寇勿迫	169
第二十一回	三军可夺气	178
第二十二回	绝地无留	186
第二十三回	不战而屈人之兵	195
第二十四回	月有死生	203
第二十五回	地有所不争	211
第二十六回	守而必固	219
第二十七回	利而诱之	227
第二十八回	动如雷霆	235
第二十九回	退不避罪	243
第 三 十 回	明君慎之	252

第一回　上兵伐谋

上兵伐谋，其次伐交，其次伐兵，其下攻城。

——《谋攻篇》

一

在两千五百多年前的春秋时期，王室衰微，礼崩乐坏，天下诸侯纷争，今日为友，他日为敌，战争烟云四起。在连绵不断的战争中，成长起一位杰出的兵家，他姓孙名武，字长卿。

孙武一家五口，原本一直住在祖父的封地——齐国乐安。因齐国内乱不止，孙武便带着家人长途跋涉来到吴国的罗浮山（穹窿山）。罗浮山距离吴国国都梅里不远，就在太湖边上。站在罗浮山山顶，太湖的美色尽收眼底。

孙武的家就在罗浮山一片树林子边上，几间茅草屋整洁有序，茅草屋旁边的一块菜地，整日里弥漫着不散的雾气。孙武平时在自己的屋子里著书（别人说他写的是兵法），闲时，便到菜地里伺候那些将会做成美味的菜，日子过得倒也安详。

孙武有三个儿子，大儿子孙驰，二儿子孙明，三儿子孙敌。大儿子孙驰常常拉着父亲，要让父亲讲书上的故事。孙武说，书里讲的不是故事，是战胜敌人的策略方法，共有十三篇。孙驰常常偷看孙武写的兵书，上面说的兵法，他看得似懂非懂。

孙武除了写兵法，最大的喜好就是与好朋友要离、伍子胥（名员，字子胥）喝酒唱诗，谈论天下。要离其貌不扬，长得精瘦，个子也小，看上去手无缚鸡之力，但孙武说，要离是当今天下难得的勇士。伍子胥是因为父亲被楚王杀害，从楚国逃到吴国的，他长得脸方目圆，仪表堂堂，但孙武说，伍子胥心中的仇恨太深，除非大仇得报，否则他无法从中解脱。孙驰说他看不出来这其中的奥妙。

每当要离来找孙武的时候，总爱带着他的女儿雾雨。要离和孙武谈论天下大事，孙驰便和雾雨到林子里玩耍。雾雨长得漂亮，笑起来非常甜美。她生在湖边，就像湖上雾里的雨一样，身上透着一种朦胧之美。孙驰常给雾雨谈父亲的兵法，比如"上兵伐谋"之类。雾雨有时会好奇地问："什么叫上兵伐谋呀？"孙驰支支吾吾，说不出个所以然，然后问父亲。孙武笑着说："用兵之上策就是以谋略打败敌人。"

孙驰十七岁那年，孙武的兵法写成了。而此时吴国却发生了一件大事，这件事影响了孙武的一生，也影响了孙驰的一生。

那是一个月黑风高的晚上，一名身穿黑衣的刺客潜入吴王宫。那刺客对宫中的道路很熟悉，绕过时常有人巡逻的院落，三拐两拐就进了吴王僚的寝宫。吴王僚这天睡得晚，在两个妃子的照料下正打算解衣就寝，刺客突然闯了进来，手中的刀直接向吴王僚砍去。吴王看到向自己砍过来的刀刃，下意识地将一旁的妃子拉到面前，那妃子只惊讶地喊了一声"啊"，便倒在血泊里。吴王僚借机转身就跑，刺客岂肯放过，挥刀紧追不舍。穿着内袍的吴王僚跌跌撞撞地跑不快，眼看被刺客追上，吴王僚大声疾呼："庆忌，快来救寡人！"

庆忌是吴王僚之子，身材魁梧，力拔千斤，是天下闻名的勇士。吴王僚的叫声，让刺客不由得停下来回头看去，这寝宫里并没有庆忌的身影。他意识到这是吴王僚的缓兵之计，于是转身继续追赶。

吴王僚被刺客追到寝宫一角，已经无处可逃，他长叹一声，问刺客："是何人让你来杀寡人？"

刺客冷冷道："最希望你死的人！"

刺客说罢，挥刀向吴王僚砍去。吴王僚闭上了眼睛，等待着那一刀落下……只听"当啷"一声响，好像是刀落地的声音，接着是一声断喝："贼人，哪里跑！"

这声音分明像是庆忌的声音！吴王僚睁开了眼睛，只见庆忌护在自己身前，对着刺客怒目而视。刺客看到庆忌，心知难以得手，便捂着受伤的手，转身就跑，庆忌拔腿就追。

刺客跑到王宫的院子里，三拐两拐就消失在夜幕中。庆忌担心还有同伙，便停止追击，命令王宫侍卫守护好王宫，然后转身回到吴王僚的寝宫。他关切地问："父王，那贼人没伤着你吧？"

吴王僚忙摇头道："没有，多亏孩儿来得及时……"

庆忌又问："父王，你知道这个刺客是受何人指使吗？"

吴王僚思索着对庆忌道："刺客说，是一个最希望寡人死的人，至于是什么人……庆忌，你认为是何人呢？"

庆忌很有把握地说："这刺客肯定是公子姬光的人，只有他才盼着父王死！他认为吴国王位本来就应该是他的！"

吴王僚"嗯"了一声，然后对庆忌道："你命令军队封锁都城，追查刺客，查找姬光的证据！"

庆忌回答道："遵命！"

那刺客果然是公子姬光的手下，是姬光派他来刺杀吴王僚的。刺客匆匆逃离吴王的宫殿，跑回公子姬光的府邸，向姬光报告刺杀失手。公子姬光表面上并没有埋怨刺客，让他先下去休息，随后立刻派人请来伍子胥，商量下一步的对策。

伍子胥听说公子姬光派的刺客失手，埋怨姬光操之过急，本来就不该此时让刺客去杀吴王僚，如今刺客失手，吴王僚肯定怀疑幕后之人是公子姬光，这样不但夺取王位不成，还将招来杀身之祸。姬光发狠地对伍子胥说："不夺回本该属于我的王位，我宁可死！"

原来，吴国先王寿梦逝世，本打算把王位传给第四个儿子季札，因为季札最为贤能。季札避让不肯接受王位，于是寿梦将王位传给了长子诸樊。诸樊去世，留下遗命将王位传给二弟余祭，其目的是王位按次序以兄传弟，最终传到四弟季札那里，满足先王寿梦的遗愿。然而，王位传到三弟余昧后，余昧去世前想传位给季札，季札再次避让，逃离吴国。余昧便把王位传给了自己的儿子僚。姬光听说此事，愤愤不平地说："如果王位传给儿子，也应该传给长子诸樊的儿子！"诸樊的儿子就是他，姬光。

姬光嘴上说得很硬气，但心里也是后怕，毕竟僚是吴王，军队都听他的，他若要姬光死，姬光活不到明天。姬光思索再三，连夜下令将刺客秘密处死，并将刺客的尸首悄悄抛入太湖中。

二

太湖的早晨，碧波荡漾的湖水笼罩在一片雾气中，早起的渔人在雾中已经开始了捕鱼作业。要离也不例外，一网撒去，然后静静等待收网的时刻。每当要离打渔的时候，雾雨总爱跟着父亲，她喜欢看父亲撒网时的潇洒，也喜欢看父亲收网时的喜悦。

就在这时，水里一个黑衣人从远处慢慢向要离的渔船漂过来，那黑衣人浮在水面上时隐时现。雾雨最先发现，指着黑衣人对要离说："父亲，你看！水里有个人。"

要离看了一眼，淡淡地对雾雨说："那是个死人。"

雾雨看着漂过来的黑衣人说："他怎么会是死人呢，他好像在游……父亲，我们把他救上来，好吗？"

要离说："救上来也是个死人。"

要离话是这么说，但还是把船摇了过去。要离的渔船和水里的黑衣人越来越近了，那黑衣人还是漂在水里，随着波面起起伏伏，头也不抬。

要离对雾雨说："你看，他一动不动，不是死人吗？"

雾雨不服气地说："也许他在装死呢！"

"那好，你把他拉上来看看。"要离笑着说。

"你别以为我不敢，他即便死了，我也敢……"雾雨说着就弯下腰伸手去拉水里的黑衣人。

就在此时，有两条快船向他们驶过来，船上是庆忌的军士。快船划到要离身旁，船上的军士正要盘问要离，一个军士发现了渔船边水中刺客的尸首，立刻认定是要离杀人灭口，他们要将要离带走。

雾雨连忙为父亲辩解说："水里的人漂过来就已经死了。而且，父亲从来不杀人，这人怎么会是父亲杀的呢？"

那军士头目不耐烦地打断雾雨："有什么话去给庆忌公子解释吧！"说着，军士头目一挥手，手下的军士不由分说把要离押上军士的快船。要离只是一脸淡然，对雾雨道："你先回家吧，我不会有事的。"

雾雨见庆忌的人带走了父亲，忙划着船来到湖边，上了岸跑步到了罗浮山见到了孙驰。雾雨把要离被庆忌的军士带走之事简单告诉了孙驰，孙驰知道此事非同小可，带着雾雨来见孙武，让孙武帮助要离逃过灾难。孙武问明情况，和蔼地对雾雨说："放心吧，孩子，你父亲不会死，庆忌不会杀他的。"

雾雨不放心，问孙武："你怎么知道我父亲不会死？那些兵可凶了，说我父亲是刺客的帮凶！"

孙武笑了笑，说："我说他不会死，他就不会死。你父亲若死了，我赔他一条命！"

雾雨将信将疑地离开了孙武家。路上，孙驰安慰雾雨说："雾雨，你相信我父亲，我父亲从来不说抵命的话，他今天既然说了出来，你父亲绝对不会死的。"

雾雨忧心忡忡地说："话是这么说，但看不见父亲，我的心总是七上八下，放心不下来……"

庆忌听说手下抓了要离，处理完手上的事，跟着手下来到关押要离的大牢。庆忌看到被关押的要离时，不由得一愣，反复打量着要离。如果是别人，早就被庆忌看得心里发毛了，但要离不是这样，他抬头淡定地看着庆忌。

突然，庆忌大笑起来，指着要离说："如此羸弱之人，怎么可能杀死健壮的刺客呢？"他对手下人说，"放了他吧，真正杀死刺客的一定是姬光。你们给我盯住姬光府，看看他有什么动静。"

庆忌安排妥当，去见吴王僚，请求抓捕姬光。吴王僚思索再三，不同意捉拿姬光。他对庆忌说："寡人目前尚无把柄。寡人做这个大王本来就非名正言顺，按照继承王位的顺序，王位应该是姬光的，如果寡人借此除掉姬光，难免世人会在下面说三道四。"

庆忌表面答应了吴王僚的要求，但心里说："把柄就在姬光府内，我可借此搜查姬光的府邸，一定会找到它的！"于是，庆忌擅自带兵包围了姬光的府邸。

姬光和伍子胥正在府里商量要离被庆忌抓获的事，突然有人来报庆忌带兵包围了姬光的府邸，姬光不由得大惊失色，赶忙让伍子胥从地道离开府邸，并约定有急事可在府外吹箫约他出去会面。

伍子胥刚刚离去，庆忌的兵便闯了进来，吆三喝四要带走姬光。姬光的女儿胜玉拦住了这些士兵。胜玉长得美丽无比，但脾气很古怪，她是庆忌心仪的女人。士兵不敢造次，便请来庆忌。没等庆忌开口，胜玉便质问庆忌："你为何怀疑我父亲？是不是因为父亲反对我们的婚姻，阻止我们两人私下来往？"

胜玉问到庆忌的要害，庆忌不知如何回答。庆忌喜欢胜玉，常常和胜玉私会。庆忌为了不伤害胜玉，暂时离开了姬光的府邸。在姬光府外，他悄悄告诉手下将军："围住姬光的府邸，不许他离开府邸半步。来找姬光者，定要向我禀报。"

姬光被困在了府邸，焦虑万分。同样焦虑的还有伍子胥。伍子胥到罗浮山请孙武出山，帮助姬光摆脱险境。孙武不愿介入宫廷之争，只是对伍子胥大谈新写的兵法。伍子胥有意激怒孙武道："我看你是胆小怕事！你空有兵法，一辈子也不会功成名就。"孙武一笑了之，继续谈他的兵法，伍子胥赌气离开。

伍子胥又去找孙武的好友要离，请要离帮他想办法。要离对伍子胥说："你不了解孙武，你这样请，他肯定不会帮忙的。"

伍子胥不解地问："我怎么不了解他？我一来吴国就去拜访他。他能写出兵法，就一定有办法。他只是不想帮助我们罢了……"

要离说："孙武并非不愿帮助你，只是你的问话不着边际。"

伍子胥反问道："那你说怎么问？"

要离说："你如果用兵法来询问他，他定会帮助你的。"

伍子胥是聪明人，一点就明白。伍子胥再次来到孙武家中，他装作不明白的样子问孙武："我记得你的兵法上有这样一句话，叫作'主孰有道？将孰有能？天地孰得？法令孰行？兵众孰强？士卒孰练？赏罚孰明？吾以此知胜负矣'。我知道，你这是从以上七个方面比较交战双方的优势和劣势，由此就可以预测谁胜谁负了。但我不明白的是，你为何将'主孰有道'作为双方优劣的第一个对比呢？"

孙武反问道："你听说过秦穆公和晋惠公的故事吗？"

伍子胥回答说："听说过一些，但不详细，还请长卿为我道来。"

孙武说："晋惠公是在秦穆公的帮助下才得以继承晋国的君位的。秦惠公继位前曾许诺将晋之五城划给秦国作为答谢之礼，继位后却背约失信，而秦穆公仍豁然大度，并不因此责怪晋惠公。晋国饥荒，秦穆公派人运送数万斛的粮食接济晋国。次年秦国闹饥荒，而晋国却遇丰年，按理晋国当以恩报恩才对，可是晋惠公却听虢射之言，乘人之危，纠合梁伯，兴师伐秦，大战于龙门山，结果晋军大败。当时秦国正闹饥荒，军事实力远不如晋国，战场形势亦利晋而不利于秦，然而秦国却能战胜晋国，这是什么原因呢？秦穆公是有道君主，晋惠公乃得势小人。由于晋惠公的不义行为，晋'三军未战气已索'，而秦国为了惩罚这忘恩负义的小人，全国上下同仇敌忾。战端刚开，秦军就以锐不可当之势，渡过黄河，三战三胜，长驱直入，直至韩原下塞。而晋国臣民自感理亏，大夫庆郑早已认识到秦兵兴师来讨是'主上背德之故'，他主张只宜引罪请和，割五城以全信，免动于戈。"

伍子胥不住点头，说："说得好，君主是否开明，是否有道，的确是决定战争胜负的第一要素……"伍子胥转而又道："长卿，我还有一事，想听听你的意见。"

孙武道："请讲。"

伍子胥道："你来吴国比我时间长,你说,吴王僚是一个开明的君王吗？"

孙武很干脆地说："不是。吴王僚优柔寡断,疑心重重,不肯重用天下人才,他做不了开明的君王。"

伍子胥点头道："我也是这样认为。按照道义来说,本来王位的继承者应该是吴王僚的兄弟姬光,而吴王僚用诡计夺走了王位。姬光是一个胸有大志的人,也重人才,重情义。如果姬光做了君王,吴国可实现霸业,你我都有施展才华的机会。"

孙武看了看伍子胥,问："你是不是还想让我帮助姬光？"

伍子胥点头,然后道："是帮助道义。"

孙武思索片刻,对伍子胥说："以姬光现在所处的情势,若要转危为安,就要从谋略上着手突破,也就是我常说的'上兵伐谋'。"

伍子胥急切道："长卿兄能否细说？"

孙武便把自己的谋略仔细地告诉了伍子胥。

三

夜深了,姬光在府中睡不着,一个人在厅堂来回踱步。姬光心里想："已经过了这么多天了,怎么还没有伍子胥的消息呢？难道他也……"突然,远处传来悠扬的箫声,姬光仔细听了听,断定是伍子胥约见他。姬光急忙换了身黑色的紧身衣服,穿过府中的地道,来到郊外,看看后面没有人跟踪,便大步走进了树林。

伍子胥正在林子里等待着姬光,见姬光赶来,连忙迎了上去。不等伍子胥开口,姬光就问："怎么样？"

伍子胥微微一笑,道："若吴王僚死,得益者是庆忌。"

姬光立刻明白了伍子胥的意思。姬光又问："我如何才能让吴王僚相信我的话呢？"

伍子胥一五一十将如何游说吴王僚、稳住庆忌的计谋告诉了姬光，姬光对伍子胥感激地说："子胥适才一番话，让我顿开茅塞，实在感激！事成后，当有后报！"说罢，姬光匆匆离去。

第二天一早，姬光去见吴王僚。姬光走进王宫时走得很慢，边走边想，一副忧心忡忡的样子。吴王僚一直盯着慢慢走过来的姬光。姬光走到吴王僚面前，叹了口气，然后说道："大王，微臣这几日寝食不安。"

吴王僚看着姬光，冷冷地问："是不是因为刺客一事啊？"

姬光点点头，然后说："刺客的事，令人痛心。微臣思索再三，觉得还是要把自己心里的顾虑告诉大王。"

吴王僚又是一声冷笑，道："你当然有顾虑了，因为有人已经盯上了你！"

姬光叹了口气，说："微臣知道，所有的事都瞒不过大王，所以我决定坦诚地把我的顾虑告诉大王。"

吴王僚瞥了姬光一眼，道："那你就说出来吧。"

姬光道："大王，微臣想问你，如果刺客得手……我是说如果，继承大王之位的是何人？"

吴王僚没想到姬光会如此开门见山，他思索片刻，说："应该是庆忌，他是太子。"

姬光又道："大王，你可知道，庆忌在追求微臣的女儿胜玉，他对别人说，非胜玉不娶。微臣的女儿胜玉也有意于庆忌。"

吴王僚看着姬光问："你说这些干什么？"

姬光道："庆忌如果娶了胜玉，他以后就是微臣的女婿，如果女婿做了吴国的大王，我这个丈人也是无上的荣幸啊！所以，大王遇刺后，微臣心里就在不停地作斗争，因为我怀疑未来的女婿庆忌急于当大王，他是一个把荣誉和地位看得比性命都重要的人。有一次，他对我女儿说，我女儿只要答应他，不久的将来就会成为王后，所以……"姬光说着，抬头看了看吴王僚。

见吴王僚正认真听着他的话，姬光接着道："我的未来女婿想谋杀他的父亲，这样的事让人难以置信，但在当今天下，又屡见不鲜。微臣不知道该不该告诉大王，所以我一直犹豫不决。但是，我和大王如亲兄弟般，我若不说，那就对不起我的兄弟。思索再三，我今日才来……大王，我今日说出来，不晚吧？"

吴王僚故意恨声道："你早该说出来！我今日就废了庆忌这个太子！"

姬光忙劝道："大王，万万不可！废太子乃国家大事，推测之事难以服众……再说，刺客也许是楚国所派，还是待有了证据再做定夺。"

如果姬光顺着吴王僚的意思也要罢黜太子庆忌的话，那吴王僚可以由此断定刺客十有八九就是姬光指派，但姬光并没有这么说，所以，他对姬光的表现很满意，但嘴上却说："你这是偏袒你未来的女婿吧？"

姬光郑重其事道："微臣并非是偏袒庆忌，没有证据，这些都是推测，推测的事，不能视为定论的。"

吴王僚"嗯"了一声，算是同意了姬光的说法。

姬光回到府中，命家臣速将胜玉找来。胜玉此时因为姬光不让她再和庆忌来往，正在生闷气，听说姬光找她，便来到姬光面前，没好气地问："干吗？你不让我和庆忌来往也就罢了，还想怎么样？"

姬光笑吟吟地说："如果我答应你和庆忌来往，你会怎样？"

胜玉一惊，然后欣喜道："你说吧，你让我怎样，我就怎样！"

姬光想了想，说："你告诉庆忌，他要当着我的面发誓，如果以后做了吴王，要封你做王后！他还要承诺，结婚的礼仪要像迎娶王后一般，每年都要给娘家送一份厚礼，礼物不低于十斤黄金。只有这样，我才同意你们互相来往。"

胜玉听了姬光的话，立刻跑去告诉庆忌。庆忌笑了起来，他说："我真没想到姬光是如此爱财之人！爱财的人成不了大事。"

于是，庆忌放松了对姬光的监视。

第二回　知彼知己

知彼知己，胜乃不殆；知天知地，胜乃不穷。

——《地形篇》

一

姬光每次上朝，在宫殿内看到高高在上的吴王僚，看到吴王僚那不时盯着自己的眼神，就有一种无名的压迫感。姬光认为目前自己只是暂时脱离危险，吴王僚从来没有解除对他的怀疑，他必须尽快夺取王位，才能彻底摆脱杀身之祸。姬光秘密约见伍子胥，让他找人尽快除掉吴王僚。

伍子胥又去罗浮山找孙武帮助姬光夺取王位，孙武再次强调，他没有帮助别人夺取王位的本事，只有协助君王称霸天下的智慧。伍子胥见孙武不肯帮忙，有些着急，便去找要离，请要离再去劝一劝孙武。要离说："孙武出的是大智慧，杀吴王僚只需要一勇士。我认识一个人叫专诸，他下湖可捉怪，上岸可抓妖。只要他肯帮忙，吴王僚必死无疑。"伍子胥当下就让要离去找专诸一起来喝酒。

另一边，庆忌也在找专诸，他听说专诸勇武过人，要与其一比高下。比武那天，庆忌带着胜玉一起来到江边，他要让胜玉亲眼目睹他是如何打败专诸的。专诸是个屠夫，以杀猪为业，他力大无比，勇武过人。专诸轻蔑地对庆忌说："我在吴国没有对手，如果你不是吴国太子，我现在就可以把你扔到太湖喂鱼去。"

庆忌哈哈大笑，说："天下没有我庆忌的对手，如果你能打败我，我就把吴国的太子之位让给你！"

胜玉是个爱看热闹的人，她催促二人赶快动手，她要看看到底谁才是天下最厉害的勇士。庆忌鼓足十倍的勇力，和专诸打在一起。

两人你来我往，打得难解难分。太阳就要落山了，两人仍不分胜负。胜玉沉不住气了，她对庆忌喊道："喂，庆忌，你不是说用不了几下就能打败专诸吗？怎么现在还不分输赢？净说大话！"

庆忌正要回话，分神间险些被专诸打倒。庆忌不顾胜玉的叫喊，集中精力对付专诸。两人又打了几十个回合，仍是难分胜负。就在这时，有人喊专诸："专诸，你母亲喊你回家！"

专诸立刻跳到一旁，平心静气地对庆忌说："专诸今日认输了。"

说罢，专诸转身离开了湖边。庆忌很纳闷，专诸如此退出，自己赢得也不光彩，他对着专诸的背影喊道："专诸，你是不是害怕了？如果害怕，不但不是勇士，连做男人也不配！"

专诸并不理会庆忌的轻视和嘲笑，头也不回，大步向前走去。

专诸走到一间房子旁，要离从房子一侧闪了出来。要离对专诸说："专诸兄，实在对不起，刚才是我喊你回家，不是你的母亲。"

专诸听罢很气愤，怒目对要离道："你为何要欺骗我！你这是让我丢人现眼！"说着，举起硕大的拳头就要挥向要离。

要离忙道："专诸兄，你听我说完，再打也不迟。"

专诸催促道："那就快说！你若戏弄我，我照样打死你！"

要离不紧不慢地说："当今天下有个英雄，他叫伍子胥。"

专诸皱眉道："我听说过，从楚国来的。他和你冒充我母亲叫我回家，有什么关系吗？"

要离笑道："当然有关系了……伍子胥要见你，他在湖上备了酒席，要请你喝酒畅谈。我看你和庆忌迟迟分不出胜负，不得已才假借你母亲的名义叫你停止和庆忌的争斗。"

专诸闻此气消了许多。他对要离说："好，我就信你一次。不过，我

第二回　知彼知己

没兴趣和他喝酒，我要回家照顾我的母亲。"

要离又说："这顿酒不是白喝的，伍子胥会告诉你如何成为天下第一勇士，这比打败庆忌还要光彩。"

专诸想了想，说："那好，我们这就去见伍子胥。"

要离带着专诸来到太湖边的一条渔船上，此时湖上已经明月高照，银色的月光落在湖面上，泛起一层层银色的波浪。伍子胥在渔船上摆了酒菜，盛情款待专诸。作陪的还有孙武，他是伍子胥特意请来的贵客。

面对浩淼的太湖，四个人一边唱诗，一边开怀畅饮，好不快乐。几碗酒喝下后，伍子胥对众人说："你们在座的都是勇士。我要请一个勇士帮助公子姬光刺杀吴王僚，夺取王位。姬光将是一个有作为的君王，诸位也都会因此名扬天下。不知哪位勇士可担当这个重任。"

孙武还是老话，他开诚布公道："我只有带兵征战的智谋，没有刺杀吴王僚的本事。"

要离则说："我只有对弈唱诗的功夫，没有杀人的力量。"

大家都看着专诸，专诸低头不语。要离嘲笑道："有人自吹下湖可捉怪，上岸可抓妖，可是却害怕一个微不足道的吴王僚，算什么勇士？"

专诸认为要离侮辱了他，一把将要离抓了起来，气急败坏地欲将要离扔到湖中。孙武和伍子胥竭尽全力劝阻，这才制止了专诸。要离说，酒他不能再喝了，女儿还在家等他回去呢。临行前，专诸狠狠地看了一眼要离，那眼神透着杀机。

要离回到家，天色已经很晚，他对女儿雾雨吩咐道："你把院门打开，一会儿专诸要来找我。"雾雨以为专诸又来找父亲喝酒，便给父亲准备了酒菜。

此时孙武和伍子胥正苦口婆心地劝说专诸，不要把要离的话当真。随后，伍子胥对专诸说："刺杀吴王僚非一个人的勇力所能为，要靠大家的智慧。我们必须摒弃嫌隙，拧成一股绳，才能完成这个使命！"

专诸深思片刻，说："我该走了，回家照顾母亲。"说完起身离开。专诸走后，孙武对伍子胥说："专诸不是回家照顾母亲，而是去杀要离。"

伍子胥埋怨孙武道："你为何不早说。我这就把专诸追回来！"

伍子胥起身欲追赶专诸，孙武拦住了他，说："你不用去，专诸杀不了要离。"

伍子胥不信孙武的话，说："即便他真的杀不了，我也要去看看。"

二

湖上的月光还是那么明媚，湖水在月光下涌动着一层层银白色的涟漪。水鸟已经休息了，只有几只猫头鹰在树梢不停地鸣叫，令人听着心里发毛。

要离的家就在湖边，院墙是用竹子篱笆围成的。院门大开着，此时要离正坐在屋子里独自喝酒，边喝酒边唱道："大车槛槛，毳衣如菼，岂不尔思？畏子不敢！大车啍啍，毳衣如璊。岂不尔思，畏子不奔。榖则异室，死则同穴。谓予不信，有如皦日！"要离唱的是《诗·王风·大车》，词的大意是一位赶大车的小伙子和一位姑娘相恋，小伙子要求姑娘和他一起私奔，姑娘家里有人不同意，姑娘有点犹疑。于是，小伙子指天发誓，一定要和姑娘在一起，生不能同床，死也要同穴。

专诸气冲冲走来，他冲进院子，使劲推开屋门走了进去，手中的剑顶在要离的咽喉，说："要离，死到临头，你还有心情唱诗？"

要离笑着问："我为什么会死呢？"

专诸道："你有三条该死的罪状，你不知道吗？"

要离摇摇头说："我不知道。"

专诸冷笑道："你不该当着众人的面羞辱我，这是其一；你不该明知我要来，而不关好门，这是其二；三嘛，你不该见我已到而不躲避！所以，今天你的死期到了！"

要离闻此一点也不慌乱，而是从容应答道："专诸，你也有三个不该：一是不该我如此羞辱你，你无一句话答辩；二是不该入门时一声不吭，便大大咧咧地入室，像是小偷，有辱勇士之名；三是你的剑已经顶到了我的

第二回　知彼知己

咽喉，不敢继续下手，却大言不惭地数落我这不该那不该，这明明是因为你心虚！"

专诸没想到要离会如此镇定，叹息道："你才是真正的勇士，我如果杀了你，岂不遭天下笑话？我如果不死，也要遭天下笑话。"说完欲自刎于要离面前。伍子胥及时赶到，他夺下了专诸手里的剑，对专诸道："谁说你不是真正的勇士？你如果杀了吴王僚，定将扬名天下！"

专诸叹道："成为扬名天下的勇士，乃我之夙愿，可是，如果杀了吴王僚，必将危及我的母亲和家人，我是放心不下他们，所以才迟迟下不了决心！"

伍子胥说："我带你去见一个人，他会给你一个答复。"

伍子胥带着专诸去见公子姬光。姬光备了酒菜，热情地款待了专诸，还和专诸结为兄弟。姬光对专诸说："若勇士刺杀吴王僚，我不但让你名扬天下，你的家人和后代，将世世代代享受王室的恩惠。"

专诸非常感激姬光。他想了想，说："听闻吴王僚非常喜欢吃鱼，请公子准许我离开一段时间，学习烧鱼的手艺，以便实施计划。"

姬光欣然同意。

专诸走后，姬光定期会派人给专诸家送米面绸缎。专诸的儿子专毅是个爱招摇的人，他也喜欢雾雨，抱着姬光送来的绸缎，打算去要离家送给雾雨。专毅一路上逢人就讲，这是王室送给他的绸缎，他要拿去送给要离的女儿雾雨。要离听闻后，心中暗骂专毅是害人的巫鬼托生！他对专毅说："我不喜欢你到处招摇，更不喜欢动不动就说和王室有什么关系，以此炫耀自己！"

专毅解释道："要离叔叔，这些绸缎真的是王室公子姬光送我的，我真的不是在炫耀！"

要离愤然道："专毅，你若再胡说，我让你父亲把你赶出家门！你赶快走，快些离开我家！"

此时，孙驰正巧也来找雾雨。他从屋子里走出来，对专毅说："你为什么让要离叔叔如此气愤呢？你还是赶快离开吧！"

专毅认为这是孙驰在背后搞鬼,他因此记恨孙驰。

庆忌表面虽然放弃了对姬光的监视,但心中一直在怀疑姬光,他经常以找胜玉为名去姬光的府中拜访。姬光明白庆忌的真实目的,但脸上却装作高兴的样子。庆忌听说了姬光给专诸送米粮绸缎的事儿,便问姬光:"叔叔,专诸是一个屠夫,一个下等之人,你为何要结交这样的朋友呢?你是否想利用专诸?"

姬光忙解释说:"专诸对人说,他能下湖抓到千年的老鳖,我便和他打赌,他若真能下水捉到千年老鳖,重重有赏。没想到他真的抓到了老鳖,我身为王室之人,不能食言,所以便送了他一些米粮绸缎。"

庆忌追问道:"那千年老鳖长得什么样?你能让我看看吗?"

姬光回道:"我担心千年老鳖成精,不敢留在家里,又放回太湖了。"

庆忌将信将疑,离开了姬光的王府。庆忌走后,姬光越想越觉得不安,他急忙密见伍子胥,让伍子胥帮他想办法打消庆忌的疑虑。

伍子胥到罗浮山找到孙武,把专毅招摇的事告诉了孙武,并说庆忌因此又开始怀疑姬光,让孙武帮他拿个主意。孙武对伍子胥说:"我打心底不愿介入王室争斗,但为了保全你和专诸的性命,有一言可以相告。所谓'知彼知己,胜乃不殆;知天知地,胜乃不穷'。庆忌要迎娶姬光的女儿胜玉,你让姬光举办一个'纳彩'仪式,向天下宣布把胜玉许配给庆忌。这样,庆忌便不会再怀疑姬光了。"

伍子胥离开罗浮山,把孙武的主意告诉了姬光。姬光虽然不情愿,但还是听从了伍子胥的劝告,答应把女儿嫁给庆忌,并举行了隆重的"纳彩"仪式(定亲)。"纳彩"那天,胜玉很高兴,她对庆忌说:"我一生最大的愿望,就是嫁给天下最勇敢的男人,今天,我的愿望就要实现了!"

姬光对庆忌说:"我没什么别的奢望,只希望你不要忘记自己的诺言,继承王位后,一定封胜玉为王后。"

庆忌那天也很高兴。他喝了很多酒,酒后对姬光说:"叔叔,你放心,我说过的话都会一一兑现,包括寻找刺杀父王的幕后凶手!"

庆忌这话让姬光心里不住嘀咕,他心里说,我一定要尽早设法夺取王位，否则夜长梦多！

三

不久，楚国传来消息，楚平王驾薨。伍子胥大哭不已，恨自己不能亲手杀死仇人。伍子胥建议吴王僚趁机伐楚，他进言道："楚王新丧，国内混乱，这正是大王攻伐楚国的最好时机。"吴王僚认为伍子胥说的有道理，请姬光进宫，他欲命姬光带兵讨伐楚国。

姬光认为一旦吴国大军离开国都，便是除掉吴王僚的最好时机，所以，他不想带兵攻打楚国。伍子胥对姬光说，你不想带兵，但如何说服吴王僚，你有没有把握。姬光笑了笑，道："你不是说知彼知己，胜乃不殆吗？且看我是如何令吴王僚撤回让我带兵的命令的！"

姬光进宫去见吴王僚，他假装摔伤了脚，慢慢地走到了吴王僚面前。吴王僚看着姬光的腿问："王兄，你这腿是怎么回事？"

姬光答道："昨夜不当心，在院子里摔了一下……哎，微臣知道大王召我进宫定有大事，可我这腿实在不争气！"

吴王僚说："寡人找你来是商量讨伐楚国一事，既然你的腿摔伤了，那就安心在府上养伤就是了。你看让谁领兵最合适啊？"

姬光说："此次伐楚，意在必胜。所以，微臣认为大王的两个兄弟掩余和烛庸率军出征最为合适。"

吴王僚点点头道："寡人也是这样认为的。"

姬光又说："为了彻底打败楚国，消灭吴国的威胁，大王最好命庆忌出使郑国和卫国，说服他们共同对付楚国。"

吴王僚看着姬光反问道："为何必须让庆忌去郑国和卫国呢？"

姬光道："庆忌是太子，太子若无功于国，在大王百年后继任王位，臣下必有不服，然太子此次出使郑国和卫国，若说服这两个国家与吴国共同对付楚国，楚国若败，太子大功一件。"

吴王僚不由得点了点头。

姬光又道："太子亲自出使郑国和卫国，是代表大王的最高使者，郑国和卫国将以此看出大王的诚意，这会促使郑国和卫国与大王同仇敌忾！"

吴王僚站起来，走到姬光面前，高兴地对姬光道："姬光，你为寡人出的都是高谋！若此次打败楚国，寡人定重重奖赏你！"

在下令掩余和烛庸率军伐楚后，吴王僚命庆忌出使郑国和卫国，庆忌满腹疑虑，他临行前忧心忡忡地对吴王僚说："父王，儿臣与两个叔父离开吴国后，一定要提防姬光。姬光虽然就要成为我的岳丈，但此人头上有反骨，不可不防。"

因为上次姬光说庆忌有刺杀吴王僚的嫌疑，吴王僚对庆忌也有防备，所以并没把庆忌的话太放在心上。他对庆忌说："寡人的军队和朝中大夫都听命于寡人，姬光即便有反心，也奈何不了寡人的。"

庆忌见吴王僚不把自己的话放在心上，就找到吴王僚的谋臣江渚。江渚熟读史书，计谋超群，最为重要的是，他也认为姬光存有反心。庆忌对江渚叮嘱说："我离开吴国后，你一定要保护好我的父王。姬光一向诡计多端，我和两个叔叔都离开了吴国，对姬光不得不防。"江渚请庆忌放心，他一定盯紧姬光。

庆忌送走江渚，对姬光还是放心不下。他总觉得这次他和两个叔叔在同时间离开吴国，一定是姬光的主意，而姬光这么做，一定有什么阴谋。单靠江渚，恐怕难以防得住姬光。思索再三，第二天一早庆忌觐见吴王僚，说自己身体突然不适，联络郑国和卫国一事，建议交给叔父姬光。吴王僚知道庆忌还是和姬光过不去，便召见姬光。

姬光知道吴王僚对自己仍然放心不下，便一瘸一拐进了王宫，然后又一瘸一拐走到吴王僚和庆忌面前，问道："大王召我进宫，所为何事？"

吴王僚道："庆忌身体不适，寡人想请你出使郑国和卫国，不知王兄意下如何？"

姬光痛快地答应道："大王既然有命，微臣在所不辞！不过，出使郑国和卫国，涉及伐楚，事关重大，微臣有一个请求，还望大王能答应微臣。"

吴王僚高兴地说:"你能这么痛快地就答应寡人出使郑国和卫国,就是有再大的请求,寡人也答应你。说吧,你有何请求?"

姬光道:"微臣目前腿上有伤,我担心在郑国和卫国国君面前,有损我们吴国的形象,所以,请大王恩准,待微臣腿伤好一些,再前往这两个国家吧。"

吴王僚"嗯"了一声,说:"你先回去养伤吧,待有用得着你的时候,寡人自会召唤你。"

姬光道谢后,一瘸一拐地离开了王宫。

姬光走后,吴王僚不满地对庆忌说:"庆忌,你虽力大无穷,但心眼比钱眼还小!你对姬光还有什么不放心的,全都说出来,寡人知道如何对付他!姬光他不会反,他也不敢反!"

庆忌不好再说什么,当天就离开了吴国,出使郑国和宋国。

等庆忌离开后,姬光深深松了一口气,他对伍子胥说:"如今万事俱备,就看专诸了。"

第三回　兵者诡道

> 兵者，诡道也。故能而示之不能，用而示之不用，近而示之远，远而示之近。
>
> ——《始计篇》

一

专诸学习厨艺归来，姬光准备立刻实施刺杀吴王僚的计划。专诸对姬光说："这么大的事，我必须回家告诉母亲。"

姬光不同意，他对专诸说："正因为此事重大，才要保密，不能对家中任何人说，包括你的母亲。"

专诸反驳道："此次刺杀吴王僚，必须把生死置之度外，否则难以成功。我的身体是母亲给我的，我只有告诉母亲，那才符合孝道啊！"

姬光说："你杀了吴王僚，就会名扬天下，到那时，你母亲有享不尽的荣华富贵；如果此时告诉你的母亲，刺杀吴王僚必前功尽弃。"

专诸坚持道："我母亲会为儿子保密的，我只有告诉她，才能毫无顾忌地去做我们的大事。"

姬光心里有些着急，但实在无法说服专诸，只好说："你既然非要告诉你母亲不可，那就按照你的意愿去办吧，但是，吴王僚必须死！"

专诸离开了王府，姬光立刻派下人暗中跟踪专诸。姬光对下人说："专诸要把刺杀吴王僚的事告诉他的母亲，此事若传出去，必将破坏我们的计划，所以，你秘密跟踪专诸，一旦专诸离开家，就立刻把他母亲……"姬光说着做了一个"杀"的动作，下人心领神会。

专诸回到家，为母亲精心做了一碗红烧鱼，让母亲品尝。母亲尝了一口，连连称赞专诸厨艺不错，说希望以后能常吃到专诸做的红烧鱼。专诸点头称是，然后道："我也希望能经常给母亲做红烧鱼。"

专诸看着母亲，几次想把刺杀吴王僚的事告诉她，但总是张不开口。红烧鱼快吃完了，母亲看了专诸片刻，说："儿子，我知道你不会久居人下，定会成为天下第一勇士。你去给母亲买些酒来，咱们娘俩好好喝几碗！"

专诸答应了一声，便出门去买酒。他暗下决心，等我买酒回来，一定把刺杀吴王僚的事给母亲说个明白。不一会儿，专诸买酒归来，他回到屋子发现母亲不见了，不由得一愣，便大喊："母亲，母亲！"屋子里没人回答。专诸十分着急，满屋子寻找母亲。

专诸离开厅堂，走进母亲的卧室，不由得傻傻地愣在那里——他的母亲，已经上吊身亡。专诸知道，母亲是以她的死来告诉专诸：你的秘密，永远都不会因为我而传出去的！专诸抱着母亲的尸体大哭起来，那哭声感天动地。

躲在院外的那个下人，也被专诸的哭声打动了。他回到姬光府中，把专诸母亲自尽的事一五一十告诉了姬光。姬光赞叹专诸的母亲说："有其母，才会有其子啊！"

专诸悄悄安葬了母亲，他对儿子专毅说："父亲要为公子办一件急事，如果父亲死了，公子会照顾你们的。"

专毅看了看专诸一脸严肃的样子，小心翼翼地问："父亲是去办一件非常危险的事情吧？"

专诸厉声地对专毅说："不该问的，你就不要再问了！"

二

太湖的黄昏格外美丽，远处的火烧云把湖水映照得一片通红。

专诸约孙武、要离、伍子胥到湖边吃他做的红烧鱼。专诸烹制得很精致，众人吃后大加赞赏。专诸问众人："吴王僚吃了我烧的鱼会怎样？"

伍子胥道："肯定大加赞赏。"

要离说："吴王僚最喜欢吃鱼，你烧的鱼会让他永远记在心里。"

专诸又问孙武："长卿，你说呢，吴王僚吃了我烧的鱼会怎样？"

孙武道："他将永远不会再吃到你烧的鱼了。"

"还是长卿说得对！"专诸笑道，继续问孙武，"长卿，你是兵家，我问你，此次刺杀吴王僚，如何做才能成功？"

孙武看着专诸，道："兵者诡道。"

专诸又问："什么叫兵者诡道呢？"

孙武解释道："兵者诡道，就是能而示之不能，用而示之不用，近而示之远，远而示之近。"

专诸似懂非懂，他对孙武道："你还能说得再明白一些吗？"

伍子胥在一旁对专诸说："我给你解释一下吧。兵者诡道，就是要让你的敌人吴王僚意想不到！"伍子胥说着，从怀里掏出一把匕首递到专诸面前，"你别看这把匕首短小，但这是一把宝剑，据传当年是铸剑大师欧冶子为越王所制。欧冶子使用了赤堇山之锡，若耶溪之铜，经雨洒雷击，得天地精华，制成了五口剑，分别是湛卢、纯钧、胜邪、鱼肠和巨阙。后来，越国进献宝物给吴国，这柄剑因此由越而入吴。之后，这柄宝剑由先王寿梦传给了他的儿子诸樊，诸樊又将这柄宝剑传给了公子姬光。公子姬光保存至今，他让我转送给你。"

专诸郑重地接过"鱼肠剑"，对伍子胥说："这柄鱼肠剑我先收下，待它随我做完轰轰烈烈的大事后，再奉还公子姬光！"

专诸话音刚落，要离便唱起了诗，他唱道："岂曰无衣？与子同袍。王于兴师，修我戈矛，与子同仇！岂曰无衣？与子同泽。王于兴师，修我矛戟，与子偕作……"大家静静地听着要离唱诗："岂曰无衣？与子同裳。王于兴师，修我甲兵，与子偕行！"

此时，天色渐渐地暗了下来，要离唱诗的声音落在月色铺满的湖面上，慢慢向湖中心飘过去……

伍子胥与专诸一起来到姬光的王府，专诸对姬光说："公子，一切准备就绪，可以实施我们的计划了！"

姬光很兴奋，他命人摆了丰盛的酒宴款待专诸。专诸动容道："我只是一个厨子，不配公子设宴招待。"姬光认真地说："壮士，你在我眼里可不是一般的厨子，你是当今天下第一勇士。我若对勇士不敬，将无脸面活在这个世上。"

酒席宴上，三人举杯畅饮，姬光再次向专诸表示，事成之后，一定兑现他的诺言。

三人喝完酒，专诸留在姬光府中筹备行刺事宜。

姬光则亲自到王宫，请吴王僚到府上吃鱼，说他新近找到一个会做鱼的厨子，红烧鱼的味道别具一格。吴王僚本来就爱吃鱼，听说此事很高兴，一口答应下来。姬光回到王府后，秘密布置武士，等待第二天吴王僚的到来。

三

雾雨约孙驰一起进城卖纱，他们把洁白的纱摆在街市上，孙驰高声叫道："卖纱来，自己织的纱，洁白轻柔，天下第一好纱啊，都来买吧！"雾雨在一旁嗔怪道："你别喊了，我的纱没那么好！"孙驰笑了笑，说："你织的纱在我眼里就是好，比第一还好！"雾雨揶揄道："比第一还好，那是第几啊？"孙驰想了想，说："第一的第一！"

专诸的儿子专毅也来街市买东西，他听到了孙驰的喊声，循着喊声走过来。专毅走到货摊前，也不看孙驰，直接与雾雨套近乎说："雾雨，你不但长得漂亮，纱织得也漂亮，我最喜欢你织的纱了，有多少，我就买多少。"

雾雨打心里讨厌专毅，冷淡地对他说："我织的纱，最不愿意卖给恬不知耻的人！"

专毅闻此并不气恼,说:"我知道你现在瞧不起我,如果我换成你,我也瞧不起专毅这样的屠夫的儿子……"说着他瞥了一眼一旁的孙驰,"不过,再过几天,现在的专毅就今非昔比了,他会成为公子姬光的座上客,有身份的人!"

雾雨讪是冷淡地说:"吹牛谁都会,尤其是那些不知道什么叫羞耻的人!"

专毅被激怒了,冷笑道:"你是说我不知道羞耻吗?我父亲专诸在为公子姬光做一件大事,事成后我们一家都能进公子府享受荣华富贵!我看不知羞耻的是你这样不知深浅的人!"

专毅说罢,气呼呼地转身走了。专毅和雾雨说话的时候,有一个王宫的下人在不远的地方静静地听着他们的谈话。

专毅走后,孙驰对还在气头上的雾雨说:"雾雨,别与他一般见识,专毅这人,说话云里雾里,没句实话。"

雾雨"嗯"了一声,然后说:"专毅这次说的不像是瞎编的话,他的父亲专诸的确正在为公子光做一件大事……孙驰,你知道专诸在做什么样的大事吗?"

孙驰想了想,没有回答雾雨。

孙驰回到家后,问父亲孙武:"父亲,专诸叔叔他……是不是要进宫刺杀吴王?"

孙武一愣,问孙驰:"你听谁说的?"

孙驰道:"我也是猜测,今天在街上听专毅说,他父亲专诸帮着公子姬光在做一件大事,事成之后,他们一家都要搬到公子府享受荣华富贵。我想,专诸要做的大事,一定是刺杀吴王僚吧?"

孙武不置可否,只是嘱咐孙驰:"此事不可对任何人提起。"

孙驰质问孙武道:"父亲,你最讨厌宫中倾轧,为何还要支持专诸刺杀吴王呢?"

孙武沉默了一会儿,缓缓道:"伍子胥说的有道理,不遇明君,我们可以想办法制造一个明君,这样,才有机会实现我们的抱负。"

随后，孙武托要离带口信给伍子胥，说"多算胜，少算不胜"，让伍子胥一定要周密计划，不可有半点疏漏。还要伍子胥想法子不要让专毅再到处招摇。

王宫的那个下人把专毅的话告诉了吴王僚的谋臣江渚。江渚认为其中必有阴谋，随后立刻觐见吴王，道："大王，公子姬光收买勇士专诸，图谋不轨。"

吴王僚不以为然，说："天下公子都在收买勇士，这无可厚非。"

江渚又道："公子光不同，他一直窥视王位，他收买勇士恐怕是冲着大王您啊！"

吴王僚有些不耐烦，说："寡人知道你是在为庆忌说话，庆忌的心眼儿比针眼儿还小，他记恨姬光，寡人希望你不要这样！"

江渚不好再说什么，只好退下。

伍子胥派人秘密约见专毅，严厉地警告他："专诸的事不许再到处乱说，否则，你的舌头就会被人割掉！"专毅害怕舌头被割掉，信誓旦旦地保证不再对外人说父亲的事。但他内心愤恨不已："这些人一定听了孙驰的话才这样对我，等我父亲的大事办成了，我定要报今日之仇！"

吴王僚准备去姬光府吃鱼，江渚想了想，认为还得再劝吴王僚，否则就是未尽谋臣的职责。他对吴王僚说："大王，微臣思索再三，公子姬光很可能有阴谋，微臣恳请大王不要去姬光府中！"

吴王僚笑着说："你的心意寡人知道了。如果姬光真有阴谋，那今天就是他的死期。"

四

吴王僚虽然嘴上不承认姬光有阴谋，但心里还是认为小心为好。他穿了三层护身铠甲，又多带了卫兵，从王宫一直到姬光府前，都是吴王的卫兵。姬光看到众多的宫中卫兵来到王府，担心吴王僚察觉了他的计划，不免心虚，问伍子胥："看来吴王僚已有准备，我们怎么办？"

伍子胥回答道："事到如今已没有退路，不是鱼死，就是网破，何况我们准备周密，肯定能成功。"伍子胥话是这么说，但心里也没多少把握。

姬光把吴王僚迎进王府，随行的王宫甲士站满了厅堂，只留姬光一人服侍吴王，但凡每个端菜的厨子上来，一进厅堂，守在门口的甲士立刻命令厨子脱去衣服，只在裆部留一块遮羞布，然后跪着并端着盘子经过一个个站立在厅堂两旁的甲士，行至吴王僚面前，将菜端上。菜上来后，吴王僚总是让姬光先尝，然后自己再吃。

密室里，伍子胥听说厅堂中满是王宫的甲士，凡是送菜上去的厨子，都严加搜查，不由得心急如焚，担心专诸无法实施刺杀计划。而此时，专诸在厨房里，却泰然自若地仔细烹制他的红烧鱼。

姬光估摸着专诸送鱼的时间将到，他对吴王僚说："大王，我该给腿换药了，我想下去换了药，再来陪大王喝酒。"

吴王僚一言不发，只是盯着姬光的腿久久地看着。

姬光被盯得心里直发毛，又对吴王僚说："大王如果觉得微臣此时不该换药，微臣就再坚持一会儿……"说着，姬光疼得"哎哟"了一声。

吴王僚又看了姬光片刻，然后开口道："王兄既然腿伤要包扎，那就速去速回吧。"

姬光如释重负，连声拜谢，然后一瘸一拐地离开了厅堂。姬光先来到厨房，对专诸说："吴王僚似乎有所察觉，你上鱼的时候一定当心。"专诸什么也没说，径自端着红烧鱼走出厨房。

专诸端着红烧鱼走进王府厅堂，周围的甲士上前拦住专诸。吴王僚的视线也锁定在了身体健壮的专诸。专诸平静地对甲士说："这是我亲自为大王烧的鱼，特来呈送。"王宫的甲士脱光了专诸的衣服，仔细搜查，没发现任何疑点，目光看向吴王僚等待示意。吴王僚点点头，甲士这才让专诸把鱼端给吴王僚。

专诸端着红烧鱼一步步挪动着双膝行至吴王僚面前，他垂着头，将红烧鱼托过头顶。吴王僚眼睛睁得圆圆的，盯着面前的红烧鱼，拿起筷子，看了看专诸，又放下筷子，对专诸说："这鱼是你烧的吗？"

专诸从容道："是的，我亲自为大王烧的鱼，请大王品尝。"

吴王僚看着专诸，再次拿起筷子，对专诸说："你再离我近一点。"

专诸跪着向前挪了两步。

吴王僚看了看跪在面前的专诸，又看了看周围的甲士，微微一笑，心中道："也许是寡人多虑了。"吴王僚再次拿起筷子，正准备品尝盘中的红烧鱼，就在这时，专诸猛然抬起头，从红烧鱼中拔出短剑——"鱼肠剑"，奋力刺向吴王僚。吴王僚万万意想不到，眼睁睁地看着扑过来的专诸，没来得及做出任何反应，那锋利的"鱼肠剑"刺透了他身上三层厚厚的铠甲。专诸还不放心，又将自己的身体死死压在"鱼肠剑"上。

吴王僚此时才想到要喊一声："有刺客……"

听到吴王僚的喊声，厅堂中的王宫甲士们顿时醒悟过来，手持兵刃蜂拥而上。无数支兵戈砍在专诸的后背，专诸不为所动，仍死死地压在吴王僚的身上……

埋伏在密室的姬光和伍子胥听到厅堂里乱作一团，有人喊："大王遇刺了！大王遇刺了！"姬光对手下的士兵使劲一挥手，然后和伍子胥带领藏于密室的王府兵士冲了出来，高喊："王僚已死，姬光为王！"

王府的兵士高喊着冲进院子，向宫中甲士杀去。宫中甲士已无心恋战，死的死，降的降。姬光很快带着他的士兵冲进了厅堂，厅堂里的甲士已作鸟兽散。姬光走到吴王僚面前，他让人搬开压在吴王僚身上的专诸，望着仰躺在地上的吴王僚尸体一阵狂笑，然后道："吴王僚，你就不该当吴国大王！"

地上的吴王僚瞪着双眼，眼中充满了仇恨和不解。他这是死不瞑目啊！

当天，姬光进驻吴王宫，他站在王宫宫殿，大声喊道："吴国，你的大王叫姬光！"

伍子胥告诫姬光："公子，吴国新乱，军队还在国外，此时应该集中全力安定国家。你应该封锁吴王僚被刺的消息，暂不称王。"

姬光认为伍子胥说得有道理，他立刻发布命令，封锁吴王僚已驾薨的消息，然后命人厚葬了专诸。

出殡那天，专毅披麻戴孝，捧着父亲的灵位走在送葬的队伍前头。他的身后是姬光、伍子胥。专毅心里说："父亲，你死得值，你的儿子会永远铭记你的功德！"

出访卫国的庆忌在返回的途中，听说自己的父王被姬光刺杀，他一开始怎么也不相信，但看到路上有吴国的军队调动，这才心知父王已经遇难。他带着为数不多的士兵，连夜赶往吴国都城，迎头遇见了姬光和他的军队。庆忌所带兵将虽少，但勇猛难挡，尤其是庆忌，就像一头恶虎，所到之处，无人能敌。但毕竟姬光手下军队众多，庆忌兵少将寡，只能杀出一条血路，逃之夭夭。姬光眼睁睁地看着庆忌逃走了，叹道："庆忌不死，吴国难安！"

吴王僚的两位弟弟掩余和烛庸听说吴王僚被姬光杀害，担心牵连自己，分别逃往徐国和钟吾国。

第四回　上智为间

故惟明君贤将，能以上智为间者，必成大功。

——《用间篇》

一

姬光登上王位，史称吴王阖闾。

阖闾重用伍子胥，并采纳伍子胥的意见，在姑苏大兴土木，重建王都。招贤纳士，简衣节食，振兴吴国。伍子胥建议阖闾去罗浮山请孙武出山，阖闾说："孙武要辅佐寡人，他应该来王宫自我举荐，如果他不想辅佐寡人，寡人即便亲自去请，他也不会来的。"

阖闾封专诸的儿子专毅为上卿。专毅官袍加身，对阖闾感恩戴德。这天，专毅坐着上卿大夫的豪华马车，前往要离家炫耀。专毅见到雾雨，兴奋地说："雾雨，我现在是吴国的上卿，参与议政，议的都是国家大事！我绝非你说的不知羞愧之人，我是英雄！"

雾雨冷笑道："你这上卿即便是再高大，那也是用父亲的生命换取的官位，算不上英雄。"

专毅被雾雨的话噎得片刻无语，随后发誓道："我专毅现在虽然还没有战功，但不久的将来，我会用战功证明自己，让官位更加显赫！"

雾雨揶揄道："大话谁都会说。"

"我不但这么说，更要去这么做。等我建功立业之时，还会来找你，不，到那个时候我要向你求婚。"专毅信誓旦旦地说。说罢，他坐着上卿大夫的马车悻悻离去。

雾雨把专毅的话告诉了孙驰，她并非刻意让孙驰也去成为有功于国家的人。但说者无心，听者有意，孙驰暗自下定决心，有朝一日他也要为国家建功立业。

庆忌辗转逃到楚国境内。楚国令尹囊瓦手握兵权，他打算出兵帮助庆忌。左司马沈尹戌坚决反对。沈尹戌对囊瓦说："如果庆忌不能夺取王位，楚国将遭到阖闾的怨恨。如今楚国大王新立，大军又正和晋国对峙，还是不要树敌太多为好；现在我们应该做的是与吴国和好，招回像伍子胥这样的受冤屈而逃亡国外的人才，厚待他们，以安定楚国。"

囊瓦不听沈尹戌的劝告，他反驳沈尹戌道："招回伍子胥，就是承认先王的错误，大王不会答应。吴楚两国交战多年，仇怨已深，即使不支持庆忌，也很难与吴国和好。"

于是，囊瓦大力资助庆忌。囊瓦对庆忌说："楚国可以作为你的后盾，要钱我给你钱，要物我全力提供，但军队得你自己招募。当你的军队进军吴国时，楚国的军队会协同作战。"

庆忌闻此高兴异常，他说："有楚国的资助，乃天不亡我也！"

庆忌招纳死士，扩充军队。那些掩余和烛庸手下的将士，听说庆忌在楚国扩充军队，纷纷投奔，庆忌的军队迅速扩张。吴王僚的谋臣江渚设法摆脱了姬光的监视，几经坎坷也来到楚国，投奔庆忌。庆忌很高兴，收纳了江渚，发誓一定杀回吴国，处死逆贼姬光，夺回本该属于他的王位。

二

庆忌不死，阖闾难以安睡。

阖闾对伍子胥说："庆忌在楚国招兵买马，打造战船，这对吴国是个威胁，你应该为寡人拿出办法，消除这个威胁。"

伍子胥道："吴国的崛起，靠的是招纳天下人才。要消除庆忌的威胁，还是要靠人才。罗浮山孙武的智慧在我之上,他是天下难得的将才,他能够打败庆忌和楚国的军队。"

阖闾沉吟道:"可孙武不肯帮助寡人。"

伍子胥说:"如果大王能够礼贤下士,亲自去罗浮山请孙武出山,我想他定会帮助大王的。"

阖闾虽然不是十分情愿,但为了打败庆忌,还是决定亲自去罗浮山拜访孙武。

这天,孙武在家中正修订自己写的兵法,他夫人告诉他说:"好像是吴国的大王来了,还带了一些士兵,远远就能看得见旌旗招展。"孙武不愿意此时见阖闾,于是从院子后门躲了出去。阖闾来到孙武家中,对孙武的夫人说:"寡人是吴国的大王,寡人现在要见孙武,有重要的事要和他商量。"

孙夫人客气地说:"长卿不在家,他说很多天后才能回来,大王若有重要的事,还是找别人商量为好,别耽误了吴国的大事。"

阖闾知道孙武是有意躲避自己,十分不快,怒气冲冲返回王宫。阖闾召见伍子胥,对伍子胥说:"你立刻去告诉孙武,他不肯帮寡人可以,但不能不见寡人,他躲着不见就是对君王的不尊,不尊君王,那是要杀头的!"

伍子胥感到事态严重,立刻找到要离,请要离帮他劝说孙武。要离知道孙武的藏身之处,他带着伍子胥来到罗浮山中。伍子胥见到孙武,质问他:"好不容易扳倒了吴王僚,如今有了施展才能的机会,你为何不肯出仕?"

孙武回答说:"阖闾不是一个明君,我怎能答应辅佐他呢?"

伍子胥道:"阖闾招贤纳士,简衣节食,胜过吴王僚百倍,怎么能说他不是个明君呢?"

孙武说:"目前吴国需要的是休养生息,不是战争。一个明君应该爱惜自己的百姓,否则就不能战胜敌人。"

伍子胥有些着急地道:"庆忌和楚国的军队就要进攻吴国了,你让吴国如何休养生息？"

孙武说："平息庆忌的叛乱，不需如此大动干戈，只要找一个勇士，一个有智慧的勇士就可以了。"

伍子胥感叹道："可惜啊，专诸不在了！"

一旁的要离淡淡地说："专诸不在，还有我要离呢！"

伍子胥赞叹要离的勇气。他对要离说："我赞赏你的勇气，但要刺杀庆忌，只靠勇气是不够的，还要有盖世的勇力！"

要离则说："庆忌的勇力无人可比，就是专诸在世，也不是他的对手。杀人不一定非要用武力，还可以凭借智慧。孙武的兵法有一句话叫做'上智为间'，或许可以用于此。另外，我要去做的，不但要去杀掉庆忌，还要瓦解庆忌的军队，这就是孙武所说的死间。"

孙武非常赞同要离的话，他说："这个世上，也许只有要离才能除掉庆忌。不过，我不希望要离去当死间，死间将有来无回。"

要离坦然道："人活着就是要活得轰轰烈烈！专诸可以名扬天下，我要离为何不能？孙武，你若是真有才能，就请帮助我实现名扬天下的愿望吧！"

孙武见要离如此恳切，便答应了要离。

三

要离欲进吴王宫拜见阖闾，雾雨不让他走。要离以为雾雨担心自己孤单，说："我走了以后，孙驰会常来看你，孙武叔叔也会帮助你。"

雾雨还是不让要离走，她说："父亲说过，一生不为官，只活在山水间。父亲的性格不适合进宫做官。"

要离笑了，说："此官非彼官，父亲要做的这个官，将名垂青史。"

伍子胥带着要离觐见阖闾，推荐要离为大将，率兵讨伐庆忌和楚国。阖闾看了要离片刻，不由得笑了起来，对伍子胥道："要离如果能当吴国军队的统帅，那吴国人人都可以当这个统帅！"

第四回 上智为间

要离对阖闾的讥讽非常不满，他问阖闾："你是不是看着我貌不惊人，所以才如此讥讽我？"

阖闾微微笑道："你的相貌，已非惊人不惊人之事了！你长得瘦小，如此羸弱，寡人即便让你当了吴国军队的统帅，那些士兵也不会服你的！"

要离不以为然，道："我听说鲁国的布衣孔丘，尚知道不能以貌取人，你作为一国之君，竟然不如鲁国的一介布衣？这样的国君一定不是明君，这样的国家离败亡不远了！"

要离的话让阖闾火冒三丈，他指着要离怒道："谁给了你这么大的胆子？竟敢说寡人不是明君，寡人的国家就将败亡了？"

阖闾命甲士把要离打出王宫。甲士上前驱赶要离，要离当即反抗，甲士挥剑砍掉了他的右臂膀。要离捂着流血的臂膀，指着阖闾骂道："你这昏君！根本不配做吴国国君！专诸为你而死，他死得毫无价值！"

阖闾大怒，命甲士将要离一家关进死牢。

孙驰听说要离和雾雨被抓，急忙去找伍子胥，求伍子胥救要离一家。伍子胥无法答应他的请求，他叹道："孙驰侄儿，我并非不想帮助你，但吴王的命令既出，是不可改变的！"

孙驰又去求父亲孙武，让孙武答应吴王，帮助吴国称霸天下，求吴王放了要离一家。孙武平淡地对孙驰说："从这件事上更能看出，吴王非明君，我不可能帮助他！"

孙驰很生气，他对孙武道："你并非不能帮助吴王，你是不想救要离叔叔一家！你想的只是自己建功立业！你对朋友，对他人，冷漠无情，简直是没有良心！"

孙武看着激动的儿子，正组织着安慰他的话。孙驰气呼呼地又道："你不肯帮助要离叔叔，那就罢了！我想办法去劫狱！"

孙武忙劝道："劫狱不是你想得这么简单，弄不好，你不但劫狱不成，还会搭上自己的性命！"

孙驰喃喃道："雾雨若有个三长两短，我也不活了！我就是豁出性命，也要救要离叔叔和雾雨！"孙驰说着眼泪都流了下来。孙武为了安抚孙驰，答应找伍子胥想办法救出要离一家。

伍子胥花重金招募了几个死士，那几个死士趁着夜深潜入牢房，打昏狱卒，帮助要离逃出死牢。阖闾听说要离逃走愤怒不已，命令甲士封锁要道，捉拿要离，生要见人，死要见尸。

要离离开吴国国都，昼伏夜行，遇到关卡，绕道而过。几经波折，要离在那几个死士的帮助下，摆脱吴军的截杀，逃至楚国。

阖闾得知要离投奔楚国，更加气愤！他命甲士斩杀要离的女儿雾雨，伍子胥无论如何劝说，也无济于事。雾雨被拉上了刑场，披头散发，低头不语。刑场外围着许多百姓，大家都为雾雨的死感叹不已。行刑的时刻到了，刽子手举起刀，当着百姓的面，斩杀了雾雨，鲜血洒满了刑台。

孙驰听说雾雨被杀，悲情难抑，要以死去陪伴雾雨。孙武对孙驰说："雾雨已死，你只能把愤恨记在心里，活着才能为她报仇！"

孙驰什么话也听不进去了，说："我是为雾雨而活着！雾雨死了，我活在这世上，已经没有了任何意义了！"

孙武见自己无论如何也劝说不了孙驰，他又不能看着孙驰这么傻傻去送死，于是让伍子胥把孙驰关进了大牢。

要离一路昼行夜伏，终于找到庆忌的驻地。要离求见庆忌，庆忌怀疑要离是阖闾派来的奸细，因为要离曾经是伍子胥的至交好友。庆忌下令把要离抓起来，欲斩首示众。要离伸出断臂对庆忌说："我以前的确是伍子胥的朋友，也想在姬光手下建功立业，可姬光狂妄自大，目中无人，断我臂膀，杀我女儿，我与他有不共戴天之仇！怎么可能是他的奸细呢？"

庆忌看着要离的断臂，认为他的话有一定道理，便对要离说："你说的有理，我可以暂时不杀你，但凡是与姬光有过来往的人，我都不能轻易放过！"庆忌下令把要离关进楚国的大牢。

谋臣江渚对庆忌说："要离虽然其貌不扬，但也是吴国的勇士，如果他真与姬光有不共戴天之仇，不妨为我所用；如果不是这样，一天都不可多留！"

庆忌认为江渚说的有道理，他让江渚潜回吴国，了解事情真伪。

四

　　孙驰思念雾雨，不吃不喝，独自一人坐在监牢里，一整天都在默默念叨着雾雨的名字。孙武和伍子胥反复劝说孙驰，孙驰只有一句话："你们想让我活下去，除非雾雨活过来。"

　　伍子胥对孙武说："如此下去，孙驰的情况大为不妙。不如把你的计划告诉孙驰，让他彻底打消死的念头。"

　　孙武坚定地说："如果泄露了秘密，间人以及听到秘密的人都将被处死，那样的话，要离不但会丧失性命，他们一家所有的牺牲，都将付之东流……当以大局为重！"

　　伍子胥叹道："早知这样，我们就不该答应让要离去做死间！"

　　事已至此，孙武想，无论如何也不能让孙驰这样沉沦下去！他再次来到监牢，对孙驰说："虽然雾雨死了，但她父亲还活着，你应该等要离叔叔回来，为雾雨举行一个隆重的丧礼，这才是对她最好的祭奠。"

　　孙驰喃喃地道："要离叔叔回不来了，吴王不让他回来。"

　　孙武说："要离只要活着，他就会回来……"他看看孙驰，又说："如果要离死了，真的回不来了，你再为雾雨殉情也不迟。"

　　孙武的话，让孙驰改变了主意，他决定等待要离回来，或者说，等着收到要离死去的消息。孙武让伍子胥放了孙驰。孙驰离开了监牢，他每天都到湖边，静静等着要离的消息……

　　江渚乔装打扮来到吴国，他多方询问要离和吴王的事，所有的人都说吴王不该这样对待要离。也有为阖闾说话的，说要离这样的人还想当将军，简直是对吴国的侮辱！

　　伍子胥的手下看到了江渚，回到府中告诉伍子胥："我们在吴都发现了吴王僚的谋士江渚的行踪，是否抓捕？"伍子胥心里说："江渚来得好，江渚不来，庆忌不会真正相信要离……"同时，他也感慨孙武真是神机妙算！伍子胥对手下人吩咐道："暗中监视江渚，随时向我禀报。"

经多方证实，要离和吴王确有血海深仇，但江渚还是不放心，他听说伍子胥的朋友孙武的儿子孙驰和要离的女儿雾雨是一对生死恋人，便到处打听孙驰的行踪，最后在湖边要离家附近找到了孙驰。

江渚装作路人问孙驰："以前在湖边住着一家人，你可知道他们去何处了？"

孙驰反问："你问的是要离和他的女儿吧？"

江渚点点头："正是。"

孙驰悲愤地说："一个死了，另一个至今下落不明。"

江渚又问："你说的那个死了的，是不是被吴王杀死了？"

孙驰回头看了一眼江渚，眼里含着愤怒，点了点头。

江渚再问："那个下落不明的，是不是去了楚国？"

孙驰看了江渚片刻，问："你是怎么知道的？"

江渚回道："吴国的人都这么说。跑到楚国的叫要离，被吴王杀死的叫雾雨，是要离的女儿。"

孙驰眼中的泪水不由得流了下来。他长叹了口气，对江渚说："你走吧，我不愿再提起这些令人伤心的事。"

江渚向孙驰道谢，然后离去。孙驰又一个人坐在湖边，久久地望着浩渺的湖水。走到远处的江渚回头看了看岸边的孙驰，叹了口气，然后转身大步走去。

第五回　避其锐气

故善用兵者，避其锐气，击其惰归，此治气者也。

——《军争篇》

一

江渚回到楚国庆忌的营地，告诉庆忌，阖闾的确杀了要离的女儿。并说要离断臂逃离吴国，也确有此事。庆忌这才放下心来，亲自到牢房向要离赔罪，并设宴招待要离。酒席宴上，庆忌询问要离吴国的情况，并问要离如何才能战胜阖闾。

要离回答说："太子从水路可直达吴国新建的都城姑苏，阖闾正忙于修建都城，尚未顾及水军训练，如果我们发动水军进攻，必将令阖闾措手不及，一举击溃敌人。"

庆忌赞同要离的说法，他对要离笑道："是上天让我得到了先生！"

事后，江渚提醒庆忌，说："要离报仇心切，讲的未必是实话，阖闾也擅长水战，怎么会不训练水军？千万不要把打败阖闾的赌注都押在水战上。"

庆忌思索片刻，决定再次派人去吴都探听消息。

几个月过去了，要离刺杀庆忌迟迟没有回音，阖闾不免有些着急，他再次开始怀疑要离的能力，便问伍子胥："你说实话，要离真的能杀死庆忌吗？"

伍子胥心中也没底，嘴上却说："大王应该相信要离的智慧。"

阖闾又想到了孙武，他虽然对孙武避而不见自己非常不满，但好奇心驱使他微服来到罗浮山。

这天孙武恰巧在家，阖闾见到孙武时，孙武正坐在石头旁独自下棋，这是一盘他和要离曾经对弈过的残棋。阖闾通报姓名，用的是假名。阖闾说他是伍子胥的朋友，想得到吴王的重用，特地前来向孙武讨教兵法。孙武说他只会对弈，不懂兵法。阖闾看到那副棋盘，一时兴起便坐在石头旁要求与孙武对弈，孙武也未推辞。几个回合下来，阖闾竟然轻而易举地胜了孙武，这让他十分得意。阖闾临走前对孙武说："以后我还会再来，希望你的棋艺有所长进。"

阖闾见到伍子胥，忍不住说自己微服见到了孙武。阖闾对伍子胥笑着说："人都说孙武聪明无比，但是寡人认为他不过如此，寡人与他对弈，没费什么周折就战胜了他。"

伍子胥本想说，孙武之所以不胜，是没有把阖闾当作朋友，孙武只有与朋友对弈，才会全力以赴。最终，伍子胥还是把这句话咽了回去。

庆忌的奸细从吴国返回，他告诉庆忌，吴国的情况和要离说的一样，阖闾忙于重建都城，并且在训练步军，无暇顾及水军的训练。庆忌更加信任要离，他让要离协助自己训练士兵，修建战船。庆忌决定在阖闾搬迁都城的时候，从水路进攻吴国。

要离训练水军十分卖力，别看他身体瘦弱，但站在战船上，却像将军一般威风，他训练的水军锐气十足，远远胜过庆忌的其他军队。江渚对庆忌说："不能把这支水军交给要离，如果要离有二心，带着这支水军背叛太子，太子将危险了！"

庆忌很自信，他说要离不会有二心，这支水军也不会背叛自己。

二

楚国大夫伯嚭的父亲郤宛，是楚王左尹，他为人耿直，贤明有能力，

第五回　避其锐气

深受百姓爱戴，遭到楚国佞臣费无忌的嫉妒，其散布流言说，郤宛常在楚王前面污蔑令尹囊瓦贪得无厌、侵占楚国的宝物，这便激怒了楚国令尹囊瓦。囊瓦带兵包围郤宛的府邸，郤宛自杀，囊瓦诛杀郤宛全族，唯一逃生的是郤宛的儿子伯嚭。伯嚭听说另一位遭费无忌陷害的楚国人伍子胥在吴国受到重用，便逃往吴国投奔伍子胥。

伍子胥与伯嚭虽无私交，但是因为遭遇相似，同病相怜，就将他举荐给吴王阖闾。吴王阖闾高兴地接见了对楚国满怀深仇大恨的伯嚭。在盛大的宫宴上，阖闾询问楚国的消息，伯嚭一一回答，并说楚国令尹囊瓦和庆忌正秣马厉兵，准备进攻吴国。伯嚭还详细介绍了庆忌的情况，尤其是庆忌的水军。伯嚭说："庆忌准备在吴国迁都之时，从水路直捣吴国新建的都城——姑苏城。"

阖闾打算放弃搬迁都城，避开庆忌对姑苏城的进攻，然后集结军队从水上迎击庆忌。伍子胥对阖闾说："计谋一旦确定，若无错误，不要随便改动。这是孙武曾对我说的。"

阖闾不快地说："孙武不过如此，从此以后不要再提他的名字，更不要提他的什么兵法！"

伍子胥说："我可以不提孙武和他的兵法，但仓促组建水军迎敌，很难取得胜利，尤其是面对庆忌这样的敌人！"

阖闾不听伍子胥的劝告，还是按自己的主意停止迁都，调兵遣将。伍子胥苦苦劝说道："大王，我伍子胥之所以投奔大王，是因为大王能帮我复仇。现如今，如果我的建议明明可以让大王避免失败，但大王执意不听，我只好离开大王了！"

阖闾看着伍子胥，心里说：伍子胥说的是实话，他投奔寡人就是为了复仇……但话又说回来了，目前的吴国缺少像伍子胥这样的人才，寡人还必须用他。于是，阖闾对伍子胥道："你既然这么说，我同意按照计划搬迁都城，但水军不能不建，更不能不练，我要在水上迎击庆忌。"

伍子胥无奈，连夜去罗浮山见孙武，把阖闾坚持水上迎敌的决定告诉了孙武。孙武想了想，给伍子胥出主意说："你告诉阖闾，要想取胜，就要避其锐气，击其惰归。你可以给他讲一讲齐鲁长勺之战曹刿用兵的故事。阖闾如果懂得用兵，他就会放弃集结水军在江上迎敌，避开敌人的旺盛气势，等敌人疲惫松懈时再予以致命打击。"

伍子胥认为孙武的主意可行。临别时，孙武特意嘱咐伍子胥："你见到阖闾，不要说'避其锐气，击其惰归'是我告诉你的。"

伍子胥回到王宫，面见阖闾说："大王，微臣听闻善于用兵之人，懂得'避其锐气，击其惰归'，也就是避开敌人旺盛的士气，等敌人疲惫松懈时再予以致命打击。庆忌和楚国的军队从水路进攻吴国，肯定势在必夺，如果我们避开他们气势汹汹的势头，等他们找不到我们吴国的军队、疲惫松懈之时，再出兵还击，肯定会取胜的！"

阖闾认为伍子胥说得好，很有道理。他问伍子胥："你是如何想到避其锐气的？是根据以往的战事总结出来的，还是苦思冥想的结果呢？"

伍子胥道："庆忌和楚国的军队气势汹汹，让微臣夜不能寐，微臣想到了当年鲁国曹刿带领弱小的鲁国军队，是如何打败强大的齐国的。"

阖闾道："曹刿论战寡人听说过，你再给寡人讲讲吧。"

伍子胥道："当年，齐国恃强凌弱攻打鲁国，鲁庄公率军在长勺迎敌。两军相遇，齐军擂起战鼓，士兵们顿时精神抖擞，准备与鲁国军队一战。但鲁军在曹刿的带领下为避其锐气没有擂鼓，而是严阵以待。齐军一而再，再而三，第三次擂鼓时士气已经低落，鲁军这才擂鼓迎敌。鲁军避其锐气，然后靠一鼓作气的士气，以少胜多打败了齐国军队。"

阖闾高兴地说："你总结得很好！寡人决定按照你的主意办！"

伍子胥再次来到罗浮山，孙武不在，他去湖边看孙驰去了。这两天孙驰一直病恹恹的，卧床不起，孙武在湖边要离的草棚中照顾孙驰。伍子胥来到湖边见到孙武时，孙武正在劝孙驰喝药。

孙驰吃力地推开孙武端到眼前的药碗，对孙武说："父亲，我本来活着就苦，不想再吃这样苦的药了！父亲如果真的心疼我，就应该让我安安静静地离开人世，到阴间与雾雨相见。"

孙武闻言气上头来，怒斥孙驰道："为一个女人寻死觅活，你根本就不像个男人！更当不了英雄！你就是一个废物！"

孙驰反驳道："我不想当英雄，无论是死是活，我就是想和雾雨在一起！"

一旁的伍子胥再也忍不住了，他走上前对孙驰说："你根本就不了解实情，你如此之说，真伤你父亲的心！雾雨她……"

孙武制止了伍子胥，说："伍子胥，你不要乱说了！雾雨已经死了，孙驰想让她活过来，是不可能的！"孙武又对孙驰说："既然你也想死，父亲再也不会拦你了！就当我没有过你这么一个儿子！但是，你要说话算话，你要离叔叔就要回来了，你必须兑现你的诺言，给雾雨举行一个隆重的葬礼！"

说完，孙武放下药碗，转身离开了要离家。

伍子胥陪伴着孙武，沿着湖边慢慢走去。伍子胥问孙武："你怎么知道要离要回来？"

孙武说："庆忌就要进攻吴国了，要离跟从在庆忌身边，当然要回来了。"

伍子胥道："既然如此，为什么要离迟迟不能得手，杀死庆忌呢？"

孙武轻叹道："要离不动手，就说明现在还不到动手的时候。"

伍子胥知道孙武此时心情不好，认为孙武在敷衍自己，便不再多问什么了。两人沿着湖边的小路默默向前走去。

三

这天，庆忌的水军将士站在战船上，排列整齐，等待庆忌的检阅。庆忌看着自己的水军经要离一番训练后，如此精神抖擞，心里很高兴。他对要离说："你让水军演练进攻，我要看看我的军队攻势如何。"

要离应诺，然后命令旗手用旗语发布进攻的消息。各条战船回应旗语说：已收到帅船发出的消息，将按照帅船的布置，分梯次进攻。

要离再命旗手发布进攻的消息，各条战船收到帅船的命令后，按照要离的命令有条不紊地向敌人进攻……

庆忌看着在眼里，喜在心里，心里说："有如此水军，有如此统帅，我庆忌的军队何愁不胜！"

演练结束后，庆忌问要离："要离兄，你用旗语指挥战船进攻，是何人教给你的？"

要离回答说："我读过一本兵书，兵书上说，《军政》曰：'言不相闻，故为之金鼓；视不相见，故为之旌旗。'夫金鼓旌旗者，所以一民之耳目也。民既专一，则勇者不得独进，怯者不得独退，此用众之法也。这段话的意思是说，在战场上用语言来指挥，听不清或听不见，所以设置了金鼓；用动作来指挥，看不清或看不见，所以用旌旗示意。金鼓、旌旗，都是用来统一士兵的视听，统一作战行动。如果士兵都服从统一指挥，那么勇敢的将士不会单独前进，胆怯的将士也不会独自退却。这就是指挥大军作战的方法。"

庆忌听后不由得赞叹道："我真没看出来，要离兄还熟读兵法，而且运用自如啊！要离兄，你刚才说的，是哪段兵书上的话？"

要离回答道："这本兵书还没有公布于世，等攻下姑苏城，我把这部兵书的著者找来，你们见一见。"

庆忌点头称好，但心里说，要离这是自谦之词，这兵书分明就是他自己写的！

回到庆忌府中，庆忌把今日训练水军的情况告诉了江渚，江渚也认为要离是难得的将才。继而，江渚又担忧道："要离把水军训练得都听他一人指挥，这对进攻吴国是好事，但对太子你来说，未必就是好事。"

庆忌不解，问："此话怎么说？"

江渚道："太子的水军如今只看要离发出的旗语，进能攻，退可守，如果在进攻姑苏城的时候，要离的旗语不是进攻，是防御，你能奈何他吗？"

庆忌思索片刻，摇摇头。

江渚又问："如果要离和太子不是一条心，他的旗语就会按照他的意思发出,太子的水军到那时只看旗语,听不到太子的命令,这不是很危险的吗?"

庆忌想了想,问:"那你说怎么办?如果我撤了要离,谁来统率我的水军呢?谁又能统率得了我的水军呢?"

江渚道:"我可以。"

庆忌看着江渚,没有立刻表态,他心里在盘算着什么。

庆忌又来到水军的战船,他对正在训练水军的要离说:"作为一名水军的统帅,不但要有智谋,而且还要有力量,要能杀敌立功,这样才有资格指挥水军。"

要离说:"是。"

庆忌脱下身上厚厚的铠甲,让士兵把铠甲穿在一个木头假人身上。他对要离说:"如果你用矛刺穿木人的铠甲,就算你胜利了,水军照样由你来统率。"

要离明白庆忌的意思,他是不想让自己做水军的统帅。要离拿起一支长矛,用足了全身的气力,向身披铠甲的木人冲过去,但他没有刺穿假人身上的铠甲。要离很痛快地交出水军的兵权,他对庆忌说:"太子殿下,要离没有能力做水军的统帅,但要离可作为一名冲锋陷阵的战士,攻伐在前,第一个冲进吴王的王宫,杀死吴王阖闾!"

庆忌看着站在面前的要离,心中最后的疑虑荡然无存。他对要离说:"你虽然不能做水军的统帅,但你可以帮助新任命的统帅指挥我的水军,帮助我打败吴国,捉拿阖闾!"

要离答应了庆忌的要求,他说:"我与吴王阖闾有不共戴天之仇,不论是谁当水军的统帅,我都会全力帮助他,打败吴军,杀死阖闾!"

庆忌对自己这样的安排很得意,他决定带领他的水军进攻阖闾了。庆忌命江渚做水军的统帅,要离做副帅与自己同船而行。楚国令尹囊瓦听说庆忌要进攻吴国,派五万陆军相助。

四

阖闾听说庆忌和楚国军队发兵进攻吴国,他既有大战前的激动,也有些担心。他不无埋怨地对伍子胥说:"如果要离早一些杀掉庆忌就好了……可是现在,你们设下了这么大一个计谋,让寡人背上暴君的坏名声,让要离赔上自己的女儿,结果要离迟迟也没有杀掉庆忌……寡人当初真不该相信你们!"

事到如今,伍子胥也怀疑要离的能力了,他对阖闾承认道:"也许我高估了要离……不过,庆忌躲得了初一,躲不过十五,这次吴军有大王亲自指挥,庆忌定有来无回!"

阖闾只是微微一笑,他心里说:"伍子胥啊,伍子胥,你别再吹捧我了,如果这次不能打败庆忌,寡人第一个拿你正法!"

庆忌的战船在淮河上浩浩荡荡地前行。他的密探送来消息说,阖闾匆忙备战,将军队主力摆在陆上迎击楚军,并没把庆忌的水军放在眼里。庆忌十分高兴,他对江渚和要离说:"这说明姬光还不了解我的水军,更不了解为我训练水军的要离之本事,我们乘机杀进姑苏城,让姬光有家不能归,有国不能回,他的士兵肯定惶恐不安。我们再上岸和楚国军队一举歼灭姬光和他的军队!"

江渚和要离点头称是,这正是他们的作战计划。

庆忌带领水军一马当先,沿淮河而下,直取吴都姑苏城。

庆忌的水军进入太湖后顺风而行,距离吴都只有一天的行程。阖闾听说之后,再也沉不住气了,他打算亲自率水军迎击庆忌。阖闾改变作战初衷,这让伍子胥很是着急,他想去罗浮山找孙武,可又担心时间来不及。就在这时,专毅来见伍子胥,他给伍子胥捎来了孙武的一封信。伍子胥匆忙打开,信上只有九个字:"善守者,藏于九地之下。"伍子胥看着这几个字,眼前一亮,他想到了和孙武在一起谈论兵法时,孙武曾给他解释过这句话的含义。

伍子胥立刻去拜见阖闾。他对阖闾说:"大王,我还有一言,将助大王做到'避其锐气，击其惰归'，打败庆忌。"

阖闾自从上次听了伍子胥讲解过"避其锐气，击其惰归"后，对伍子胥讲的兵法很感兴趣，他对伍子胥说："你快坐下，给寡人好好讲讲。"

伍子胥坐在阖闾对面，不慌不忙地讲道："所谓'善守者，藏于九地之下'。其意是说，善于防守的人，如同深藏于地底下。但并非是让大王一味防守，庆忌率军气势汹汹来攻打姑苏，锋芒毕露，大王的水军要深藏不出，待庆忌军势头一过，大王再趁势出击，击其惰归，这样便可一举战胜敌人！如今万事俱备，切忌临时更改作战计划。"

阖闾琢磨道："善守者，藏于九地之下……好，说得太好了！"

伍子胥心里很高兴，但还是小心翼翼地试探道："这么说，大王同意我的建言了？"

阖闾点了点头，他看着伍子胥，又道："伍子胥，你脑子里还有多少精彩的兵法绝句，能不能都告诉寡人？"

伍子胥说的这些兵法都是以前他从孙武那里听来的，现在还不能告以实情。伍子胥思忖片刻，道："大王，当务之急是打败庆忌和楚国的军队，待得胜而归，我就全告诉您。"

阖闾笑道："好，寡人等着这一天！"

第六回　兵以诈立

兵以诈立，以利动，以分合为变者也。

——《军争篇》

一

一望无际的江面上，波涛滚滚，风声鼓动。庆忌的水军排列好战阵开过来，战船上白帆高悬，水军士兵们百倍警惕，手里拿着弓箭和盾牌立在船头。

庆忌的战船已经进入太湖，距离吴国国都姑苏城只有一天的路程了，但湖面上没有遇到任何吴国的战船。站在主船船头的庆忌不由得高兴起来，他望着湖面心想：阖闾做梦也不会想到，我庆忌这么快就会兵临城下！此时顺风又起，船行得更快，庆忌大叫起来："天助我也！姬光，你的末日到了！"

就在庆忌得意忘形、毫无防备之时，一旁的要离手中拿着一支短矛，他站在上风头，看着站在不远处的庆忌，沉思片刻，铆足干劲，借着风势，出其不意，用尽全力将短矛刺向庆忌……只见那支短矛"扑哧"一声刺进了庆忌那宽阔的后背！

庆忌后知后觉，缓缓地回过头，惊异地看着手握短矛的要离，他怎么也想象不到要离会刺杀他！他更不相信如此瘦小之人，怎么能有力气把短矛刺进他那围着厚厚甲胄的身躯，发兵之前他试过要离，要离根本没

第六回 兵以诈立

有这样的力量……庆忌看了看头顶上的战旗在风中剧烈摆动,他明白了,要离是借着风力!他一把抓起要离,欲把要离撕得粉碎。

周围的士兵都拥了过来,他们都不敢相信,勇猛无比的庆忌会死在要离的手上!庆忌看着自己的士兵,又改变了主意,他对要离笑道:"天下之大,不能在一天之内死两个勇士!你走吧,你和我庆忌一样,是天下难得的勇士!"说着,庆忌松手放了要离,然后轰然倒下。

庆忌的士兵给要离闪开一条路,他们也敬佩要离这样的勇士。要离平静地看了看那些士兵一眼,但他没有走,他望着庆忌伟岸的躯体,大声叹道:"庆忌,你乃真勇士也!我杀了你,我也不能苟活于世了!"随后,在众人惊诧的目光下,要离拔剑自尽,倒在了庆忌身旁。

就在这时,吴国的水军突然出现在湖面上,指挥水军的正是阖闾和伍子胥。吴国水军如雷霆般向庆忌的水军杀来,战鼓隆隆,旌旗飘舞,喊杀声惊天动地。吴国军队势不可挡,而庆忌的战船群龙无首,顷刻间便被吴国的战船冲垮溃散。

阖闾手下的将军看到一条大船横在湖面上,既不逃跑,也不作战,便对阖闾道:"大王,你看。"

阖闾顺着将军手指的方向看了看,然后指挥战船开了过去。阖闾的战船开到那条楚国大船不远的地方,只见船上升起了一面白色的旗帜,庆忌和要离躺在了大船的船头,船上的士兵腰间都扎着白色的布带子。他们面色沉重地站立在庆忌和要离的尸首一旁,为首的是江渚。

阖闾一摆手,对将军道:"冲上去,我倒要看看庆忌在搞什么古怪!"

将军不解地对阖闾道:"大王,庆忌好像已经死了,就躺在船头!"

阖闾几乎不相信自己的眼睛,他又看了看大船上的庆忌,然后疑惑地说:"死了?他怎么会死了呢?"

阖闾和庆忌的船越来越近了,站在船头的阖闾,看到了躺在船头的庆忌微合双目,他旁边躺着要离。阖闾明白了,大笑道:"是要离!要离杀死了庆忌!"

旁边的将军道:"大王,这是最好的解释了!"

阖闾道："这不是解释，事实就是这样！要离真的杀死了庆忌，他是天下第一英雄啊！"

阖闾的船靠近了庆忌的战船。周围其他庆忌的战船已逃的逃，毁的毁。阖闾高声对大船道："你们都听好了，把要离和庆忌的尸首给寡人抬到船上来！"

船上扎着白色布带的江渚对阖闾道："大王，庆忌的尸首可以给你，但是，你必须答应我们一个条件。"

阖闾看了看江渚，问："你是江渚吧？果然投奔了庆忌。"

江渚无动于衷，道："正是在下。请大王答应我们的条件。"

阖闾看着江渚，道："说吧，什么条件？"

江渚身旁一个将军道："让我们的士兵活下去，好好活下去，他们也是吴国人！"

阖闾看着船上的士兵。士兵们也都看着阖闾，眼里满是怒火，但也有期盼。

阖闾大度地对江渚道："好，我答应你，还有你的将军！"

江渚还有疑惑，进而道："你是大王，应该言而有信。"

阖闾微微一笑："那当然，寡人向来一言九鼎！"他继续说，"还有要离，你们别动，寡人亲自把他抬下来。"

江渚看着阖闾，又道："大王亲自抬要离，是因为他杀死了庆忌吗？"

阖闾又微微一笑，道："你说得对！庆忌不死，吴国难安！要离，他是吴国的英雄，寡人要像对待王室的人一样，厚葬他！"

阖闾带着要离和庆忌的尸体离开了楚国的大船。他站在吴国的战船上，意气风发地扫视着太湖上的战场，兴奋地对伍子胥说："你给寡人的建言'避其锐气，击其惰归'，太妙了！寡人隐伏不出，等待庆忌的大军，就是避其锐气；待庆忌军内乱寡人趁势出击打败庆忌，就是击其惰归！这简直就是专为寡人量身打造的战略，太精彩了！"他回头对伍子胥道，"伍员，是上天让你来帮助寡人的！这些精彩的兵法，你一定要全部告诉寡人！"

伍子胥真想说"这都是孙武的兵法",但是他没有,他觉得现在还不是告诉阖闾的时候。

二

按照要离生前的遗嘱,阖闾在阊门之外要离住的太湖边上厚葬了要离。葬礼那天,伍子胥、伯嚭,还有吴国的众臣都去了,天上飘着牛毛细雨,淅淅沥沥地落在湖面上,让这个葬礼更多了几分悲情。

孙武在罗浮山面对太湖为要离祈祷,他感慨道:"要离,我的好兄弟,你的侠肝义胆,可留春秋;你的英雄气概,可永存于世!"

葬礼之后,阖闾欲追封要离的儿女。伍子胥告诉阖闾说:"大王,其实要离的女儿雾雨没有死,微臣悄悄把她藏了起来,还请大王罪恕。"

阖闾听说雾雨没有死,很高兴。他对伍子胥说:"你虽然瞒着寡人,这是你为臣所不应该的,但雾雨活着,这对寡人是个好消息!寡人并非是暴君,天下人都会因此称赞寡人的!"他看了看伍子胥,又正色道:"不过,下不为例,今后不许再欺瞒寡人,否则,不论你有再大的功劳,寡人也不会饶过你的!"

伍子胥跪在阖闾面前,谦恭地称道:"大王的话,微臣永远铭记在心!"

阖闾让伍子胥带着自己去见雾雨。雾雨被关在伍子胥家的一间屋子里,门口有卫兵看护,任何人不得见到雾雨。此时雾雨已经打扮停当,阖闾见到雾雨后,连连称赞她的父亲要离。阖闾说:"你父亲是天下了不起的英雄!他断臂刺杀庆忌,解除了吴国最大的后患。你是要离的女儿,你想要什么,寡人就给你什么!"

雾雨淡淡地说:"我只想回家。"

阖闾不相信雾雨只有这样的要求,对雾雨道:"寡人是吴国的大王,你在吴国想要什么,寡人都能给你,这是真的!你说吧,想要什么?"

雾雨看着阖闾,知道自己如果不提什么要求,阖闾不会相信,便说:

"我现在回家,等我想到要什么了,再来找你。"

雾雨回到湖边自己住的地方,看到了她和父亲曾经住过的草屋,看到了拴在湖边的渔船,她和父亲在这船上有过多少喜悦的日子……泪水再次从她的眼中流出。

这时,孙驰从屋子里走了出来,他看到了站在院子里的雾雨,难以相信自己的眼睛。孙驰走到她面前,怯怯地问:"你……可是雾雨?"

雾雨擦擦眼泪,微笑地点点头。

孙驰还是不相信,又说:"我明明看着他们杀死了你……"

雾雨道:"那是一个替死鬼。伍子胥叔叔把我藏在他们家,直到今天……"

未及雾雨说完,孙驰猛然抱住了她,痛哭道:"雾雨,你没有死,还活着,我……太高兴了……太高兴了!"

雾雨在孙驰的怀里也是不住地哭泣,她哭着说:"能再见到你,我也是很高兴!"

孙驰紧紧搂着雾雨说:"雾雨,今后我们再也不分离!"

雾雨流着眼泪点点头。

孙驰再道:"我们一起给要离叔叔守丧,三年服丧结束,我就娶你为妻!"

雾雨又点了点头。

湖水荡漾,天上有小鸟飞过,两个恋人从来没有这么高兴过,他们紧紧地相拥着坐在湖边,看着西边的太阳慢慢落下……

三

阖闾的女儿胜玉这几日过得很委屈,她听说庆忌被要离杀死了,悲痛万分。胜玉哭着追问阖闾:"你为什么要杀庆忌?你不知道他是我要嫁的英雄吗?"

阖闾对胜玉解释道:"父王不杀庆忌,庆忌就要杀父王。是父王的性命重要,还是庆忌的性命重要呢?"

胜玉不讲理,胡搅蛮缠道:"我不管!是你答应我嫁给天下第一英雄的,如今天下第一英雄被你杀了,你让我嫁给谁?难道你就忍心看着我一辈子都嫁不出去吗?"

阖闾对胜玉说:"父王答应你的,是嫁给天下第一英雄,庆忌既然被人杀死,就说明他不是天下第一英雄!"

胜玉一时无话可说,便道:"那你说谁是天下第一英雄?你说谁是,我就嫁给谁!"

阖闾疼爱胜玉,他抚摸着胜玉道:"女儿,相信寡人,寡人一定为你找到天下第一英雄!"

孙驰还是住在要离家中,他和雾雨一边给要离守墓,一边忙着自己的生活,成双成对出没于街市,这让专毅心里很不舒服。为了挑拨孙驰和雾雨的关系,专毅趁着孙驰不在的时候来到湖边要离家中,见到雾雨。专毅对雾雨说:"要离叔叔的确是个英雄,他断臂刺庆忌,除掉了大王的心腹之患……可是你知道吗,要离叔叔的死,是孙驰父亲孙武的主意,是孙武造成了你们一家家破人亡的悲剧!"

雾雨本不相信专毅的挑唆,但专毅说得有鼻子有眼,又不得不信。孙驰打鱼回来,她问孙驰:"孙驰,我父亲去杀庆忌,专毅说是你父亲的主意。我虽然不相信,但他的话总在我耳旁响起。你去问问你的父亲,如果你父亲说不是,我就让专毅永远闭上他的臭嘴!"

孙驰回到罗浮山家中,质问父亲道:"父亲,专毅说要离叔叔刺杀庆忌,是你的主意,这可是真的?"

孙武看着孙驰,点了点头,说:"是这样的,可是我没有想到吴王要杀雾雨,更没想到要离会死。以要离的聪明和才智,要离是不会死的,庆忌本来已经放了要离,可要离他……"

孙武没有说完,孙驰就火冒三丈了,他指责孙武道:"父亲,你为了自己建功立业,竟然如此无情无意,葬送了要离叔叔的性命!要离一家为了你的大业家破人亡,你不感到可耻吗?!"说罢,孙驰气愤地离家出走，发誓再也不回来。

孙武看着远去的孙驰，心里很难过。他是看着孙驰长大的，他本来要把孙驰培养成像自己一样的兵家，可是现在……过了几日，孙武进城找到伍子胥，请伍子胥出面劝说孙驰。

伍子胥来到雾雨家，见到了还在赌气的孙驰，他走过去拍了拍孙驰的肩膀，和蔼说道："孙驰啊，你父亲以前曾对我讲过，兵以诈立，为了取得最后的胜利，有时候难免要付出代价。孙武设计助你要离叔叔刺杀庆忌，这是奇谋！如果庆忌不死，吴国将再难安宁，百姓将在庆忌的作乱下惶惶不可终日，包括你和雾雨啊！"稍加停顿后，伍子胥叹了口气继续道："要离的死我们也很难过。听当时船上的士兵说，他有感于庆忌死前的英雄气概，不愿苟活于世……唉，要离是为吴国而死，他是真正的英雄！"

孙驰低头不语。

伍子胥的话让雾雨很是触动，她认为伍子胥讲的有道理，自己的父亲是为吴国而死，是个顶天立地的大英雄，其在天之灵也会很慰藉吧。雾雨抬头看看伍子胥，正想说什么，伍子胥又道："孙驰，年轻人不知道父母的心，我小的时候也是这样，常常和我父亲作对。我父亲让我向西，我偏向东。后来我长大了，有了自己的孩子，这才知道做父母有多难，我也因此理解了父亲。我本来要留在家里好好孝敬父亲，可楚王听信谗言，杀了我的父亲，所以我跑到吴国来。如果不能为父亲报仇，我死不瞑目！"伍子胥看了看仔细听自己说话的孙驰，接着道，"孙驰，你的父亲对你，就像我的父亲对我，他希望你能理解……回家吧，孙驰，你父亲天天站在罗浮山上，望着太湖想念你啊！"

雾雨也在一旁劝说孙驰道："孙驰，伍员叔叔说得对，我们这些做儿女的应该理解我们的父亲。你回去看看你的父亲吧。"

孙驰对伍子胥和雾雨说："我知道你们是一片好心，但我不能回家，我不会原谅一个无情无义的父亲！"

孙驰如此决绝，伍子胥只好离开了雾雨的家，赶往罗浮山。伍子胥见到孙武后,劝道:"孙驰这小子,如今仍不能自拔,你也要想开点。不过,男人在世,就应该建功立业,孙驰也是个男人,他早晚会理解你的。"

孙武"哼"了一声,说:"我不需要他的理解!他如果只沉浸在儿女情长中,我就当没有这个儿子了!"

四

吴王阖闾在伍子胥的辅佐下,招募人才,发展经济,训练军队,潜心整顿自己的国家。经过两年多的整顿,吴国国内安定,百姓安居乐业,军队整齐划一,一派欣欣向荣的景象。伍子胥和伯嚭建议阖闾讨伐楚国,伍子胥进言道:"大王,楚国时时处处和吴国作对,我们不能安于现状,要想彻底消除楚国的威胁,就应趁此讨伐楚国!"

伯嚭也说:"我赞同伍子胥的意见。我从楚国逃亡的时候,楚国上下惶恐不定,如今虽然过去了两年,但大权仍在令尹囊瓦手里。囊瓦是一个不肯听从别人意见的人,所以楚国朝臣都避而远之,不肯为楚国卖力。此时讨伐楚国,定会大获全胜。我和伍子胥都愿意做吴军的统帅,带领吴国军队,杀入楚国国都,彻底消灭楚国!"

伍子胥和伯嚭对楚国的看法,阖闾很赞同。同时,阖闾也是一个好大喜功的人,他也想讨伐楚国,称霸天下。但阖闾对这两个楚国人不放心,不想把军权交给他们,所以讨伐楚国一事,一拖再拖。伍子胥看出了阖闾的心思,他对阖闾说:"大王,我知道你想找一个有智慧、有才能、让你放心的人才,来统率吴军。"

阖闾微笑道:"你说得这是哪里话!你伍员就是一个很有才能的人,寡人如今只是没有把握战胜楚国而已。"

伍子胥谦虚地说:"大王,我伍子胥之才,远不足以战胜楚国。我给你推荐一个人,只有他,才可以战胜楚国。"

阖闾忙问:"你要举荐的是何人?"

伍子胥道:"孙武。"

阖闾一听"孙武"的名字，脸色立刻阴沉下来，他眉头紧皱，对伍子胥说："哼，我道是谁。孙武的智谋寡人没看出来，他的臭架子寡人倒是领教了！孙武这种人，寡人永远也不会重用！"

伍子胥道："杀王僚，刺庆忌，收叛军，这都是孙武的主意，这还不算是有智谋吗？他写的兵法，字字珠玑，句句警言。上次我说的'避其锐气，击其惰归'，以及'善守者，藏于九地之下'，那都是他在兵法上写的。大王，你当时问过我，能不能把所有的兵法警句都告诉你，我说等打败了庆忌会告诉你的。如今吴国大治，上下都称赞大王，我若此时再不举荐孙武，那是微臣的失职啊！"

阖闾脸色好看了许多，他看着伍子胥道："伍员，寡人知道你举荐孙武是为了寡人，为了寡人的国家，可孙武的架子太大了，寡人上次请他出山，他竟然躲着不见！这样的人，他即便再有本事，请他又有何用？"

伍子胥道："孙武以前之所以不出仕，是因为他在观察大王是不是一位明君，他在预测两国胜负之时，把君王是否贤明放在首位。如今吴国大治，百姓都称赞大王，我相信这一次只要大王出面去请，孙武一定会出山辅佐大王的。"

阖闾沉吟片刻，然后对伍子胥道："你去告诉孙武，孙武如果愿意出仕，就让他来见寡人好了，寡人绝不会再去罗浮山请他了！"

伍子胥见阖闾如此之说，只好作罢。他带着贵重的礼物来到罗浮山见到孙武，还没等伍子胥开口，孙武便说："子胥，你是不是来请我出山的啊？"

伍子胥叹了口气，说："我本来是想让吴王亲自来罗浮山请你下山的，可我好说歹说，吴王就是不同意，他是因为上次来请你，你躲着不见他，到现在还在生你的气。"

孙武笑道："所以你就带着礼物来请我下山去见吴王，对吧？"

伍子胥点点头，然后说："不瞒你说，我带着礼物是来赔不是的，不是请你下山的，不过，如果你愿意下山，我求之不得；如果你不愿去，我也不敢强求你。"

孙武又一笑,道:"我为什么不去呢?"

伍子胥一愣,道:"你肯下山去见吴王?"

孙武肯定地点了点头,然后说:"此一时,彼一时,我观察吴王多日,他可以算得上是一位知天下、图大志的君王了……走吧,我这就同你一起去见吴王。"

伍子胥闻此,高兴极了,他等着孙武收拾完毕,和孙武一起下山了。

第七回　将能而君不御者胜

知可以战与不可以战者胜，识众寡之用者胜，上下同欲者胜，以虞待不虞者胜，将能而君不御者胜。

——《谋攻篇》

一

孙武带着他的兵法十三篇进了王宫，拜见阖闾。阖闾高兴地连忙起身相迎。他对孙武说："寡人早就听说过你的大名，也知道你写的兵书乃战胜敌人的法宝……"阖闾随后又笑着说："不过，你下棋可不如寡人啊！"

孙武只是笑了笑，他不想解释，也没有必要解释。

阖闾再道："今日你来见寡人，能给寡人讲一讲你写的兵法吗？不需太多，只讲一篇便可，寡人想听一听。"

孙武道："大王既然想听草民写的兵书，我就给你讲第一篇吧。第一篇的名字叫《始计篇》，我在开头写道：兵者，国之大事，死生之地，存亡之道，不可不察也。"

阖闾点头道："嗯，说得好！兵者，国之大事，死生之地，存亡之道，不可不察也……孙武，你接着讲。"

孙武继续讲道："故经之以五事，校之以计，而索其情：一曰道，二曰天，三曰地，四曰将，五曰法。"

第七回　将能而君不御者胜

阖闾打断孙武，道："孙武，你等等，你能告诉寡人，什么是道，什么是天，什么是地，什么是将，什么是法？"

孙武解释道："道，指君主和民众目标相同，意志统一，可以同生共死，而不惧怕危险；天，指昼夜、阴晴、寒暑、四季更替；地，指地势的高低，路程的远近，地形的险要、平坦与否，战场的广阔、狭窄，是生地还是死地等地理条件；将，指将领足智多谋，赏罚有信，对部下真心关爱，勇敢果断，军纪严明；法，指国家和军队的组织结构、责权划分、人员编制、管理制度、资源保障、物资调配。对这五个方面，将领必须深刻了解。知之者胜，不知者不胜。"

阖闾对孙武的解释可以说五体投地，他赞叹道："寡人第一次听到如此系统和精彩的言论！这还只是开头啊，这样吧，孙武，你接着讲，把你的十三篇兵法都讲给寡人！"

孙武在王宫给阖闾讲解兵法之时，伍子胥焦急地在府中等待着，他担心孙武耿直的性格，担心孙武讲解的兵法……他了解孙武，一讲起兵法来，什么也不顾了，吴王又是一个爱钻牛角尖的人，一旦两人叫起板来，孙武即便讲得再好，吴王也未必会用他……

伍子胥的担心有些多余，孙武站在王宫里，越讲越有激情，他不停地打着各种手势，解释着自己的兵法。阖闾如临其境，他聚精会神地盯着孙武。

孙武讲道："……三军可夺气，将军可夺心。是故朝气锐，昼气惰，暮气归。故善用兵者，避其锐气，击其惰归，此治气者也……"

阖闾突然醒悟过来似的，打断了孙武："你等等！"

孙武停下来，问阖闾："大王，可是有不明白之处？"

阖闾道："寡人记得，伍员曾经给我讲过'避其锐气，击其惰归'，寡人还正纳闷他是如何琢磨出来的……原来是你孙武啊……孙武，你接着讲。"

孙武笑一笑，然后接着说："刚才这段兵法的意思是说，对于敌方的军队，可以挫伤其士气；对于敌军的将帅，也可以动摇他的决心，使其丧失斗志。一般情况下，军队的士气在战斗初始时最为饱满旺盛，过一段时间就会减弱，到最后就会完全衰竭。所以，善于用兵作战的人，总是避开敌军初始阶段的锐气，等到敌军士气懈怠衰竭时再发起攻击，这是从士气上制伏、战胜敌人的办法……"

孙武从容不迫地给阖闾讲解着兵法，他从来没有讲得如此认真，直到王宫上灯了，他还在给阖闾讲述。阖闾似乎也忘记了一切，只是认真地听讲。在孙武的讲述过程中，阖闾似乎看到了风云变幻的战场，孙武指挥着吴国军队，摧枯拉朽，一往无前。

孙武讲完了兵法的最后一篇《用间篇》，他说道："……昔殷之兴也，伊挚在夏；周之兴也，吕牙在殷。故明君贤将，能以上智为间者，必成大功。此兵之要，三军之所恃而动也。"

兵法都讲完了，王宫里一片寂静。孙武静静地等待着阖闾的反应，阖闾还沉浸在畅想之中。许久，孙武问："大王，草民讲的兵法，不知道大王听得如何？"

阖闾这才从畅想中回过神来，他不由得赞叹道："好啊！寡人刚才说从来没有听过如此精彩的兵法，现在看来，这兵法不但精彩，还很实用，若用此兵法指挥吴国军队，必将无往而不胜！"

孙武听到阖闾的赞扬，心里很高兴，他对阖闾道："大王如此称赞草民的兵法，草民不胜荣幸，草民这部兵法就送给大王了。"

说着，孙武把携带的十三篇兵法恭敬地送给了阖闾。

阖闾没有接孙武递过来的兵书，他真诚地说："你送我的不是一部兵书，是获胜的法宝，寡人不能在此接收，等寡人拜你为上将军之时，寡人要当着吴国众臣和百姓的面，接收这无价之宝！"

孙武听了这番话，更是感动，他由衷地对阖闾道："若大王破格拜草民为将，草民当竭尽全力，指挥吴国军队打败天下最强大的敌人——楚国！以报大王知遇之恩。"

孙武如此表态，阖闾也由衷地高兴，但他一想，寡人不能就这么拜他为将，如果现在拜他为将，以后就很难驾驭他了……于是，阖闾对孙武叹道："寡人刚才说的，是指你写的兵法而言，但世上夸夸其谈兵法者也大有人在，寡人尚不知你运用兵法的实践能力如何。"

孙武回答道："草民的兵法不但可以用来训练士兵，即便是女人，只要听从草民的军令，经草民训练后，也可以上阵打仗。"

阖闾大笑，然后饶有趣味地道："孙武，你可不要说大话，我给你三百宫女，你能让她们成为可攻可守、进退自如的士兵吗？"

孙武自信道："我刚才说过了，即便是女人我都可以训练成为无坚不摧的士兵，宫女也是女人，我当然可以让她们成为大王想要的士兵了。"

阖闾道："好，我们击掌为誓！"

阖闾说着伸出右手手掌。

孙武看着阖闾，也伸出了右手手掌。

阖闾道："你若真能把宫女们训练成合格的士兵，我拜你为吴国的上将军，但是你若不能呢……"

孙武道："草民便回到罗浮山，永不出仕！"

阖闾和孙武的手掌拍在了一起。

二

孙武回到姑苏城伍子胥住处，伍子胥问他谈得如何。孙武先是把吴王阖闾对兵法的称赞告诉了伍子胥，伍子胥很高兴，心里的一块石头总算落地了。孙武又说了和阖闾训练宫女打赌之事，伍子胥笑着对孙武说："长卿，训练宫女你不要太较真。这些宫女平日散漫惯了，又受到大王的宠爱，你要是真按士兵的标准对待她们，别说宫女们不会听从你的号令，大王也不会答应！大王这样做，就是想杀一杀你的傲气，让你服服帖帖听从于他。"

孙武则说："我作为一个兵家，只要接受了命令，无论有何困难，也不能更改，更不能放弃。"

孙武要训练宫女，阖闾心里兴奋异常，又满怀期待。自古以来，再优秀的兵家，也不可能把女人训练成士兵，尤其是他的这些宫女骄娇二气，除了陪着他饮酒作乐，别人谁的话也不听……阖闾没想到孙武如此聪明之人，竟然能上了他的圈套！后来，他又一想，这些兵家的脑子都在用兵打仗上，对待人情世故，也许一窍不通，上次他隐姓埋名到罗浮山找孙武对弈，孙武不就输给他了吗？其实，这些兵家，也就是在自己熟悉的领域占优势而已，归根结底也只是常人！阖闾想着想着，在两个宠妃的陪伴下睡着了，这一夜，他睡得很香。

第二天，阖闾带着女儿胜玉和众臣来到王宫点将台观看孙武训练宫女。阖闾笑着对胜玉说："胜玉，今天寡人带你看一出戏，你一辈子恐怕都看不到这么精彩的戏！"阖闾的话，胜玉并没放在心上，此次前来也只是消遣时间。

一阵鼓声响起，三百宫女陆续来到了练兵场，她们有的手里提着兵器，有的扛着兵器，嘻嘻哈哈，乱作一团，还不时地向吴王阖闾施眉眼。有些宫女平时很难见到吴王阖闾，听说吴王要看她们训练，个个描眉画眼，要在阖闾面前展示自己的风姿，以便引起关注。

孙武命令宫女分做两队。让阖闾的两个宠妃做队长，这两个宠妃在昨晚还陪着阖闾睡觉，她们相互看看，笑着答应了。孙武当众宣布道："我说向右，你们就转向我的右手方向；我说向左，你们就转向左手方向；我说向前，你们就转向前心的方向；我说向后，你们就转向后背的方向。"

其中一个队长嬉笑着问孙武："大将军，哪边是你的右手方向，我们看不明白！"

孙武举起右手向宫女们示意，道："这是我的右手，我们命令你们向右，你们就转向我右手的方向。你们听到没有？"

宫女们只是笑，没有人搭话。

阖闾坐在点将台上，笑着对胜玉说："孙武要输了，宫女们根本不听他的，他训练不了寡人的宫女！"

胜玉好奇道："既然你知道他训练不了，你为何还让他训练呢？你这不是有意看孙武的笑话吗！"

第七回　将能而君不御者胜

阖闾道："寡人无意看他的笑话，寡人是要杀一杀他的威风！"

练兵场上，孙武再次大声对众宫女宣布道："我说向右，你们就转向右手方向；我说向左，你们就转向左手方向；我说向前，你们就转向前心的方向；我说向后，你们就转向后背的方向。听到鼓声就前进，听到锣声就要坐下，违抗命令者，斩首示众。"

此时，练兵场上的宫女们声音小了一些。

孙武严肃地问两个宫女队长道："我刚才的命令，你们两位队长听到没有？"

两个宫女队长笑着点了点头。一个队长小声地对另一个说："你看到了没有，我们的大将军严肃起来，还挺英俊的！"

那个队长笑着回道："他不严肃也很英俊！"

两个队长说罢，都看着孙武不停地笑。

孙武还是板着脸，高声命令道："擂鼓！"

孙武的副手擂响了战鼓。

孙武高声道："向右前进！"说着，孙武举起右手。

宫女们有的向右，有的向左，嬉笑不止，乱哄哄的，闹成一团。

点将台上，阖闾哈哈大笑，然后对胜玉道："看看，寡人说吧，这些宫女是训练不成士兵的，孙武还不信！如今丢人现眼了！"他对一旁的伍子胥道："伍员啊，你去告诉孙武，他的兵法寡人已经见识了，他统领军队的本事，在这些宫女身上是体现不出来的，让他罢手吧！寡人和他的赌约可以不作数。"

伍子胥按照阖闾的嘱咐来到训练场，把阖闾的话转告了孙武。孙武坚定地对伍子胥道："你去告诉大王，作为兵家，必须言而有信，我会把这些宫女训练成士兵的！"

伍子胥回到点将台，把孙武的话告诉了阖闾。阖闾笑道："这个孙武，就是倔强！那也好，寡人倒要看看，他是如何让宫女变成士兵的！"

孙武又耐心地颁布了三次军令，然后亲自击鼓，并发号施令："向右前进！"

宫女们还是向左的向左，向右的向右，乱哄哄，嘻哈哈，闹成一团。两个宫女队长，嬉笑得尤其厉害。

孙武停下了指挥，严肃地问立于身后的两位副手道："军法规定，不发号施令，军队不前，乃国君与将领的错误；已经发号施令，申明军纪，军队做不到，乃军士的错。军法还规定，奖赏行善从低贱的人开始，惩罚恶行从高贵的人开始。若士兵三令五申后仍不听从命令，他们的队长，按照军法该如何处置？"

两名副手大声道："斩首示众！"

孙武随即命令两个副手："将两名队长，斩首示众！"

命令一出，训练场上顿时鸦雀无声。宫女们都相互看看，不知如何是好。两个副手上前架起受到惊吓、不住挣扎的队长就向行刑台走去。

点将台上，阖闾明白过来，这不是开玩笑，是玩真的！孙武要将他的两个宠妃就地正法！慌张的阖闾立刻对一旁的伍子胥道："伍员，快，快让孙武住手，寡人已经领教他统兵的本事了……"

伍子胥立刻赶往训练场，此时两个宫女队长已经被绑在刑台上了。伍子胥急切地对孙武道："长卿，大王说了，你把这两个妃子放了吧，你统兵的本事他已经领教了！"

孙武严肃地说："令已出，不可更改！"

伍子胥道："长卿，你说的都是兵法，我给你讲的是人情。这两个是大王最宠爱的妃子，大王离不开她们，所以，还请你放了她们吧！"

孙武说："练兵场即是战场，我要杀的不是妃子，是两个违抗命令的士兵。请转告大王，将能而君不御者胜！"说罢，孙武高声命令两个副手："行刑！"

两个副手手起刀落，那两个可怜的宫女队长身首异处。其他宫女噤若寒蝉，直直地站立在原地，等待孙武的命令。

孙武再次发布军令："向右前进！"

宫女们排列整齐，向右前进。

孙武又命令："向后前进。"

第七回　将能而君不御者胜

宫女们拿着兵器，转身向后前进。

点将台上，阖闾脸色阴沉，一句话也不说，默默地看着练兵场上发生的一切。

一旁的胜玉则一脸兴奋，她拍着手对阖闾道："父王，你请的这个将军太厉害了！竟然敢杀你最宠爱的妃子，让这些宫女也听命于他……父王，他叫什么？"

阖闾一言不发，起身走了。胜玉看看离去的阖闾，又回头饶有兴致地看着练兵场。练兵场上，宫女们已经行走自如，步伐也变得坚定有力，她们随着孙武的军令，一会儿向左，一会儿向右，那步伐踩在地面上，发出铿锵有力的声音……

三

宫女训练完毕，孙武进王宫向阖闾复命。他对阖闾说："大王，按照你的命令，宫女们已经可以成为士兵上战场了，你还有什么吩咐？"

阖闾看了看孙武，冷冷地道："你下去吧，寡人累了。"

孙武看着阖闾，问："大王是对我训练的宫女不满意吧？"

阖闾摇摇头。

孙武又问："是不是因为杀了大王的两个宠妃，大王记恨于我？"

阖闾沉思片刻，道："寡人不是一个昏君，不会把女人看得比国家还重要。"

孙武再问："是不是因为大王为两个妃子说情，我没给大王面子？"

阖闾只是看着孙武，没有回答。

孙武道："我给大王讲解兵法《谋攻篇》时，说到有五种情况可以预见战争的胜利，其中之一便是'将能而君不御者胜'，大王曾经赞叹说，这句话很重要，对有才能的将军，君王不应该牵制。"孙武看阖闾没有反应，继续道，"大王还说曾读过古司马穰苴的兵法，那部兵法也有类似的话：将在军，君命有所不受。我当时听了大王的话，很受鼓舞，我终于找到了一个可以信赖的明君！可现在看来，大王只是嘴上说说而已，并不打算按兵法上说的去做。如果真是这样，那我就告辞了。"孙武说罢，转身离开了王宫。

阖闾看着孙武离开王宫，有些后悔，他心里明白当下孙武是带领吴国军队打败楚国的最佳人选。思索再三，他召见伍子胥，命伍子胥再去罗浮山请孙武。伍子胥说："这次如果大王不能亲自出面，孙武不但不会回来，还会离开吴国，另寻新君。"

阖闾冷冷道："寡人得不到的，别人也休想得到！孙武要是离开吴国，寡人就杀了他！"

伍子胥又进言道："大王王业未成就杀贤人，有才能的人都会离大王而去，到那时，大王的吴国离灭亡也就不远了！"

阖闾看了伍子胥片刻，然后道："好，寡人亲自去请。"

伍子胥窃喜，但表面上却说："大王，微臣有一个提议。大王此次去罗浮山，不可兴师动众，要微服前往，让孙武感到大王平易近人，这样大王不论有什么话都好说了。"

阖闾看看伍子胥，笑一笑："这一点，寡人已经想到了。"

第八回　兵者，国之大事

兵者，国之大事，死生之地，存亡之道，不可不察也。

——《始计篇》

一

阖闾微服来到罗浮山孙武家中时，孙武从屋子里迎出来，将阖闾引至一张石桌前，桌上摆着一局棋。孙武对阖闾说："上次大王来我家，说还会再来对弈，希望我的棋艺有所长进。"

阖闾笑着说："你的兵法也许天下无敌，而寡人的棋艺，天下也没有对手。"

孙武对阖闾道："那我们再下一局，如何？"

阖闾欣然同意。孙武让阖闾执黑先行，阖闾也不客气，道："寡人先行可以，但寡人必须赢你五目以上才为赢！"

这局棋，两人你来我往，杀得天昏地暗，一直到太阳落山才分出胜负，阖闾输了一目。阖闾看着残棋百思不得其解，他问孙武："从开局到收官，寡人几乎屡屡占先，为何最后却输给了你？"

孙武回答道："大王看重的是局部，我看重的是全局。虽然大王在局部屡屡占先，可在整盘棋的布局上却落了后手。"

阖闾又盯着残棋看了片刻，不由得点头。

孙武接着说："下棋就像作战，不能目光短浅，只关注局部胜利，要着眼战争的全局。兵者，国之大事，死生之地，存亡之道，不可不察也。这个察，就是从国家的民力、财力、周边国家的关系等诸多方面体察，以此决定战争可否进行，如何进行，只有考虑周全，大王的国家才能战胜强大的敌人，立于不败之地。"

孙武对"兵者，国之大事"的重申，以及在对弈时的层层布局都令阖闾口服心服。阖闾对孙武说："上次先生给寡人讲兵法，寡人只是知道了兵法的妙处。今日先生给寡人讲兵法，让寡人知道了兵法对国家之重要，对寡人之重要！今后，寡人不但要用好你的兵法，更要用好你这个兵家。寡人这次来，就是诚心请你出山的，让你带领吴国军队战胜强敌，为寡人争夺天下霸业。"

孙武见阖闾态度诚恳，便答应了阖闾。

阖闾在姑苏城将军台举行了隆重的拜将仪式，拜孙武为吴国上将军。伍子胥、伯嚭、专毅和朝中大臣们都参加了拜将仪式。胜玉也来了，她看着威风凛凛的孙武，心中陡增爱慕之情……

在点将台上，阖闾郑重接受了孙武的兵法，并授予孙武上将军印，他当众宣布："吴国的军队，一切听命于上将军孙武。一旦国家通过战争的决定，任由孙武调配军队，指挥战斗！"

伍子胥、伯嚭、专毅，还有吴国的众臣都从心里称赞阖闾的决定，大家可以说同仇敌忾，万众一心。

回到宫中，胜玉问父亲阖闾："父王，孙武是不是天下第一英雄？"

阖闾欣然回答道："吴国的上将军当然是天下第一英雄了。"

胜玉对阖闾说："当初你答应帮我找到天下第一英雄，让我嫁给他，如今既然找到了，你就应该兑现自己的诺言，把我许配给孙武。"

阖闾根本就没想到胜玉会看上孙武，便支吾道："孙武这个上将军，如今只有虚名，还没有战功，只有等到他为吴国立下战功之后，才可以称之为天下第一英雄。"

胜玉又问："孙武何时为吴国打仗？"

阖闾敷衍道："快了。"

胜玉心里说：等到孙武立下战功，我一定嫁给他。

二

雾雨和孙驰平日除了为要离守墓，便是织纱、打鱼，维持生计，日子过得也算愉快。这天，孙驰下湖捕鱼，雾雨一人拿着织好的纱到街上去卖。专毅在街上遇到了卖纱的雾雨，他兴奋地对雾雨说："昨日吴王拜孙武为上将军——就是孙驰的父亲，仪式非常隆重，大臣们都去了！吴王说孙武就是天下第一英雄，吴国的军队一切听从他的指挥！"他看着雾雨说："以后我也会做上将军的，到那时，吴国的军队也会听我的指挥，吴国所有的人都会敬重我的！"

雾雨不屑地说："你已经在我面前吹了许多遍了，我不想再听了，我要去卖纱了。"

专毅连忙道："雾雨，你的纱我都买了！"他看着雾雨又道："以后我绝不会在你面前再提当将军的事了，我要拿事实说话！"

雾雨回到湖边家中，孙驰刚打渔归来。雾雨把孙武拜将的事告诉了孙驰，孙驰没有一点高兴的样子，只是淡淡地说："他的上将军是要离叔叔用性命换来的，没有什么值得炫耀的。"

雾雨不同意孙驰的说法。她对孙驰说："父亲是为了吴国而死，也是为了他自己，他要做名扬天下的勇士，这不能责怪孙武伯伯。"

孙驰不愿为了父亲的事和雾雨争吵，便把话岔开，问："今日你的纱卖得如何？"

雾雨说："今日在街上遇见专毅了，他说要买我的纱，我没卖给他。他又说也要当上将军，让吴国的人对他刮目相看！"

孙驰气哼哼地道："他要当上将军，那吴国的狗也能当将军了！"

专毅为了当上将军，决定从将军做起。他觐见阖闾，说："大王，如今吴国最要紧的是建立强大的军队，专毅不才，愿意从军为将。"

阖闾对专毅道："你决心从军，寡人很高兴，但从军要从底层做起，因为你没有战功，也没有指挥军队的经历，所以只能做一个一般的将军。"

专毅说："战功只有打仗才可确立，指挥才华也需要经过战争的磨砺才可建立，我既然决心从军，就不会计较官位得失。不过，我一定要用我的战功，让大王对我刮目相看。"

阖闾满意地点点头，随后任命专毅为指挥一千人的将军。

为了战胜强大的劲敌楚国，吴王阖闾命令上将军孙武颁布征兵命令，凡十八岁至三十岁的男人，都在征兵之列。专毅负责征兵，他特意来到湖边要离家，命令孙驰从军，那天雾雨出门卖纱不在家。专毅对孙驰说："上将军颁布了征兵的命令，本将军负责征兵，你也在征兵之列，我不敢违背上将军之命将你排除在外。所以，你收拾一下，跟我当兵去吧。"

孙驰为了陪伴雾雨，不肯从军。他对专毅说："我在为要离叔叔守墓，这和别人不同，要离叔叔是国家的功臣，所以我是可以不去从军的。"

专毅冷笑道："上将军的征兵命令说的是，凡十八岁至三十岁的男丁，都在征兵的范围，并没说为谁守墓的事，你还是跟我走吧。否则，拒绝从军就是违抗上将军之命，违抗军命者是要斩首的！"

孙驰根本不怕专毅的要挟。他对专毅说："你就是将我斩首，我也不去从军，尤其是跟着你从军！"

专毅又是一阵冷笑，对孙驰说："这可是你说的……"他突然板起脸命令手下的士兵："把孙驰带走，斩首示众！以此警示那些不愿意从军之人！"

士兵们上前拉着孙驰就走。孙驰一时也不知如何是好，他万万没想到专毅会来这一手。孙驰极力反抗，但好汉不敌群狼。经过一番撕扯挣扎，孙驰被士兵们绑了起来。

专毅一挥手，士兵们拉着孙驰就要走，正好雾雨卖纱回来了。雾雨见状，疾步上前抱住孙驰，怒目专毅道："专毅，你这是公报私仇！快把孙驰放了！"

专毅微笑着对雾雨道："雾雨，我实在是没有办法，这是上将军颁布的征兵命令，孙驰也在征兵之列。孙驰不去从军，违抗上将军之命，我只能把他强行带走。"

雾雨对专毅道："你有上将军之命，我有大王之命！"雾雨从身上拿出一只玉佩，对专毅道："你看看这是什么？"

专毅看了看雾雨手里的玉佩，那是一块色泽透亮、圆润上好的玉佩，只有王宫的人才能佩戴。专毅道："这是一块玉佩啊，它和大王之命有何关系？"

雾雨道："你再睁开眼好好看看！这是大王的玉佩，是大王送给我的，说我今后如果遇到什么事情不好处理，见到玉佩，就如见到大王。"

原来当初阖闾问雾雨想要什么，雾雨说以后想起来再求大王，阖闾把自己的玉佩送给了雾雨，凭此玉佩来王宫，没有人敢拦阻。

专毅看看雾雨手中的玉佩，又看看雾雨，不甘心地问："你说的……可是真的？"

雾雨微笑道："你若不信，可以去问大王。"雾雨转身，厉声对那些士兵说，"赶快把孙驰放了！"

士兵们都看着专毅。专毅摆摆手，转身出了要离的家。

专毅离开要离家后，越想越觉得窝火，他心里说，我父亲专诸鱼腹藏剑杀死吴王僚，阖闾才得以做了大王，而要离只不过是杀了庆忌，他的功劳怎能比得过我的父亲专诸呢？我要到大王面前告他孙驰！

专毅见到吴王阖闾，添油加醋状告孙武袒护孙驰。他说："孙武身为上将军，本应以大王为重，以吴国为重，按照上将军颁布的命令，他儿子明明在征兵之列，可他不让自己的儿子从军！"专毅还说，"孙驰作为吴国上将军的儿子，胆小怕死，他说要给要离守丧，可守丧的日子已经到了，他是借此不肯当兵……他根本不配做上将军的儿子！"

阖闾安慰了专毅几句，然后召孙武进宫。他对孙武道："寡人听说你儿子孙驰不愿意当兵，也许他是为了给要离守丧，但守丧也有个时日，你回去对儿子说，等待守丧日子过了后，就应该当一名吴国的士兵……不，应该是吴国的将军，上将军的儿子，应该从将军做起！"

阖闾说孙驰不愿当兵之事时，孙武一句话也说不出来，虽然阖闾没有责怪孙武，但孙武仍感到脸面无光。

孙武离开王宫，来到湖边要离的墓地，正巧孙驰和雾雨都在，他们正给要离上坟扫墓。孙武指着孙驰痛骂道："孙驰，你真丢脸啊！你不是在守护要离的亡灵，而是在给要离丢人！要离乃当今天下第一勇士，他怎么能容忍一个胆小鬼为自己守墓呢？你根本就没有这个资格！"

孙武的话让孙驰无地自容。

孙武走后，雾雨对孙驰说："你父亲说得对，你如果不从军，真的没有资格为父亲守墓了。"

孙驰动情地对雾雨说："雾雨，我是舍不得你，我担心你一个人留在家里孤独。"

雾雨说："我不怕孤独，我怕的是别人瞧不起自己的男人！只要是女人，都希望自己的男人成为天下的大英雄。"

孙驰望着雾雨问："你真是这么想的吗……"

雾雨很认真地点点头，说："是的……孙驰，你去从军吧，我可以让吴王封你为将军，让你指挥你的士兵在战场上建功立业，也成为令人敬慕的英雄！"

孙驰拒绝了雾雨的好意，他说："我可以从军，但我不接受别人的恩赐，我要从一个底层士兵做起……"

孙驰答应从军，这让孙武的心终于放了下来。他来到伍子胥府上，两人一起喝酒，他将孙驰当兵的事告诉了伍子胥，伍子胥也很高兴。伍子胥对孙武说："强将手下无弱兵。孙驰我了解，你的许多兵法都能背过了，他应该从将军做起。"

孙武摇摇头说："我的儿子，我了解，没有战功，他不会要这个将军……不过，我相信孙驰，他一定能当个好士兵，为国建立战功！"

三

孙驰当兵走的那天，孙驰和雾雨久久地坐在湖边，看着西边的太阳

第八回　兵者，国之大事

落在湖水了，把太湖水全都烧红了。

孙驰问雾雨："我走后，你想我吗？"

雾雨点点头，说："想……我想，我的男人一定会为国建立战功。"

孙驰将雾雨搂在怀里，说："我一定用战功，迎娶你……"

西边的太阳已经落下去了，但太湖的水还是那么通红……

孙驰来到军营，分在专毅手下。专毅处处刁难孙驰，别人训练背圆木前行只需一根，他让孙驰背两根，所以孙驰每次都是最晚一个回到军营；练习砍杀，别的新兵都是训练两个时辰，专毅要孙驰必须训练四个时辰。砍杀是一项十分费力气的训练，两个时辰的训练，那些新兵都是气喘吁吁，孙驰能完成四个时辰的训练，简直就是咬着牙练下来的，训练完顾不得吃饭，一头倒在床上便睡了过去。长此下去，任谁也受不了的。

这天，孙驰正在训练砍杀，专毅来到训练场，他看了一会儿，对孙驰道："你的砍杀简直是玩闹！你面前的靶子，怎么一个也没有被劈坏呢？"

孙驰气哼哼地说："我的靶子已经换了第一百零四个了！"

专毅无话可说，便对一旁负责训练的将军说："孙驰顶撞我，罚他加练两个时辰，练的时间不够，不许吃饭、休息！"

孙驰听到这话怒火中烧。他拿着刀对专毅怒道："你这是故意为难我，算是什么将军？你明明是公报私仇！"

专毅看着孙驰手中的刀一时有些害怕，支吾道："我……我并非公报私仇，我是……我是为你好，你的父亲说过，训练新来的兵士，必须从严……"

孙驰愤怒地说："你少提我父亲，我和他没关系！我已经砍坏了一百零四个靶子，是我们这些新来士兵中砍坏靶子最多的，你却说我训练不出力，还要加罚与我！你不是公报私仇，是什么？"

专毅看看孙驰手中的刀，道："你，你拿着刀和将军说话，算……算什么……你把刀放起来……放起来，我告诉你……"

孙驰这才意识道自己拿着刀对专毅说话，忙把刀扔到一旁，道："好，你说吧！"

专毅见孙驰把刀扔到一旁，走上前使劲把地上的刀踢到远处，然后转过身，对孙驰冷笑道："你竟然敢拿着刀威胁将军，你知道这是什么罪吗？"

孙驰知道自己不该拿刀对专毅说话，便道："你说我是什么罪，我就是什么罪！但是，你必须说明白，你惩罚我是不是公报私仇？"

专毅又是一声冷笑，然后道："公报私仇？哼，对你的惩罚，是因为你手里拿着刀！来人！"立刻有两个将军走上前。专毅对他们道："把孙驰绑起来，打二十军棍！"

两个将军上前把孙驰绑了起来。孙驰不服气地高声道："你说得不对，你是要惩罚我在前，我拿刀对着你在后……"

两个将军不管三七二十一，把孙驰按在地上，另一个将军上前抡起军棍一口气打了二十下。孙驰的屁股被打得不敢着床，只得趴在床上睡觉。

专毅惩罚孙驰的消息，很快传到上将军孙武和伍子胥那里。伍子胥对孙武说："专毅如此对待孙驰，是因为雾雨的缘故，你该下令制止他！"

孙武道："孙驰既然来当兵，什么样的委屈都要能够忍受，何况，专毅说得也在理，你无论有什么理由，也不能拿刀对着自己的将军。"

专毅惩罚了孙驰，他本来担心孙武会干预，但孙武没有，这让专毅窃喜，他心想：我父亲是专诸，是大王的功臣，他孙武也不敢拿我怎么样！此时，有人来报，说有人来看望孙驰，是个漂亮的女人。专毅知道，肯定是雾雨来了。

雾雨来到孙驰的住处看到了趴在床上被打伤的孙驰，忙问孙驰是怎么回事。孙驰不愿让雾雨担心，就说这两天不舒服，雾雨正想进一步追问，专毅走进来，他对雾雨说："孙驰违犯军纪，受到应有的惩罚，被打了二十军棍。"

雾雨没有理睬专毅，忙问孙驰："他们打得你疼吗？"

孙驰微笑着说："不疼，我能忍过去。"孙驰试图装出轻松的样子，却疼得不由得皱眉。雾雨看在眼里，疼在心里。

专毅在一旁对雾雨讥讽道："孙驰这样的人，本来就不该托生男人，来当兵受罪，他要是个女人就好了，在家里浣纱、做饭，伺候男人。"

孙驰非常气愤。他忍住心中的怒火，告诉专毅："不要光耍嘴皮子，真男人是从战场上杀出来的！"

专毅看着孙驰，不屑地冷笑道："那好，我们战场见。"

第九回　攻其所不戒

兵之情主速，乘人之不及，由不虞之道，攻其所不戒也。

——《九地篇》

一

当初吴王僚被杀，他的两个兄弟掩余和烛庸逃到徐国和钟吾国，他们听说庆忌被阖闾的刺客杀死了，担心徐国和钟吾国保护不了他们，便又逃到了楚国。楚国的令尹囊瓦把他们安排在楚国边界的舒城，让他们训练军队对付吴国。

掩余和烛庸时常带着他们的士兵袭扰吴国，令吴国边境不得安宁。阖闾命孙武进攻楚国的舒城，除掉掩余和烛庸。孙武说："上兵伐谋，其下攻城。攻城耗费兵力，若攻城不克，一旦楚国的援军到达，吴军将难以全军而回。要破舒城，必须用计谋，即使攻城，也要伺机而动。"

阖闾有些不耐烦，他对孙武说："你如何攻城，寡人不问，寡人只要掩余和烛庸的人头！"

孙武回到军营，立刻召集所有将军，命令全军将士取消假期，不得离营。随后他又宣布，越国有意进犯吴国，吴国的军队要立刻前往吴越边境，准备迎击越军。孙驰认为自己的机会到了，他暗暗发誓，一定要勇猛杀敌，建功立业，让吴国上下所有的人对自己刮目相看。

这天，天色刚蒙蒙亮，吴国军队浩浩荡荡地出发了。

第九回 攻其所不戒

吴国的军队出姑苏城南门，默默向前行进了一天的路程，突然孙武命令全军，折转向西而去。这让将士们都摸不着头脑，不知孙武打的什么主意。孙驰却心领神会，他听到父亲向西而去的命令后，猜测父亲肯定是声东击西，他要打的是楚国的舒城。

夜晚，吴军的宿营地戒备森严，营地里只有巡逻的士兵踏着月光在走动。

孙驰独自一人来到父亲孙武的营帐，孙武看着站在面前的儿子，真想说几句关怀的话，因为自从上次在湖边要离墓地训斥孙驰后，他再也没和孙驰单独在一起过。不过，孙武还是抑制住自己的感情，他以上将军的口气冷冷地问："你身为一个士兵，有什么事应该先报告主管你的专毅将军，而不是直接找我这个上将军。"

孙驰回答道："我要说的事情，关乎全军的胜负，专毅担负不起这个责任，我只有来找上将军。"

话说到这份上，孙武只好问："你要说的是什么事？"

孙驰反问道："上将军要打楚国的舒城，对不对？"

孙武有些惊异地看着孙驰问："你怎么知道的？"

孙驰说："我看过上将军的兵法，也略懂地形。"他走到桌上的军事地图前，指着军事地图上前往舒城的道路道："上将军沿着这个方向走下去，便是去往楚国的舒城。另外，楚国的公子掩余和公子烛庸在舒城，他们是大王的死敌，大王必灭之而后快。"

孙武默默地看着孙驰，孙驰已经不再是那个只会意气用事的少年了，他成熟了，知道用自己的兵法分析战争了，这让孙武从心里高兴。但孙武不想让孙驰看出自己的高兴，而是冷冷地对孙驰道："你猜的不错。此次出征，就是为了破舒城，捉拿掩余和烛庸。我要求你，这件事到此为止，不要再对别人提起。"

"我会的。"孙驰点了点头，然后说，"上将军的兵法中说'兵之情主速，乘人之不及，由不虞之道，攻其所不戒也'。前三句上将军已经做到了，这次用兵先是放风说攻打越国，然后突然转向楚国的舒城，一路上严密封锁消息，走敌人意料不到的道路，到时必将令舒城的敌军措手不及。"

孙武对孙驰的分析，不由得点头称是。

孙驰接着说道："至于最后一句'攻其所不戒'，就是要在敌人尚无戒备时发起进攻，我有一计，或许可以办到。"

孙驰的此番话，更是令孙武刮目相看，孙武对孙驰道："你坐下，仔细说一说你要如何做到'攻其所不戒'。"

孙驰坐在孙武面前，滔滔不绝地说着自己的想法。孙武认真听着，不时点头，也纠正和完善着孙驰的想法……这么多天以来，父子两人第一次靠得这么近，谈得这么多。他们的话，一直说到月上中天。

二

专毅的部下来告诉专毅，孙驰去了孙武的营帐，两人谈了大半夜，不知道谈的什么。专毅很想知道，但他不便去问孙武。这天，军队行军休息的时候，专毅命人把孙驰叫到自己的帐篷。专毅摆了一桌酒菜，等着孙驰的到来。可孙驰迟迟没来，这让专毅一脸不快。

专毅带着护卫来到孙驰的帐篷，孙驰还是不在。专毅问帐篷里同住的士兵："孙驰为何不在？"

那士兵回答说："孙驰一连两个晚上都不在。"

专毅心里想：难道孙驰跑了？开小差了……不行，我要报告上将军！

专毅来到上将军的营帐，见到孙武，他向孙武报告说："上将军，因为末将失职，末将手下的士兵孙驰开小差溜走了！"

孙武很平淡地说："跑了就跑了吧，等我们打完这仗，再行处理。"

专毅不肯放过孙驰。他对孙武道："我想他肯定是想念他的相好雾雨，所以离开了军营去见雾雨了。请上将军下令，我派人立即返回吴国，把孙驰抓回来，让上将军处置！"

孙武不快地说："我的话你还不明白吗？如今之要务是打仗，对那些跑回吴国的人，打完仗再处理！"

第九回　攻其所不戒

专毅看看孙武，只好离开了孙武的帐篷。

回到自己的帐篷，专毅越想越觉得不对，他心里说：你孙武明明是在袒护你的儿子！哼，我不管孙驰是不是你孙武的儿子，我要抓回这个逃兵！于是，专毅命令人立刻赶往吴国，到雾雨家把孙驰抓回来。

专毅命令手下一名姓卫的将军带着两个士兵，连夜骑马返回吴国。他对卫将军说："一到吴国，你立刻奔赴太湖边雾雨的家，孙驰肯定在那里，你必须把孙驰给我抓回来！"

卫将军不敢怠慢，带着士兵打马而去，第三天便到达太湖边雾雨家。卫将军跳下马，不由分说，命令雾雨道："你立刻把孙驰交出来，否则，军法惩处！"

卫将军的话让雾雨一头雾水，她对卫将军说："孙驰根本就没有回来，他一直在军营服役。"

卫将军根本不相信，他命令同来的士兵在院子和屋子里搜查。结果也没有找到孙驰的影子。卫将军还是不放心，他让手下士兵隐蔽起来，等着孙驰归来。雾雨对卫将军说："你们应该相信我，孙驰如果真的回来，我也不会留下他，我会让他立刻返回军营，当兵就应该有个当兵的样子！"

卫将军依然不相信，他对两个士兵命令道："你们两个留在这里，孙驰一回来，立刻把他抓回军营，我这就赶回军营向专毅将军禀报。"

那两个士兵留在雾雨家，躲在一个小屋子里，等待孙驰归来。卫将军打马飞奔，又赶了三天的路，回到临时军营。当卫将军赶到吴军军营时，吴国的军队早已经走了。卫将军离开军营回吴国抓孙驰时，专毅曾经告诉他：等他回来，吴国军队也许已经开拔了，去哪里还不好说，你可以问当地一个姓陈的大户人家，专毅离开时会悄悄把吴军的行踪告诉他。

卫将军找到姓陈的大户家，问吴军的去向，姓陈的人只是摇头，说不知道吴军去何处了。卫将军不信，威胁姓陈的大户说："你如果不告诉我吴军的去向，我就杀了你！"

大户哭丧着脸道："你就是杀了我，我也不知道！"

原来，孙武开拔时，特地命人把专毅叫到自己的营帐，让专毅跟从他行动，不得擅自离开半步。专毅虽嘴上不说，心里只是叫苦，因为他没有机会把吴军的行踪告诉那家姓陈的大户人家了。

三

楚国边城舒城的夜晚冷清凄凉，久不见吴国军队的出现，守城的士兵有些疲惫。他们蜷缩着身子，孤单地守在城头，冷峻的小风从头上吹过，卷起城头阵阵尘土。而他们的将领掩余和烛庸这些天袭扰吴国边境，难得有休息的日子，这几天听说吴国的军队要和越国开战，终于可以休息一下了，两人在酒馆里要了酒菜，边喝酒边观看女乐。女乐们挤眉弄眼，一边舞着一边唱道："出其东门，有女如云。虽则如云，匪我思存。缟衣綦巾，聊乐我员……"这首诗唱的是男人对女人的爱恋，漫步东城门，虽然美女多若天上云，但非这男子所爱……

掩余看得高兴，他对烛庸说："喝酒欣赏女乐，这才是咱们应该过的日子！可是那囊瓦，却让咱们不停地袭扰吴国……哎，咱们就是囊瓦手里的一条狗，一条咬人的狗！"

烛庸愤愤然道："都是姬光这个混蛋，他若不杀吴王僚，咱们怎能像狗一样寄人篱下，听囊瓦吆三喝四！"

掩余一挥手道："好了，不说这些了，说了就令人生气！像狗就像狗吧，今晚好好欣赏这些女乐，欣赏完了这些女乐，咱们再去袭扰姬光这个混蛋！让他也休想安宁！"

不远处一个喝酒的楚国将领，冷笑着看着这一对亡国的公子。那边的女乐们，却正舞到兴致最高处，她们边舞便唱道："出其闉闍，有女如荼。虽则如荼，匪我思且。缟衣茹藘，聊可与娱。"

这天晚上，在舒城的城外来了一支流浪艺人的队伍，他们就扎营在距离舒城城墙不远的地方，男男女女的艺人们燃起篝火，围在篝火旁载歌载舞，甚是热闹。尤其是那个唱诗的年轻艺人，唱的诗歌勾起了城头士兵们的思乡之情。那男子唱道:"野有蔓草,零露漙兮。有美一人,清扬婉兮。邂逅相遇,适我愿兮……"

在那年轻艺人的歌声中,男女艺人们尽情地歌舞,热情洋溢,柔情绵绵。城上的士兵好久没看过这么奔放和情意缠绵的歌舞了,一些大胆的士兵开了城门,也来到了艺人中间,和艺人们一起载歌载舞。那些仍旧立在城墙上的士兵,也被感染,纷纷离开城墙,来到了艺人们中间。年轻的艺人们很是好客,他们倒满了水酒,递给守城的士兵,大家边喝边唱,场面更加热闹。

那个年轻的艺人此时也唱得更加起劲,他唱道:"有女同车,颜如舜华。将翱将翔,佩玉琼琚。彼美孟姜,洵美且都……"

年轻的艺人载歌载舞,向城门处走去。艺人们也跟着男子歌舞着走向城门处。看护城墙的士兵们,紧随其后,也都载歌载舞,走向城门。

年轻的艺人歌舞到了城门附近,大声对城头的士兵们喊道:"弟兄们,都来吧,唱起来,跳起来啊!"

城头所有的士兵都离开了舒城,加入到了年轻艺人的行列。只有两个士兵,还老老实实地立在城门口,守护着城门。

就在一瞬间,那年轻艺人突然抽出了兵器,迅猛地扑向了门口站立的两个士兵,那些男女艺人也抽出兵器,向城门内杀去……

那个年轻的艺人是孙驰。

顷刻间,埋伏在周围的吴国士兵突然出现在了舒城城外,他们拿着兵器,高喊着杀声,向舒城冲过来……很快,舒城的东城门就被吴国的军队占领了。

此时,掩余和烛庸还在酒馆观赏女乐,女乐们正歌舞到兴头上,掩余手下的将军急急忙忙地来报:"公子,不好了,吴国的军队杀进来了!"掩余还不相信,他对报信的将军说:"这怎么可能呢?吴国的军队还在和越国打仗,怎么可能突然就出现在舒城城外呢?一定是吴国军队派人来袭扰我们!"

话音未落,孙驰带着那些装扮成艺人的士兵已经冲进了掩余的厅堂,掩余和烛庸不由得大吃一惊。掩余和烛庸企图反抗，但为时已晚，经过一番搏杀，两人很快就被孙驰俘虏了。

吴国军队拿下舒城后，派人将掩余和烛庸押解回姑苏城，交给阖闾。孙武带领吴军又乘胜追击，接连攻克楚国数座边城，楚国朝堂一阵恐慌。令尹囊瓦忙调兵遣将，准备和吴国一战。

孙武命军队停止进攻，班师回朝。这让楚国松了口气。

四

孙武率领吴国军队得胜而归，阖闾高兴异常，他说吴国的军队从来没有如此地让他感到荣耀，感到自豪！阖闾重赏三军，除了孙武，奖赏最多的是孙驰。同时，阖闾封孙驰为统率二千人马的将军。

阖闾大摆庆功宴，犒劳孙武和他的将军们。阖闾兴奋地对孙武说："上将军真是难得的兵家啊！明着去打越国，实则转道进攻楚国，攻其所不戒，拿下舒城，又连克楚国数座边城，寡人敬你三樽！"

孙武欣然领受，连喝三樽。

阖闾话锋一转，对孙武道："上将军既然有如此智谋，应该一鼓作气，直捣楚国的国都，一举灭掉这个可恶的国家，让吴国称霸天下！"

孙武道："大王，攻克楚国国都，必行千里之遥，非今日吴军所能，还需秣马厉兵，等待时机。"

阖闾一笑，道："你说的这些都是空话，秣马厉兵，等待时机，谁都会这样说！寡人只想听到让寡人心满意足的理由，否则，那可就是瞎说了！"

孙武认真地对阖闾道："此次吴军得胜，靠的是奇兵，楚国没有防备，虽然我们拿下了舒城，但这并不说明吴军已经具备了战胜楚国的实力，这是其一；其二，楚国还有很多附庸国和盟国，不离间这些国家，吴军无法战胜楚国；第三条理由，士兵长途奔袭已经劳累，攻克楚国国都，吴军没有做充分的准备，无法实现作战的目的。用兵之道，在于'以近待远，以

第九回　攻其所不戒

逸待劳'。"

阖闾看着孙武，强词夺理地说："寡人可以从越国借兵，吴越联手，楚国的那几个附庸国算得了什么？"

孙武道："我赞成到越国借兵。即便越国肯借兵，我们也要认真筹划对楚国的战争。毕竟兵者乃国之大事。多算胜，少算败，何况不算呢？"

阖闾知道孙武说得有道理，但他嘴上不想承认，他对众人道："今日的庆功宴就到这里为止，待你们攻克楚国国都之时，寡人再设宴款待你们！"随后，阖闾命令伯嚭，让他速速去越国借兵。阖闾心想，待越国答应借兵之时，寡人再和孙武理论攻克楚都一事。

伯嚭第二天就带着厚礼赶往越国。伯嚭送上厚礼，然后向越王借兵，相邀共同讨伐楚国。

越王轻蔑地说："寡人和楚国一向和好，怎么能借兵给你们打我的好朋友呢？你们吴国如果认为自己有能力，就去进攻楚国好了。"

伯嚭碰了一鼻子灰，他返回吴国，添油加醋，向阖闾汇报了越王不肯借兵一事。伯嚭说："大王，越王不但不肯借兵与我，还想看我们吴国的笑话！他们讥讽大王，攻打楚国，是拿着鸡蛋碰石头！"

阖闾愤愤然道："岂有此理！待寡人灭了楚国之后，就发兵灭了越国！"

第十回　以逸待劳

以近待远，以逸待劳，以饱待饥，此治力者也。

——《军争篇》

一

胜玉听说孙武打败了楚国的军队，在舒城抓了掩余和烛庸送回吴国都城斩首，高兴地问父亲阖闾道："孙武打了这么大的胜仗，他应该称得上第一英雄了吧？"

因为孙武不肯进攻楚国国都，阖闾还在生孙武的气，他对胜玉说："孙武是靠偷袭取胜，不能算是天下第一英雄。如果要说这场胜仗的英雄，那是他的儿子孙驰，有勇有谋，后生可畏，比孙武要强多了！"

胜玉还是第一次听阖闾赞扬孙武的儿子孙驰，顿时充满好奇，她心里说：父王该不会是在糊弄、搪塞我吧，多想无用，我去见一见这个孙驰。

胜玉装扮成吴国士兵潜入军营，打听孙驰的住处。孙驰不在，士兵说他和专毅将军到湖边比武去了。原来专毅对阖闾封孙驰为将军不服气，孙驰统领的士兵比他还多，他一定要杀杀孙驰的威风。

胜玉赶到湖边，专毅和孙驰正打得难解难分。专毅仗着自己身强力壮，一心想把孙驰狠狠摔倒在地，孙驰却总是巧妙躲过。专毅急于求胜，终于露出破绽，孙驰用巧劲将身体健壮的专毅摔了出去。专毅爬起来，不服气地对孙驰道:"这次不能算,我还没有准备好!"

孙驰道:"那好,你先准备吧,准备好了我们再比。"

孙驰说完正要走,专毅忙拦住孙驰,道:"我已经准备好了,我们开始比吧。"

孙驰看着专毅问道:"你真的准备好了?"

专毅瞪着眼睛,喘着粗气,像是要一口把孙驰吃掉似的,道:"准备好了,来吧!"

专毅说着,冲过去一把抱住孙驰,要把孙驰摔倒,孙驰跟跄了一下,用了一个反关节,从专毅的怀抱里挣脱出来。专毅一不做二不休,又一次从身后抱住了孙驰……

一旁的胜玉看不下去了,高声叫道:"哎,专毅,你这是突然袭击,你这不算!"

两人都没有工夫理睬胜玉,只见孙驰反手卡住专毅的下巴,另一只手猛然一推,再次从专毅的怀抱里跳出来。专毅怒目道:"你别想逃跑!"说着又一次扑向孙驰。孙驰此时已经沉稳下来,他身子向旁边一闪,右腿伸出轻轻一绊,专毅身子止不住地向前扑过去,然后重重摔倒在地上,发出很响的一声。

"太好了,太妙了!"一旁的胜玉不禁拍手叫道,完后她笑着对孙驰招了招手,"喂,孙驰,你过来,我问你一件事!"

孙驰莫名其妙地看了看胜玉,自己并不认识这个姑娘,以为她精神有毛病,就没有理睬她,径自离开比武的地方。胜玉见状,从后面追了上去,喊道:"孙驰,你别走啊,我真有事问你!"

孙驰这才站住,看着胜玉问:"何事?"

胜玉道:"我听人说,这次进攻舒城,你是第一个冲进舒城的人,对吗?"

"哦,就这事啊,没什么了不起的。我走了。"孙驰轻轻一笑,说完转身离去。

不知怎的,胜玉此时的内心有如小鹿乱撞,孙驰的英俊洒脱,他对军功的淡泊，以及他方才的一举一动，都深深印在了胜玉的心里。胜玉久久望着孙驰的背影，心里默念道："孙驰，你在我心里就是英雄，天下第一英雄！"

胜玉身后的专毅爬起来，看着离去的孙驰，喘着粗气道："孙驰，这不算，你等着，我会再找你比试的……"也许刚才那下摔得太重了，专毅喊着喊着，突然"哎哟"了一声，然后一瘸一拐地离开了湖边。

胜玉高兴地回到王宫，她见到阖闾，对他说："父王，你说得果然不错，孙驰的确是天下第一英雄！而且长得也英俊，我要嫁给孙驰！"

阖闾笑了，对胜玉道："女儿，父亲那天说孙驰是天下第一英雄，那都是气话。孙驰只是小有战功，还算不得天下第一英雄。"

胜玉则说："我不管，孙驰在我心目中，他就是天下第一英雄！我胜玉非孙驰不嫁。"

阖闾以为女儿只是在跟他赌气，也没放在心上。

二

这天，胜玉打扮得花枝招展，再次来到军营找孙驰，守营的将军告诉胜玉说："孙驰不在，他和他的士兵被征调去了楚国边境。"胜玉对守营的将军道："楚国的边境大了，孙驰去了边境何处，你能告诉我吗？"

那将军说："这是军事机密，我也不知道。"

胜玉回到吴国王宫，她问阖闾："父王，有人说孙驰去了楚国边境，你知道他去哪里了吗？"

阖闾看着胜玉问："你问这些干什么？"

胜玉道："我想知道。"

阖闾坦然道："吴国的军队，按照孙武的指示，'以近待远，以逸待劳'，他们分成三个队伍，轮流袭击楚国军队，使得楚国军队得不到休息，至于孙驰在哪个队伍中，寡人也说不清楚。"

胜玉埋怨阖闾道："你是不想告诉我实情吧！"

第十回　以逸待劳

阖闾信誓旦旦地说："寡人说的都是真情，绝无半句假话！"

阖闾说的的的确确都是实话。前些日子，越王不答应借兵给吴国，阖闾不甘心，又找孙武和伍子胥等重臣商量讨伐楚国的事。伍子胥对阖闾道："孙武曾说，'以近待远，以逸待劳，以饱待饥，此治力者也'。这就是说，以我就近进入战场，等待长途奔袭之敌；以我从容稳定，对待仓促疲劳之敌；以我饱食之师，对待饥饿之敌，想方设法困扰敌人。基于孙武的观点，我有个想法，把吴军分成三支队伍，轮流袭击楚国边境，让楚国人疲于奔命……"

伍子胥话没说完，孙武就叫道："好！子胥这个主意好！我们吴国的三支队伍，轮流袭扰楚军，和楚军交锋，不求力战，打了就跑，每次楚军都忙于迎敌，而我们有两支队伍可以休整。以此下去，楚军疲惫，而我们吴国的军队，则可以逸待劳，随时保持旺盛的体力和斗志！好啊，子胥这个主意好！"

阖闾也觉得伍子胥的主意好，于是他命令孙武带领吴军前往楚国边境，分三支队伍袭扰楚军，打了就跑，不得恋战。楚国军队在吴军的袭扰下，果然每次对待吴军的袭击都全力以赴，疲于奔命，弄得楚军上下疲惫不堪。

楚国左司马沈尹戌也深谙用兵之道，每次吴军打了就跑，楚军迫于奔命，沈尹戌便对令尹囊瓦说："吴国军队这是有意让我们疲惫，意图让我们的军队迫于奔命，得不到休息。所以，每当吴国军队来袭时，我们只派一支军队应对，其他的军队可以休整待命。"

囊瓦不愿听从沈尹戌的意见，他说："你怎么知道这一次吴军打了就跑，下一次就不是真的进攻我们呢？吴国军队如今用兵，虚虚实实，真真假假，很难说哪次是真的，哪次是假的。所以，我们必须每一次都认真对待，不能给吴军一点可乘之机！"

于是，每次吴军袭击，楚国军队照样全力应对，楚军上下叫苦连天。而吴国军队，也不是打了就跑，有时也长驱直入，摆出真的要打楚国的样子，待楚国军队追赶过去，吴军又不知去了何方，楚国军队疲惫至极，苦不堪言。

三

孙驰带领他的军队袭扰楚军，他觉得这招很好玩，但有些不过瘾。孙驰明白父亲的计谋只是袭扰，但他将袭扰做得很逼真，实际上是见缝插针，一旦有机会便攻击楚军，所以，他的军队伤亡也多一些。

这一天，轮到孙驰的军队休长假，他和孙武带着军队回到姑苏城，补偿新征集的兵员，安抚伤病士兵。阖闾把这个消息告诉了胜玉，胜玉喜出望外，她打扮了一番，坐着王宫的马车直奔孙驰的军营。

胜玉的马车来到军营，军营的士兵拦住了她。胜玉骄横地说："你们看清楚了吗，这是王宫的马车，还敢阻拦？"

士兵不卑不亢，答道："孙将军有令，不论是谁，没有他的允许，谁也不得进入军营，违令者斩。"

胜玉看了看那个士兵，问道："你说的孙将军可是孙驰？"

士兵回答："正是。"

胜玉道："你去告诉你们的孙将军，就说大王的公主胜玉来了，请他到门口接我。"

士兵看了看胜玉，没有动。

胜玉火了，骂道："孙将军可以杀你，我就不能杀你了吗？快去！"

士兵犹豫道："我知道公主可以杀我……不过，还请公主留在门口，不能闯进来，否则，我便不能离开。"

胜玉压住火，道："好的，我答应你，快去吧。"

士兵离开营门去通报。不一会儿，孙驰跑步来到了门口，看见胜玉，施礼道："原来是胜玉公主，末将不知，还请公主不要见怪！"

胜玉看到孙驰，刚才的怒气顿时云消雾散。她和颜悦色地对孙驰道："孙将军，请上车，我们一起回王宫。"

孙驰推脱道："王宫的马车，我一个普通的将军怎能坐呢？再说，我

第十回　以逸待劳

在军营还要处理军务，不便离开。"

胜玉看着孙驰，道："那好，我就跟你说几句话，说完了你就忙你的军务去吧。"

孙驰道："公主请讲。"

胜玉用崇拜的眼神看着孙驰，道："你身先士卒，是第一个冲进舒城活捉掩余和烛庸的人，父王夸你有勇有谋，年少有为，你是天下第一英雄！"

孙驰谦虚道："我不是英雄，更不用说第一了！作为一个吴国士兵，冲锋杀敌是我的职责，活捉掩余和烛庸，是我们应该做的事情。"

胜玉笑道："我不管，我说你是第一英雄，你就是第一英雄。我要嫁给你！"

孙驰一愣，以为自己听错了，问："你说什么？"

胜玉提高了声音，道："你既然是第一英雄，我就要嫁给你，这是父王答应的！"

孙驰忙道："不行，不行，这绝对不行！"

胜玉蛮不讲理地道："我说行，那就是行！你若敢不娶我，那就得去死！"

说完，胜玉坐回王宫的马车笑着走了。孙驰看着远去的马车，摇摇头，苦笑道："这样蛮不讲理的公主，这辈子也没人敢娶你！"

胜玉回到王宫，心里很高兴，她认为已经向孙驰自表心意，孙驰必须娶她了。第二天，她想到孙驰，又坐着王宫的马车来到军营，军营门口站岗的士兵再次拦住她。胜玉没有像上次一样生气，她知道未经通报，不许任何人进去，这是孙驰的命令。她让士兵赶快把孙驰叫来，她有话要告诉孙驰。那士兵道："公主，孙驰将军不在，出去了。"

胜玉问："他去哪里了？"

士兵看看胜玉，支吾道："他没告诉我，我也不好问。"

胜玉唰地拔出剑指着那个士兵道："你不说，我就杀了你！快说！"

那士兵看着面前的剑，只好道："孙驰将军说，他去……去雾雨家了……"

胜玉一愣，问："雾雨是何人？"

那士兵只是摇头道："我不知道……这个，孙将军真的没说……"

孙驰的确在雾雨家。这天，孙驰早早处理完军营的事情，急忙赶到雾雨家，他自从这次回到姑苏城，因为军务繁忙，还是第一次抽时间来看雾雨。两人见面，紧紧地相拥在一起，任凭天上的太阳慢慢地斜向西边……良久，雾雨推开孙驰，仔细打量着身穿将军服饰的孙驰，片刻后说："你穿这身衣服真好看。"

孙驰点点头，道："这是大王奖励我的。"

雾雨又道："前些日子，他们说你开小差了，我就不信。"

孙驰道："我那是要躲避几天，组织训练第一批冲锋的艺人，其中还有女人呢！"

雾雨点点头："我都听说了……"雾雨说着，再次依偎在孙驰的怀里，"你很勇敢，也很有智慧……"

就在此时，胜玉坐着马车来了，她看到相拥在一起的孙驰和雾雨，顿时火冒三丈。她跳下马车，指着雾雨厉声问孙驰："孙驰，这个野女人是谁？"

孙驰慢慢站起来，压着火对胜玉道："公主，你别闹了，她是雾雨，我的未婚妻子。"

胜玉一听孙驰说"未婚妻子"，更来劲了，怒气冲冲地对孙驰道："孙驰，你现在就杀了她，现在！"

胜玉如此之说，孙驰再也不忍了，他对胜玉大声道："公主，她是要离的女儿，是我们吴国功臣要离的女儿！你让我去杀功臣的女儿，这件事大王知道了，也不会答应你的！"

胜玉见状，拔出剑道："好，你不杀，我杀！"说着挥剑向雾雨砍去。

孙驰眼疾手快，上前一步一掌打掉了胜玉手中的剑，怒道："胜玉，这里不是王宫，不是你撒野的地方！"

胜玉看着怒目而视的孙驰，恨声道："我这就回王宫告诉父王，让父王赐她死！"

说完，胜玉坐着马车怒气冲冲地离开了雾雨的家。

雾雨看着离去的马车，好奇地问孙驰："这是谁家的姑娘，这么霸道？"

孙驰无奈地叹了口气，回答说："大王的女儿，她叫胜玉。"

雾雨担忧道："她既然是大王的女儿，你可要当心。"

孙驰点点头，说："放心，我有办法。"

四

孙驰的军队又要上前线了，他思索再三，不放心雾雨，便硬着头皮来找父亲孙武。孙驰把胜玉逼婚的事一五一十告诉了父亲，请父亲出面调和。孙武知道阖闾向来娇惯胜玉，不会违背胜玉的意愿，他对孙驰说："大王娇惯胜玉，但他也常念叨要离的功绩，他虽然不会赐雾雨死，但他有可能会逼着你答应娶胜玉的。"

孙驰不由得着急万分，问父亲："这可怎么办呢？父亲，你可一定要帮我想个办法，我不能没有雾雨！"

孙武安慰孙驰道："你别着急，办法会有的……"孙武想了想，然后道，"你让雾雨进宫，请大王赐婚于她。大王曾经答应过雾雨，当雾雨需要什么的时候，便去找他。"随后，孙武又补充道，"用兵法的话说，这样做也可以叫做'攻其不备'吧。"

孙驰把孙武"攻其不备"的办法告诉了雾雨，雾雨打听到阖闾去边境视察吴国的军队，还没有回到姑苏，所以胜玉此时也没有见到阖闾，胜玉让阖闾赐婚的事，阖闾还不知道。雾雨按照孙武的办法，在阖闾回姑苏城的路上等待阖闾。

那天，阖闾乘坐着王宫的马车远远驶过来，王宫的卫队浩浩荡荡，非常气派。阖闾也兴高采烈，正和伯嚭谈论着边境的见闻。只见雾雨突然跑到阖闾的马车前，拦住了王宫的车队，她跪在地上，恭敬道："大王，你以前曾答应民女，说我若想要什么，就来找你，你的承诺不知还算不算数。"

阖闾看着雾雨说："雾雨，你起来，起来说话。"

雾雨仍跪在地上，道："大王不回答雾雨，雾雨便不起来。"

阖闾只好道："雾雨，只要寡人还是吴国的大王，寡人的许诺就算数！你起来吧！"

雾雨跪在地上，对阖闾道："既然大王的许诺算数，就请大王赐婚于我。"

阖闾一听是如此简单的事，很爽快地说："好啊，雾雨，你想嫁给谁？"

雾雨道："我想嫁给孙驰，他是吴国上将军孙武的儿子。"

阖闾看了看雾雨，"哦"了一声，没有立刻答应。他想起了他的女儿胜玉也说过看上了孙驰。

雾雨见阖闾似乎心有犹豫，继续道："大王，我和孙驰青梅竹马，我父亲为大王杀庆忌的时候，是孙驰一直陪伴我身边，这一辈子，大王若不能赐婚与我，我只好跳湖自尽，追随我那可怜的父亲了！"

阖闾忙道："姑娘，你怎么能这么说呢？你父亲是为了寡人死的，你应该为寡人活着！不就是赐婚吗，寡人将你许配给孙驰，择日成婚，这样总行了吧？"

胜玉忙叩首道："谢大王赐婚！"

阖闾回到王宫，胜玉听说父王赐婚于雾雨，在王宫大发脾气，任谁劝都不行。她怒气冲冲地对阖闾道："父王，孙驰是我胜玉看中的英雄，你为何要让雾雨嫁给他呢？请你收回你的王命！"

阖闾对胜玉好言相劝道："说出的话就是泼出的水，王命既出，已无法更改了。再说，孙驰只是小有功劳，还算不上是天下第一英雄……"

胜玉打断阖闾道："父王，孙驰在你眼里不是天下第一英雄，但在女儿眼中，他就是天下第一英雄！"胜玉说着，上前拔出阖闾的佩剑放在自己的脖子上，"父王，你若不撤回王命，女儿就死在你面前！"

阖闾见状，着急地道："胜玉，你先放下剑，有话咱们好好说。"

胜玉仍拿着剑对着自己道："父王，你若不答应女儿，女儿就去死！女儿这不是开玩笑！"

阖闾只好道："胜玉，你放下剑，听寡人好好给你说！"

胜玉倔强道："不，你说到我的心坎里，我就放下剑，你若说得不能令我满意，我就死在你面前！"

阖闾看着胜玉，笑道："就凭寡人的女儿这样的容貌和地位，让孙驰改变主意，娶你为妻有什么难的？不过，娶亲要用心娶，如果心里不喜欢，就是娶回家，心也不在家……这样，胜玉，你比雾雨可不是强一点半点，你可以跟她堂堂正正地竞争，让孙驰看到你的好，只要孙驰答应了你，寡人就赐婚于你，怎么样？"

胜玉想了想，心里说：也是，凭我胜玉的容貌和地位，在吴国有哪个女人能和我比？她暗自发誓，一定要让孙驰心服口服地答应娶她为妻。

第十一回　主不可怒而兴师

主不可怒而兴师，将不可愠而致战。

——《火攻篇》

一

吴军轮流出击袭扰楚国军队，楚军迫于奔命，疲惫不堪。一日，阖闾询问孙武道："上将军，我们现在可以打败楚国了吗？"

孙武回答道："还不能。楚国的同盟国还没被分化，以及我们还没有战胜楚国的力量。"

阖闾有些不快，他对孙武道："你做事过于谨慎了，寡人身经百战，很多时候虽没有百分百的把握，但也能获胜。"

孙武道："我虽然没有身经百战，但我所研究的战争，少说也有上千次之多。历次战争证明，失败的军队往往是先决定同敌人交战，而后企图侥幸胜利；而胜利的军队，总是先有了胜利的把握，才和敌人交战。"

阖闾看了看孙武，问："你说说，你如何才能有胜利的把握呢？"

孙武道："上兵伐谋，其次伐交。只是疲惫楚军还不够，还必须通过伐交，离间楚国的同盟。"

阖闾只好道："那好吧，寡人这就派使者到蔡国、唐国、越国游说，让他们脱离和楚国的联盟。"

本来阖闾打算派伯嚭出使越国，后来一想，上次伯嚭出使越国无功

第十一回　主不可怒而兴师

而返，所以决定让伯嚭出使蔡国和唐国，专毅出使越国。

专毅听说阖闾让自己出使越国，认为阖闾是重用自己，高兴异常。专毅临行前特意去看望雾雨，他自豪地对雾雨说："雾雨，大王让我去越国游说，如果越国脱离了楚国的盟约，我将是吴国的大功臣！"

雾雨不认为专毅能说服越国，便道："我不知道如何游说越国，我只知道越国一直是吴国的劲敌。"

专毅笑道："正因为越国是吴国的劲敌，游说越国才会派最为得力的使臣。你就等我的好消息吧。"随后，专毅问雾雨："越国有很多好看的纱，我给你买回一块，你给自己做件好看的衣服，怎么样？"

雾雨冷冷地说："我是吴国的人，不需要越国的纱。"

专毅心想，你嘴上说不要，心里未必这样想。专毅坐着使臣的马车来到越国，他先是到街上转了转，果然看到了越国人织的纱，又白又轻，心想：这么好看的纱，我买回去雾雨一定喜欢。于是，专毅买了两丈纱。

专毅在宾舍放好纱，然后觐见越王，向越王陈述了和楚国解除盟约的有利之处，以及与吴国建立盟约所能得到的好处。专毅说："越国地处偏远的东海，距楚国远而与吴国近。你们和楚国结盟，那只是空谈而已，如果越国遭到敌国的进攻，楚国就无暇顾及这么远的朋友。而吴国不同，随时都可以帮助自己的邻国越国。"

越王微笑道："楚国是大国，越国是小国，吴国也是小国，小国和小国结盟对付一个大国，谈何容易！但小国和大国结盟，另一个小国就不敢轻举妄动！"

专毅说："吴国非小国也！吴国和楚国对垒，胜多负少，尤其是近几年，楚国几乎没有胜迹。大王还是审时度势，和吴国结盟为好。"

越王只是笑了笑，然后说："吴国若真是大国，就不必和越国订立盟约，以你们一国之力，讨伐楚国就是了。当你们打败楚国，占领楚国的国都时，我再和你们签订盟约。"

越王的话让专毅无言以对。

专毅回到吴国姑苏城，把越王的话告诉了阖闾，阖闾怒不可遏，愤然道："越王真是在羞辱吴国！寡人不但要消灭楚国，还要消灭越国，亲自抓获越王！"

此时，出使蔡国和唐国的使者伯嚭也回到了吴国，他说没能见到两国的大王，实际上是这两个国家害怕楚国，不敢接见吴国的使者。阖闾决定发兵讨伐越国，一是教训一下这个用小国比喻吴国的国家，另一个是打给蔡国和唐国看一看：吴国随时都是可以教训那些不愿意和吴国做朋友的国家！

孙武劝说阖闾道："'主不可怒而兴兵，将不可愠而致战。和余力而战，不和余力而至'。吴国当前的敌人是楚国，大王万不可因为越王的傲慢，便兴兵攻打越国。大王若不攻伐越国，越国即便不和楚国解除盟约，也只是坐山观虎斗而已，不会帮助楚国；大王若是攻打越国，就是把越国彻底赶到了楚国一边，这样做对吴国不利，对攻打楚国更为不利。"

阖闾闻言，强压住怒火对孙武道："好吧，寡人暂且听你的劝告，但游说蔡国和唐国，至今没有任何进展，寡人命你亲自跑一趟蔡国和唐国，说服这两个国家脱离楚国的盟约。"

孙武领命，把军队交代给伍子胥，然后去了蔡国。

然而，孙武刚离开吴国，阖闾就命令吴国军队整装开拔，讨伐越国。阖闾对伍子胥说："没有孙武的时候，寡人常领兵打仗，从来是胜多负少。如今有了孙武，反而成了寡人的绊脚石！这次寡人亲自带兵讨伐越国，寡人不信没有孙武，吴国军队就打不了胜仗！"

二

孙武到达蔡国，蔡国国君蔡昭侯仍在楚国未归，上次伯嚭出使蔡国，他回去说蔡昭侯有意躲着不见，显然是与事实不符。楚国令尹囊瓦为了得到蔡昭侯的玉佩和银貂鼠裘，将蔡昭侯扣押在楚国。被囊瓦扣在楚国的还有唐国国君唐成公，囊瓦是为了得到唐成公的宝马。

孙武向蔡国大夫陈述利害。孙武对他们说："蔡国一小国，西靠楚国，

第十一回　主不可怒而兴师

东依吴国，背后有泱泱大国晋国。晋国为了争夺天下霸权，顾不上蔡国这样的小国；楚国乃虎狼之国，令尹囊瓦又是贪婪之人，为了得到蔡侯的玉佩和银貂鼠裘，借故扣押蔡侯，使其至今不能归国；而吴国坦坦荡荡，是一个愿意帮助小国的国家，蔡国为何要和楚国建立盟约，而不和吴国媾和呢？"

蔡国大夫都认为孙武讲得有道理，便说："我们蔡国也想和吴国媾和，但楚国强大，我们担心如果和楚国解除盟约，楚国发怒攻打蔡国，我们靠一国之力，难以招架啊！"

孙武道："吴国和楚国是天生的一对敌人，这么多年了，相互战争不断，尤其是近几年，楚国收留了吴国的公子掩余和烛庸，以便对付吴国。吴国却只凭一支规模不大的军队，便攻入楚国，杀掉了掩余和烛庸，可见吴国的兵力可以和楚国一决高下。如今，吴国上下同心，正在积极筹备战争，目的是彻底打败楚国。对待一个脱离楚国联盟的国家，吴国不但可以与之结盟，而且如果楚国胆敢攻伐这个国家，吴国必全力相救！"随后，孙武又详细分析了吴国和楚国的优劣，以及蔡国若发生战争时，吴国如何救助蔡国。

蔡国大夫们纷纷称赞孙武对两个国家局势的分析，大家表示，一旦蔡侯回到蔡国，一定劝说国君脱离与楚国的盟约，和吴国结盟。

孙武离开蔡国，又去了唐国。唐国国君唐成公也被楚国的囊瓦扣押在了楚国，唐国的大夫们对楚国恨之入骨，经孙武一番游说，与蔡国大夫一样，大家同仇敌忾，答应劝说唐成公脱离楚国，与吴国结盟。

孙武出使蔡国和唐国之时，阖闾带领吴国的军队攻入了越国。吴国军队虽然没有孙武的指挥，但经过孙武的训练和整顿之后，指挥通畅，战力强劲，所向披靡，连连攻克越国数座城池。吴国军队攻入越国后，阖闾命令他的士兵：凡越国男子不肯投降者，一概杀掉；凡越国青年女子和财宝，一律带回吴国。吴国士兵在越国肆意杀人抢掠，令越国人对吴国痛恨不已。

孙驰的军队收到阖闾的命令，这让孙驰很矛盾，执行阖闾的命令，必然增加越国人对吴军的仇视，仇恨者定会拼命反抗，这会让吴国军队增加无谓的伤亡；可若不执行阖闾的命令，但他是大王，又是军队的统帅，作为将军，又不能不执行。孙驰斗胆觐见阖闾，把屠杀越国男人、会增加越国人对吴国的仇恨告诉了阖闾。阖闾说："你从吴军的伤亡看待寡人的命令，担心会激化越国人的反抗，这本来就无可厚非，但你要听明白寡人的命令。寡人命令你们的是，对那些不肯投降的越国男人必杀之。这些不肯投降的越国人，都是顽固分子，不论杀不杀他们，他们都会和吴国军队作对，所以，必须杀之为快！"

军令如山倒，孙驰无奈，只好执行阖闾的命令。

吴军兵临越国都城安城。越王允常知道自己难以抵抗凶残的吴军，便命大夫前往吴军讲和，还带着许多女人和礼物送给阖闾。阖闾这才命令吴军撤离越国。

孙武出使蔡国和唐国回到吴国，阖闾也得胜而归。吴军拉着从越国抢掠和越王送给阖闾的财物和女人招摇过市。阖闾既是向吴国百姓炫耀，更是向孙武炫耀：没有孙武，他阖闾照样能打胜仗。孙武私下对伍子胥说：三十年后，越国强盛而吴国没落，这是天数！

孙驰这次得胜而归，没有了第一次凯旋的荣耀。他去看望雾雨，雾雨见他闷闷不乐，便问："孙驰，听说吴王在越国打了胜仗，可我看不到你有一点儿高兴的样子，你这是怎么了？"

孙驰叹了口气对雾雨说："我看到死了那么多人，好多都是手无寸铁的普通百姓……"

雾雨安慰道："战争总是要死人的，自古都是如此。"

孙驰说："那些手无寸铁的百姓，本来是可以幸免的，只是吴王的一个命令，他们就……这样的战争太残酷了！我不想让自己的功业建立在无辜百姓的血肉之躯上！"

雾雨看着孙驰，柔声道："你若厌恶了战争，等到我服丧期满，我们就离开吴国，离开战争，过我们自己的生活。"

胜玉听说孙驰得胜归来，便常来看望孙驰，站岗的门卫不再阻拦胜玉。胜玉见到孙驰后，也变得温柔起来，问这问那。孙驰心情不好，常向胜玉发火，胜玉也毫不在意。胜玉告诉孙驰说："我以后要向普通人那样学习烧火、做饭、洗衣，学会做一个好女人、好妻子。"

胜玉的话，令孙驰很吃惊。

胜玉是这样说的，也是这样做的。胜玉常常到军营为孙驰洗衣、做饭，孙驰不由得对她另眼相看。

三

蔡国和唐国的大夫们意欲脱离楚国的盟约，楚国的囊瓦听说后十分气愤，他要出兵讨伐这两个国家。左司马沈尹戌说："蔡国和唐国的国君还在我们楚国，他们国家的大夫即便对楚国有所非议，也无济于事，当下最为关键的是派使者去越国。吴国刚讨伐完越国，越王虽然和吴国讲和，但心里对吴国恨之入骨，我们可以联合越国，共同对付吴国。"

囊瓦认为沈尹戌的计谋可行，但他嘴上却说："联合越国共同对付吴国，是我们楚国一直遵守的方针，前往越国的使者我已经派出。蔡国和唐国的国君还在楚国，他们的国家我也可以暂不进攻。但对待吴国，我必须派军队讨伐，这样，才能向越国表示我们联合对付吴国的决心。"

楚国大军讨伐吴国，而且士气正盛，士兵众多，武器精良，孙武不打算立即与楚军交战。孙武对阖闾道："目前楚国军队众多，而且士气正旺。我们应该避其锋芒，择机而战。"

阖闾讥笑孙武过于谨慎，他对孙武说："寡人记得你在兵法上说，以逸待劳，以近待远。吴国军队以逸待劳，迎击长途奔袭而来的楚国军队，胜券在握，你为何却不敢和楚国军队一战呢？"

孙武道："与楚国的决战早晚要打，但不是眼下。如今我们刚和越国交战完，还需要休整。另外，此前我们虽然轮番袭扰楚军，但我们的军队与楚军相比，只有楚军的十之有三，面对如此强大之敌，还是应当避其锐气，然后再决定作战。"

阖闾冷笑道："兵法是你写的，你想怎么解释都行。但是今日的楚军，经寡人军队多日袭扰，已经没有了以前的斗志，他们兵再多，在寡人眼里就如将收割的稻草一般！所以，寡人决定亲自率军，与楚军一战！"

既然阖闾决心已定，而且要亲自率军迎战，孙武不好再反驳，只好答应随阖闾共同出征。

孙驰又要随军出征了，临别前他来到太湖边和雾雨告别。那天太湖雾气很大，湖水都笼罩在雾气中。雾气中远远的有水鸟在叫，那声音格外孤独和凄楚。

雾雨对孙驰说："你要走了，想吃什么，我给你去做。"

孙驰说："我什么也不想吃，只想看看你。"

雾雨道："还是做点吧，你这一走，也不知何时才能吃到我做的饭菜。"

雾雨给孙驰做了一桌很丰盛的饭菜。两人脸对脸坐在桌边，就这么一言不发，慢慢地吃着。

孙驰一直若有所思，过了一会儿，他开口说道："打完这场仗，我不想再当这个将军了……"停了片刻，孙驰继续道，"我要离开军队。"

雾玉沉默片刻，她知道孙驰是为她着想，对孙驰道："孙驰，上次我答应过你，找个没有人烟的地方，过我们自己的生活……可后来，我又觉得那个想法太过于自私了。你还年轻，有勇有谋，正是建功立业的时候，不该就此埋没，国家也需要你。你的父亲，伍子胥叔叔，还有专毅，他们都是这样的男人……"

"好了，不要再说了！"雾雨说到专毅，令孙驰心里不快，他打断雾雨道："你说的对，我会向所有人证明自己的！"

雾雨看着孙驰，欣慰地点了点头："这才是我雾雨的男人。"

吃完饭，孙驰和雾雨告别回到军营，胜玉在营帐里等着孙驰。胜玉是专程为孙驰来送行的，她对孙驰说："我是来给你送行的。我盼望你为吴国杀敌立功，立头功。"胜玉说着将一把剑递给孙驰，"孙驰，这是把宝剑，它的名字叫'磐郢'，是天下第一宝剑。我希望我们再见面的时候，

第十一回　主不可怒而兴师

你能够像这把宝剑一样，也是天下第一，天下第一英雄！"

孙驰从胜玉手里接过"磐郢"剑，他觉得这把剑的分量很重。当初吴国先王从越国得到三把宝剑，分别是"鱼肠""磐郢""湛卢"，"鱼肠"刺了吴王僚，"湛卢"由吴王阖闾自己佩带，这柄"磐郢"如今胜玉给了孙驰……孙驰答应胜玉，为了这柄"磐郢"剑，他也会立大功的！

胜玉到军营为孙驰送行，使得专毅顿生嫉妒之心，尤其是他听说了那柄"磐郢"宝剑的来历，更加妒忌孙驰，他发誓要超过孙驰，做天下第一英雄，吴国的宝剑总有一天要握在自己手中。

出征前，阖闾像以往一样检阅吴国的军队。他坐着马车，从排列整齐的吴国士兵面前经过。阖闾看着那一张张黑黝黝的脸庞和精干的身躯，从心里感到一种自豪。这些军队都是经孙武训练过的士兵，佩戴整齐，精神烁烁，意气风发，甚是威武！

阖闾的马车经过孙驰带领的部队，他看到了孙驰及其佩戴的那把"磐郢"剑，阖闾的马车停在孙驰面前。阖闾看着孙驰佩戴的宝剑，知道肯定是胜玉偷偷送给孙驰的，但阖闾没有点破，他对孙驰说："吴国的宝剑只有作战最勇敢的人才有资格佩带。"阖闾说着，拍了拍佩戴在自己腰间的"湛卢"宝剑，"就像寡人佩带的这把'湛卢'宝剑一样。"

孙驰明白阖闾的意思，他对阖闾道："大王放心，孙驰将像大王的宝剑一样，令楚国军队闻风丧胆！"

吴国的大军浩浩荡荡出征了，兵车凛凛，士兵赳赳，战马奔腾，连绵不断的旌旗遮天蔽日。

孙武随阖闾出征，他默默地看着自己的军队，想着如何带领他们再次夺取胜利。阖闾看了看孙武，笑着对孙武说："上次和越国作战你不在，寡人取得了胜利。这次寡人本不打算让你随军出征，你既然来了，寡人就让你亲眼看看。寡人虽无兵法，但同样有智慧，能战胜任何强大的敌人。"

第十二回　陷之死地然后生

投之亡地然后存，陷之死地然后生。

——《九地篇》

一

　　孙武乘坐着马车，随着自己的军队在前进，他希望阖闾能够取胜，但他也在担心，古往今来，失败者往往是那些轻敌的将领。

　　指挥楚国军队迎战的是楚军统帅囊瓦和副帅左司马沈尹戍。沈尹戍曾是楚国左尹，与囊瓦同为楚国重臣。楚昭王登基后，沈尹戍上奏昭王对平王时代的冤案平反昭雪，重礼请回逃亡在外的太子胜和伍子胥等人。囊瓦借此对楚昭王挑唆道："沈尹戍同情太子胜，将来必反。"楚昭王虽然对囊瓦的话将信将疑，但还是将沈尹戍贬为左司马。

　　沈尹戍尽管处处受到囊瓦的限制，仍然是孙武最难对付的楚国将领。沈尹戍听说吴国大军出动，并由阖闾亲临指挥，建议囊瓦将楚军屯兵豫章，待机破敌。囊瓦虽然赞同沈尹戍的建议，但经过舒城的失败后，他不愿冒险，他让沈尹戍率军前往豫章，指挥这次战斗，他率领楚国大军随后行动。

　　沈尹戍到达豫章后，摆出决战的架势，处处设立旌旗，虚张声势。阖闾率军到达豫章，欲向楚军发动进攻。孙武对阖闾说："楚军有备而来，而且早于吴军进入战场，我们对敌情了解得还少，在这种情况下发起攻

第十二回　陷之死地然后生

击，难以获胜。"

阖闾不听孙武的劝告，执意带兵进攻楚军。他说："你不是在兵法上说'兵闻拙速'吗？寡人这样做，是让楚国军队没有充分的准备时间！"

阖闾命夫概带领五千兵马进攻楚国军队。夫概是阖闾的兄弟，作战勇猛异常。夫概指挥自己的军队向楚国军队进攻，沈尹戌出奇兵，从侧翼打击吴军，夫概不得不将军队撤回。

夫概败回，他对阖闾道："楚军漫山遍野，处处竖立旌旗，不知哪方才是楚军的主力。楚军的将领非常擅长作战，他们从侧翼进攻我，我只得把军队撤回来，以免遭受更大损失。另外，据我观察，楚军阵内好多是虚张声势，我估计这只是一支楚国军队，楚国的大军停留在离豫章不远的地方，正在窥视我们军队的行动，所以，我劝大王还是按兵不动为好。"

孙武派出的探子也回来报告说，楚国军队只是来了一部分，楚军主力陈兵于豫章百里之外。

囊瓦在百里之外听说沈尹戌在豫章取得了胜利，决定率领楚国大军前往豫章。沈尹戌听说后立刻派人送信给囊瓦。信上说：目前吴军不知我军虚实，令尹如果不出兵豫章，我尚能应对吴国军队；如果囊瓦出兵豫章，吴军便知我底细，反而令楚国军队处于不利局面。囊瓦收到沈尹戌的信后，和手下的将军武城黑商量。武城黑说："我认为沈尹戌说的有道理，请令尹大人按兵不动，观察吴军的动向，然后再行动。"囊瓦赞同武城黑的建议。

吴国军队和楚国军队两军对垒，吴军担心楚国后续军队的到来，楚军则有意不出兵，于是两军在豫章相持不下。吴军远道而来，如此相持下去，对吴国军队非常不利，孙武和伍子胥都很着急。

孙武建议阖闾，出其不意进攻楚国重镇巢城。巢城在楚国境内，距离吴楚两国大军交战的豫章一百余里，是楚国大军和后方联系的枢纽，也是楚国军队物资补给的要点。楚国知道巢城的重要，有重兵把守。

阖闾认为孙武的举动太冒险，他对孙武道："深入楚国腹地进攻巢城，吴军一但失手，将无退路，巢城是葬送吴国军队的死地！"

孙武解释道："正因为冒险，楚国军队才想不到；正因为是死地，吴国将士才会拼命搏杀，死地求生。所谓'投之亡地然后存，陷之死地然后生'，就是这个道理。"

阖闾无法反驳孙武，但又不想出兵巢城，便对孙武道："此事关系吴军的生死，你让寡人好好想一想。"

二

阖闾犹豫不决。孙武等不得又急不得，他担心贻误战机，那样吴国军队就更难摆脱目前的被动局面。孙武找伍子胥商量对策，伍子胥说："这好办，我了解大王，我去找他。"

伍子胥见到阖闾说："我知道大王之所以不同意进攻百里之外的巢城，是在为吴军的安危担心。微臣有个办法，既可以不冒险出兵巢城，又可以全身而退。"

阖闾忙问："你有什么办法，赶快告诉寡人！"

伍子胥道："大王可以向楚国认输、求和，当然，这个认输只是表面的、暂时的，一旦吴军……"

"够啦！"没等伍子胥说完，阖闾便打断了他的话，怒道，"伍子胥，你给寡人闭上嘴！你让寡人认输，这是要寡人丢尽颜面！寡人即便战死，也不会向楚国认输的！"

伍子胥的求和一说启发了孙武，孙武对阖闾说："伍子胥所言的求和乃上策，只有求和，才能迷惑楚军，稳住楚军，然后派奇兵进攻巢城，获胜将更有把握！"

阖闾仔细想了想，认为孙武的这个主意不错，可他又担心楚军怀疑吴国求和的诚意，便问："你的想法很好，但楚国能相信我们吗？"

孙武道："楚国主帅囊瓦是个十分贪财的人，把大王佩带的'湛卢'宝剑送给囊瓦，他就会相信大王的诚意了。"

阖闾坚决不同意，他对孙武道："不行！寡人的'湛卢'宝剑乃稀世

第十二回　陷之死地然后生

珍宝，它在寡人手里，代表着寡人的身份和地位！这样的宝剑，怎么能送给囊瓦那样的人呢？"

孙武问道："请问大王，吴国和'湛卢'宝剑哪个更重要呢？"

阖闾很不情愿地答道："当然是吴国了。"

孙武又道："大王为了吴国，暂且把'湛卢'送给囊瓦，这又有什么不行的呢？"

阖闾思索再三，权衡利弊之后，才答应把"湛卢"宝剑送给囊瓦。但阖闾发誓道："这柄宝剑，只让囊瓦佩戴三日！"

阖闾指派夫概前往楚军大营讲和，还带去了阖闾的"湛卢"宝剑。夫概将"湛卢"宝剑献给囊瓦，道："令尹大人，吴王诚意与楚国讲和，特让末将将他佩戴的'湛卢'宝剑奉上，请令尹大人笑纳。"

囊瓦接过吴王的"湛卢"宝剑，心花怒放，他爱不释手地看着手中的"湛卢"剑，对夫概道："看来吴王是真的坚持不下去了，否则，他不会把这么宝贵的'湛卢'送给我的。"

夫概道："是的。大王说，这次楚国计胜一筹，他找不到破敌的方法，只有和楚国讲和，所以特意送上'湛卢'，以示诚意。"

囊瓦点点头，把"湛卢"佩戴在自己的身上，走了两圈后，对夫概道："你回去告诉吴王，就说楚国的令尹囊瓦首先感谢他送的宝剑'湛卢'，然后答应与吴国和好，永远不再兵戈相见。"

左司马沈尹戌听说囊瓦收了阖闾的宝剑，而且答应与吴国讲和，疑心重重，他安排好豫章的兵事，连夜赶到楚军大营，对囊瓦道："令尹大人，吴国人一向诡诈，我担心他们送你'湛卢'宝剑请求和谈，背后定有阴谋！"

囊瓦看着心急如焚的沈尹戌，问道："沈将军，你说得不错，吴国人的确诡诈，但我总想不出他们会有什么阴谋，你能告诉我吗？"

沈尹戌坦诚地说："我一时也想不出来，但'湛卢'是吴王最心爱的宝剑，吴军主力并没受到损失，吴王将最心爱的宝剑送给你，并请求讲和，这里面肯定有阴谋！"

囊瓦笑了笑，然后道："我知道有阴谋，我是问你到底有什么阴谋？"

沈尹戍回答不上来。

沈尹戍返回自己在豫章的营地，召集手下的将军，对他们说："吴军讲和定有阴谋，你们密切注视吴军的行动。"

然而，楚军看到的是吴军上下正修整盟坛，准备和谈的盟约，并没有看出与以往有什么不同之处。沈尹戍还是不放心，他伏在军事地图前把豫章周围的地形仔细看了又看，琢磨着吴国到底有什么阴谋。

三

孙武挑选了五千名精干的士兵，其中有孙驰。他命令这些士兵夜晚出发，马不鸣，人不语，做好一切战斗准备。

当夜，孙武带着这支队伍出发了。那天晚上没有月光，只有士兵们轻轻而又杂乱的脚步声。

孙驰也在队伍中，他知道父亲肯定是带他们去打巢城，他让自己的士兵做好攻城的准备。士兵问他打哪座城池，孙驰说："不该问的别问。这不是你们应该知道的事情。"

孙武带着自己的军队经过昼夜行军，在第二天的傍晚到达了巢城。巢城看上去毫无戒备，城头上只有几个放哨的士兵。

孙武命令部队，天黑后悄悄抵进城墙，派人悄悄爬上城头，突袭巢城。

夜幕降临，月亮只是一个小小的月牙，弱弱的光落在城头上。城头的士兵也许是太寂寞了，弓着身子蹲在城垛后面，打发着无聊的夜晚。

吴国的士兵悄悄摸到城下，将一根梯子轻轻地竖立在城墙下，一个士兵沿着梯子一步步地爬上去，在他身后紧紧跟着又一个士兵……

吴国的士兵终于爬到了城墙墙头，他探身看了看，正欲翻过墙头，突然在墙垛后面站起一排楚国士兵，他们手里拿着刀向吴国士兵砍过去。那吴国士兵只是惊讶地"啊"了一声，便被砍下了云梯。其他的楚国士

第十二回 陷之死地然后生

兵,有的搬起石头向城下砸去,有的手持弓箭向城下射去。正在云梯上的吴军和聚集在城墙下的吴军士兵,不是被石头砸中,就是被楚军射下的箭矢命中。众多吴国士兵要么受伤,要么死亡……

原来,沈尹戍虽然没有猜到吴军要袭击巢城,但他命令豫章周围的所有楚军,一律严阵以待,提防吴军的袭击。巢城的守将认为巢城既然是楚军的战略物资保障集散之地,很可能是吴军袭击的重点,所以这几日在城头布置了埋伏,没想到今日便用上了。

孙武见楚军已有防备,知道偷袭已经失败。但如果强攻,孙武这次并没有带那么多的攻城器具,而且攻城实乃下策。攻城需要制造大盾牌和四轮车,准备攻城的所有器具,还要堆筑攻城的土山,这些都需要一定的时间。如果将领难以抑制焦躁情绪,命令士兵像蚂蚁一样爬墙攻城,尽管士兵死伤三分之一,而城池却依然没有攻下,这就是攻城带来的灾难……可是如今吴军已无退路,只有强攻巢城了,这也是没有办法的办法。

巢城的守将连夜派人骑快马将吴军的消息禀报了豫章的沈尹戍,沈尹戍听后大吃一惊。沈尹戍命令来报信的人回去告知守城将军,必须坚守巢城,巢城一旦丢失,他的脑袋也就丢掉了!随后,沈尹戍点齐五千人马,安排好豫章的守卫,亲自带队驰援巢城。

在沈尹戍发兵巢城之时,孙武的军队已经对巢城实施了强攻。吴国士兵用竹子临时扎成许多云梯,实施攻城,这自然对城上的楚军威胁大大降低。所以,经过数次强攻,吴军都是无功而返。孙武见此十分着急,他知道如果在天黑之前还不能攻克巢城,沈尹戍的援军必然赶到巢城,他的军队将受到两面夹击,即便想撤离,也撤不下来了……吴军危险了!

孙武望着巢城的城头,望着城下那些身亡和受伤的士兵,他真想变成一只大鹰飞上巢城,把楚国的士兵们赶下城头……

天色已近黄昏,巢城还是没有被攻破,孙驰来到了孙武面前,他头上缠着绷带,对孙武道:"上将军,你让我担任攻城的将军吧。我保证一马当先,冲上城头。如果拿不下巢城,你拿下我的人头!"

孙武真想劝住孙驰道:"驰儿,战争太残酷了,你不能去……"但孙武没有这么说，他只是淡淡地问："孙将军，你有把握吗？"

孙驰道："以前没有，现在有了。"他说着挥了挥手中的"磐郢"宝剑。

孙武知道，巢城他必须拿下来，如今就全靠孙驰了。他对孙驰道："本将军可以命令你攻城，但不是现在，等天黑以后，趁敌人疲惫不堪之时，再进攻巢城。若攻下巢城，你是首功。若巢城还在楚军手中，你就……"他看了看孙驰，"你就用'磐郢'自刎谢罪吧。"

随后，孙武和孙驰又详细地商量了攻城的细节。孙武通告所有士兵：此次攻城，不是城破，就是我亡！

天色渐渐地黑了下来。孙驰整理了一下"磐郢"宝剑，和父亲告别。孙武久久看着孙驰的身影远去。

沈尹戌的军队经过一天的急行军，离巢城还有不到二十里的路程了，楚国士兵们跑了一天的路，几乎没有了一点力气。沈尹戌命令士兵们扔掉辎重，只拿着兵器，必须一个时辰赶到巢城！落后者，斩！楚国士兵们拿出最后的力气，向巢城奋力前进……

天上的月牙又升起了一些，巢城城头上下静悄悄的。楚国的士兵虽然经过了一天的激战，疲惫至极，但还是强打精神立在城垛后等待吴军的冲击。可城下已经没有了吴国士兵的身影。自从天黑下来之后，吴国的士兵就没出现过，他们怀疑吴国人已经撤了……但是，将军们却要楚国的士兵们警惕再警惕，一直要等到沈尹戌的援军到达。

远处传来了战马的嘶鸣声，好像是沈尹戌的军队。一个楚国士兵对将军道："将军，你听，是我们的援军到了！"

将军仔细听着，点点头道："按照时间计算，援军也该到了。"将军说完，看了看城下。城下除了吴军扔下的尸体，依然静悄悄的。将军坚信吴国军队已经撤退了。他心想，如果吴国军队不走，待沈尹戌的军队到达，里外夹击，他们就一个也走不了了！想到这里，那将军不由得笑了笑。

远远的，一队人马向城门奔驰而来。将军立刻抖起精神，对士兵们大声道："赶快准备！"士兵们也跟着抖起精神，拿着兵器看着城下。

第十二回　陷之死地然后生

那队人马渐渐近了，有百十号人，为首的是一个楚国的将军，他们打着一面楚军的旗帜！

"是我们的军队！沈将军的援军！"

城头的士兵们立刻振奋起来，有的竟然哭了起来。他们激战了一天，终于有盼头了，可以松一口气了！

城头的将军不太放心，问城下的将军："你们是谁的军队？"

城下的将军不耐烦地道："你没看清吗，我们是沈将军的军队！赶快打开城门，让我们进去！"

城头的将军又道："你们这么些人，怎么能说是沈将军的人马？"

城下的将军骂道："你糊涂了！我们是先头部队，沈将军担心你们顶不住，派我先行一步！"

正在此时，远处传来一阵阵马鸣声。

城下的将军对城头的将军道："你听到了吗，沈将军的大队人马一会儿就到！"

城头的将军向远处望去，那马鸣声正向这里传来。

城头的将军队对城下道："将军，实在对不起，等到沈将军的大队人马到了后，我再打开城门，你们一起进来！"

城下的将军冷冷一笑，道："好啊，沈将军来了后，我进城第一个杀的就是你！"

城上的将军一愣，道："你这话什么意思？"

城下将军道："沈将军让我率一支军队轻装率先赶到，是为了帮助你们。如果吴国军队进攻的话，我们可以一同对敌，可我到了城下，你竟然不让我进城。如果此时吴国军队攻城，我将进退无路，你这不是置我于死地吗？"

城上的将军哈哈大笑，然后道："吴国的军队已经撤了，他们不可能再攻城了！"

城下的将军板起脸，厉声道："吴国的军队既然已经撤了，你还不让我进城，你这不是有意为难我吗？"

城上的将军一想，也是，吴国的军队既然已经撤了，我还担心什么呢？于是，他对城下的将军满怀歉意地说："将军，我是给你开玩笑，我这就命人开城门，迎接你们的到来。"

巢城的城门缓缓打开，城下的将军手提宝剑一马当先冲进城门，他身后的士兵们也随之蜂拥而进。

城上的将军站立在城门内队对冲进城门的将军道："将军，刚才末将多有不周，还请将军……"

话没说完，只见城下的将军将手中的宝剑一挥，城上的将军便身首异处，一命呜呼。那城下的将军手里拿的是"磐郢"宝剑，他就是孙驰！

孙驰手上的宝剑上下翻飞，那"磐郢"宝剑所到之处，一只只胳膊，或者一个个脑袋，还有一柄柄抵挡宝剑的兵器，一一飞出，楚国士兵无不惧怕，纷纷后退。吴国士兵们乘机占领了这座城门，在城头升起了吴军的旗帜。只见城下埋伏的吴国军队，突然冒了出来，他们红着眼睛，如困兽般向巢城扑过来……

沈尹戍的军队赶到距离巢城不远的小山包时，沈尹戍站在山包上望着远处的巢城，那时巢城还在楚国军队的手里，但静静的巢城，让沈尹戍感到一丝不安，他想，孙武的军队不会就这么善罢甘休……他命令军队，用尽最后的气力，尽快赶往巢城。

当沈尹戍带着他的军队连滚带爬赶到巢城时，巢城还是静悄悄的，只是城头换上了吴国的旗帜。城头上立着一个吴国将军，他对沈尹戍说："沈将军，半个时辰前，孙武将军带领吴军已经占领巢城。孙将军让我告诉沈将军，胜负有时就在一刹那，这一次吴军胜利了！"

沈尹戍望着城头那面飘舞的吴国军旗，片刻后叹道："吴国因为有了孙武，将无法战胜了！"

第十三回　待敌之可胜

昔之善战者，先为不可胜，以待敌之可胜。

——《军形篇》

一

吴军攻占巢城，切断楚军的物资保障和后路，楚军军心动摇。囊瓦在众将军之前怒斥沈尹戌道："沈尹戌，你不是号称自己神机妙算吗？巢城乃我楚军的命脉，你怎么就没有派出一支强力的军队守护呢？如今，巢城失守，让我们的军队陷于被动之中，你真是楚国的罪人啊！"

沈尹戌听不到囊瓦对自己的怒斥，他远在豫章，刚从巢城回来，他现在想的是如何带着自己的军队全身而退。没有了巢城的物资保障，这仗是不能再和吴国打下去了。但是，他现在还不能走，他必须等着囊瓦离开之后，才能撤出。否则，如果他先期离开豫章，吴国的军队就会乘胜追击，囊瓦的军队虽然多，但目前已经惶惶不可终日，一击即溃。沈尹戌给囊瓦写了封信，信中说：楚军新败，巢城失守，全军惶恐，不利再战。请令尹审时度势，尽早带领军队后撤，我依据情况，随后便撤云云。

囊瓦接到沈尹戌的信后，冷笑道："楚军失败的不是我，是你沈尹戌的军队！我尚有五万兵马，完全可以和吴军一决雌雄！"于是，囊瓦命令全军出阵，与沈尹戌合兵一处，准备和吴军决战。

孙武率领得胜之军回师豫章，阖闾高兴地说："上将军，你是我们吴国的骄傲！今后，无论何时，寡人都让你指挥吴国的军队，永不反悔！"

孙武听说囊瓦大军即将到达豫章，命令军队尽快占领豫章的两侧山峰，将山谷留给楚军。

吴国军队马不停蹄，刚刚占领豫章两侧的山峰，囊瓦的军队就到了豫章。沈尹戌跺着脚说："天要我楚国灭亡了！"

囊瓦则说："你不要如此悲观，吴国不过有三万军队，你我的军队加起来有七万之众，如何说楚国灭亡了呢？"

沈尹戌道："吴国兵少，可以一当三，三万军队在孙武手中，那就是九万之众！另外，令尹的大部军队行于山谷中，如果两侧山峰埋伏有吴国军队，令尹的军队也插翅难逃了！"

囊瓦笑道："你是在吓唬自己。我这就派军队占领两侧山峰……"

囊瓦话没说完，便有探子来报：两侧山峰发现了大批吴军，旌旗漫布，兵器如林。囊瓦闻此，吓得好长时间一句话也说不出来。沈尹戌倒是冷静，他对囊瓦说："令尹，赶快命令军队在山峰下布置鹿柴和兵马，防止敌人从山上冲下来。"

囊瓦连连说："好，好……沈司马，你让将军们赶快去布置吧！"

阖闾听说囊瓦的楚国军队被包围在豫章的山谷，高兴地对孙武说："太好了！孙武用兵，真乃神人也！"随后，他对孙武道："上将军，你应该即刻命令全军发起攻势，一鼓作气，消灭囊瓦的军队！然后回头进攻豫章，豫章城内的沈尹戌，将成瓮中之鳖，也插翅难逃了！"

孙武不同意阖闾的说法，他对阖闾道："虽然我们将囊瓦的军队包围在豫章的山谷，但仅凭三万吴国军队，要吃掉五万楚军，吴军尚无这个能力。在豫章还有沈尹戌的两万楚军，如果囊瓦和沈尹戌的军队被逼急了，会狗急跳墙，合兵一处，联合对付我们。困兽犹斗，我们三万吴军如何吃掉这七万楚军呢？"

阖闾问："那你说怎么办？寡人不能眼睁睁地看着被我们围在山谷的敌人跑掉吧？"

孙武道："要想消灭这么多的楚军，就得让他们跑！"孙武来到军事地

第十三回　待敌之可胜

图前，指着军事地图上的楚国军队的标志道："包围楚国军队的吴军，在这里可以网开一面，我们从另外三面攻击楚军，猛冲猛打，从气势上压倒楚国。因为有退路，楚军将争相恐后地逃命，我们紧追不舍，楚军必大败！山谷的楚军败了，豫章的沈尹戍还能坚持吗？"

阖闾赞叹道："此计甚妙！上将军，就按照你的计划向楚国军队进攻吧！"

吴军按照孙武的布置，从楚军来的方向让开一条路，然后从另外三个方向发起进攻。楚军见还有活路，争先恐后拼命向来的方向逃跑，根本顾不上抵抗吴军。吴军奋力追杀楚军，楚军死伤三分之一。

豫章的沈尹戍听说不足两个时辰，楚军便大败，匆忙带着自己的军队，杀开一条血路，也逃回了楚国。

此战吴军大获全胜！

阖闾来到战场，看着遍地的楚军尸体和楚军扔下的旌旗和兵器，心里格外高兴。他对孙武说："当初我拜你为上将军，是敬佩你的兵法，如今，我才知道，你不但兵法写得好，指挥作战也神出鬼没，真乃旷世将才啊！"

孙武客气地说："大王过奖了，孙武只是比别人更用心来指挥战斗而已。"

阖闾点点头，道："更用心来指挥战斗……这话说得好！"阖闾看了看孙武，又道，"上将军，既然楚国大军新败，惊魂未定，上将军可率领吴国得胜之军，乘胜追击，一鼓作气直捣楚国都城郢城，你看如何呢？"

孙武对阖闾说："如今进攻楚国的时机还没有到来，楚军只是小败，元气未伤，归师勿遏，可避免我军的损失。此外，楚国还有诸盟国支持，我军还需等待时日，再行攻打楚国一事。"

阖闾虽然认为孙武说得有道理，但没能索回送给囊瓦的"湛卢"宝剑，仍心怀遗恨。阖闾问孙武："等待时日，你已不是第一次对寡人这样说了。寡人想知道，这个时日，何时才能到来？"

孙武回答说："昔之善战者，先要立于不败之地，然后再等待机会，战胜敌人,这就是'先为不可胜,以待敌之可胜'也。"

阖闾又道:"你要等待的机会是什么?你还可以给寡人说得再详细一些吗?"

孙武说:"等待楚国的盟国背弃它,等待楚国的良臣抛弃它,等待楚国陷于混乱之时。"

二

吴军班师回国,胜玉听说孙弛攻打巢城建立了奇功,兴奋地跑去问阖闾:"父王,孙弛现在算不算天下第一英雄?"

阖闾微笑地看着胜玉,没有直接回答。他说:"为了稳住楚国,父王的宝剑'湛卢'暂时送给了楚国的令尹囊瓦保管,如果孙弛为寡人夺回'湛卢'宝剑,他就是天下第一英雄。"

孙弛因为战功卓著,被提拔为旅将军,专毅不服,他见到胜玉说:"要是给我一把宝剑,我也能建立奇功。"

胜玉没好气地对专毅说:"父王的'湛卢'剑天下第一,你要是能从楚国囊瓦手中夺回宝剑,就算是立了天下第一奇功!"

专毅答应胜玉,他信誓旦旦地说:"我专毅一定要夺回'湛卢'宝剑,立天下第一奇功!"

囊瓦回到楚都郢城,他命令所有的将军道:"楚吴一战,只能说胜,不可言败,违令者严惩不贷!"囊瓦在朝中独断专横,楚国的将军们不敢丝毫违抗囊瓦的命令。

囊瓦面见楚昭王,他对楚昭王道:"豫章一战,楚国军队全力以赴,虽有损失,但不畏吴国强敌,历经数战,终于将吴国军队赶出了楚国,并缴获吴王佩戴的宝剑'湛卢'。现微臣将'湛卢'宝剑献给大王。"

楚昭王接过囊瓦送上来的"湛卢"宝剑,看在眼里,喜在心上。

囊瓦对楚昭王又道:"'湛卢'剑乃天下宝剑之尊,是以'五金之英,太阳之精'铸成,'湛卢'剑到了哪个国家,哪个国家就会兴盛起来。"

第十三回 待敌之可胜

楚昭王高兴异常，他对囊瓦说："爱卿能获得'湛卢'，是楚国的荣耀，也是爱卿的荣耀。爱卿将这柄'湛卢'剑赠予寡人佩戴，寡人分外高兴。以后只要看到这柄'湛卢'剑，寡人就能想到爱卿为楚国建立的功勋！"

楚昭王佩带"湛卢"剑上朝，他在朝堂上一边走，一边向大夫们炫耀道："大家看到这柄宝剑了吗？它叫'湛卢'，是吴王阖闾的宝剑！囊瓦爱卿在这次吴楚战争中，指挥楚国军队大败吴军，并缴获了吴王的宝剑送与寡人！大家都好好看看这柄宝剑吧！"

沈尹戌没想到囊瓦如此厚颜无耻，竟然将一场失败说成胜利，而且是大胜！他本想揭穿囊瓦，但想到囊瓦专权于朝廷，说了还不如不说……但沈尹戌不能让楚王再如此拿着吴王的宝剑炫耀了，便对楚昭王道："大王既然知道这柄宝剑是吴王的爱剑，就不要再公然佩带它，以免传出去激怒吴国人。"

楚王有些不快，对沈尹戌道："吴国被寡人的军队打败了，而且是大败，即便，是激怒他们又有何妨？"

沈尹戌见楚昭王如此之说，不便再多言。

楚昭王为了炫耀对吴国的胜利，邀请盟国诸侯到楚国观看天下第一宝剑。宋国、卫国、郑国、韩国等国国君悉数前往。蔡昭侯和唐成公仍被囊瓦扣押在楚国，此次也在楚昭王邀请在列。

酒席宴上，楚昭王拿着"湛卢"剑给各国国君观看。他说："此宝剑叫'湛卢'，原是吴国国君佩戴的宝剑。前些日子楚国和吴国在豫章交战，楚国军队在令尹囊瓦的指挥下大获全胜，吴王仓皇而逃，囊瓦缴获了吴王的宝剑'湛卢'！"

诸国国君不由得称赞楚国军队的勇猛和强大。只有蔡昭侯和唐成公一言不发。楚昭王便问蔡昭侯和唐成公："二位国君，你们看到楚国的胜利，为何一言不赞呢？"

蔡昭侯恭敬道："寡人来到楚国已有三年，楚国的强大，寡人早已看到眼里，寡人想赶快回到自己的国家，把楚国的强大告知所有的蔡国人，这样，蔡国人就无人敢和楚国为敌了。"

唐成公也是如此之说。

楚昭王不由得点头道："蔡君和唐君说得极是，寡人前些日子听说蔡国大夫和唐国大夫对楚国多有微词，那都是听了吴国的游说，寡人还望蔡君和唐君回国后，向他们解释清楚，与强大的楚国结盟，对自己的国家有百利而无一害。"

蔡昭侯和唐成公连声应允。

楚昭王当着许多国家的面，答应让蔡君和唐君回国，囊瓦也不好再扣押他们，何况两位国君已经把囊瓦想要的佩玉和宝马都给了他，囊瓦便让他们回国。临别前，囊瓦警告蔡昭侯和唐成公："蔡国和唐国都是小国，历任国君都是靠楚国的庇护才得以生存，如果你们回去反悔的话，那就别怪楚国翻脸不认人了！"

蔡昭侯和唐成公表面答应了囊瓦的要求，心里却充满愤怒。

三

蔡君回到自己的国家，大夫们纷纷劝说蔡君与楚国脱离盟约，与吴国媾和。蔡君问："吴国此意如何？"

蔡国大夫回答说："吴国前些日子派孙武来我蔡国游说，他说只要蔡国脱离楚国，一旦蔡国有难，吴国绝不会袖手旁观。"

蔡君又问："寡人听说吴楚在豫章大战，吴军兵败，还丢失了吴王的宝剑'湛卢'，被楚国的令尹缴获，可有此事？"

大夫问："大王是听楚国人这样说吧？"

蔡君点头道："是的，楚国的国君和他们的令尹囊瓦都是这样说的。"

大夫道："战事正与楚国人说的相反。吴国和楚国在豫章相持不下时，吴国出奇兵袭击楚国的后勤要地巢城，并夺而取之。楚国人惧怕，合兵于豫章，吴国将领孙武命军队包围了楚军，网开一面，从三面进攻楚军，楚军仓皇而逃，死伤士兵无数！"

第十三回 待敌之可胜

蔡君赞叹道:"吴国的孙武,真乃神人也!我们和吴国结盟,以后就再也不惧怕楚国了!"

唐国的大夫也是这样给唐君如此之说,唐君也决定和吴国结盟。随后,楚国的其他盟国听说豫章一战的真实情况,纷纷脱离爱说大话的楚国,和吴国结盟。

阖闾问孙武:"上将军,如今蔡国和唐国,已经脱离了楚国,还有楚国的其他几个盟国,也解除了同楚国的盟约,我们现在可以进攻楚国了吧?"

孙武道:"行百里者半九十。虽然我们距离进攻楚国的日子越来越近了,但目前还不可进攻楚国。"

阖闾又问:"为什么呢?"

孙武道:"楚国的沈尹戌还掌握着楚国三分之一的军队,他是吴国难以战胜的劲敌,在我军偷袭巢城时,沈尹戌如果早到半个时辰,豫章之战就胜负难料了。所以,只要沈尹戌仍掌握军队,我们就难以战胜他们。"

阖闾道:"寡人可以让楚国不再信任沈尹戌,甚至杀了他!"

阖闾委派伯嚭前往楚国,他对伯嚭说:"寡人知道你仇恨楚国,所以让你去游说他们,让他们放弃沈尹戌。"

伯嚭显得很为难,推脱道:"大王,我明白。我会让楚王抛弃沈尹戌的。不过,楚王要杀我,我前去楚国很危险,如果真被楚王察觉,我将一命呜呼,何以完成大王的使命呢?"

阖闾看着伯嚭害怕的样子,笑道:"寡人不强求你去,你也可以谋划后,派人前往楚国。"

伯嚭回到府上想,派谁去呢?此人既要了解楚国,而且还要能和楚国众臣说得上话,否则,这些流言蜚语便很难取得效果。思索再三,伯嚭一直没有找到合适的人选,他又想,如果说带兵打仗,吴国有孙武和伍子胥,自己永远不能超过他们,自己必须另辟蹊径,才能得到吴王的高看。所以,最终伯嚭决定还是由自己前往楚国,虽然有危险,但如果楚王真的罢免了沈尹戌,自己就立了大功一件!

伯嚭把自己亲自前往楚国的决定告诉了阖闾，并说："微臣此去九死一生，若微臣有不测，还望大王能善待微臣的妻子儿女。"

阖闾对伯嚭亲自出使楚国很感动，他告诉伯嚭："你的家人以后就是寡人的家人，寡人对待他们会像对待王室的人一样！"

伯嚭乔装打扮进入楚国，悄悄来到自己的好友史皇大夫家。他告诉史皇大夫："我在吴国待不下去了，又没有地方可去，所以只有来投奔你。"

史皇大夫问他："为什么你在吴国待不下去了？吴国多次打败楚国，国家正蓬勃发展，难道吴王容不下你吗？"

伯嚭叹了口气说："吴国的大王和将军们，不愿进攻楚国，他们害怕沈尹戌，说只要沈尹戌掌管楚国军队，哪怕只有三分之一，吴国也不是楚国的对手。吴国不敢攻打楚国，我的大仇将无以为报，我待在吴国还有什么用处呢？"

史皇大夫是个爱传话的人，他把这话传给了陈大夫，陈大夫又传给了屈大夫……就这样，一传十，十传百，楚国朝堂上下几乎都知道了吴国惧怕沈尹戌，而非囊瓦。

这话很快传到了囊瓦耳朵里，囊瓦十分气愤，他心想：这一定是沈尹戌在美化自己，丑化他囊瓦，长此下去，我囊瓦在楚王面前将失去宠爱！囊瓦觐见楚昭王，说："大王，吴国传来消息，说沈尹戌和吴国的孙武来往密切，大王要当心沈尹戌出卖楚国啊！"

楚昭王虽然不相信沈尹戌暗中勾结吴国，但囊瓦的话又不能不信，思量过后，还是决定罢黜沈尹戌的左司马之职，不再分管兵权。

孙武听到楚国传来沈尹戌被贬的消息，他对阖闾说："大王，我们现在可以进攻楚国了。"

第十四回　兵闻拙速

故兵闻拙速，未睹巧之久也。夫兵久而国利者，未之有也。

——《作战篇》

一

蔡国背叛楚国与吴国结盟，这让楚国的令尹囊瓦十分气愤，他大骂蔡君忘恩负义，刚放他返回蔡国，就背叛楚国！囊瓦向楚昭王启奏道："蔡国国君早有背叛我楚国之意，所以微臣将其扣押在楚国三年，以图改正。上次大王召集诸国国君盟会，蔡君当着大王的面感激楚国，发誓永远与楚国和好。但是大王让其归国后，他立刻背叛大王！对这样忘恩负义的国家，必须出兵教训一番，才能让其他观望的小国，以后不敢对楚国反复无常。"

楚昭王同意囊瓦率兵讨伐蔡国。

沈尹戍听说楚国发兵蔡国，上奏楚王道："大王，蔡国虽然是小国，但蔡国与吴国结盟后，楚国进攻蔡国，吴国不可能不管不问。吴国若出兵，楚国将两面受敌。况且，楚国新败吴国，还是暂时不要和吴国为敌为好。养精蓄锐，休养生息，待我楚国恢复元气时，再和吴国较量。"

楚昭王听信囊瓦，对沈尹戍的话不予理睬。

囊瓦带领彪悍的五万楚军将蔡国围困起来，命令蔡君放弃与吴国结盟。蔡国国君立刻派人报告吴国，请求增援。阖闾集结吴国几乎全部军队约三万余人，拜孙武为大将，伍子胥、伯嚭为副将，阖闾的弟弟夫概为先锋，联合蔡、唐两国军队共同讨伐楚国。蔡昭侯和唐成公早就痛恨楚国，打算狠狠教训一顿囊瓦，立刻答应共同出兵进攻楚国。

　　吴军千里远征楚国，孙武要求所有军卒必须准备充分的粮草和作战物资。他对手下的将军们说："善于用兵的人，兵员不再次征调，粮饷不再三转运。粮草补给在敌国就地解决。从敌方夺取粮食一钟，相当于从本国运出二十钟；就地夺取敌人饲草一石，相当于自己从本国运出二十石。"将军们听得津津有味。

　　孙武对将军们又道："激励士兵奋勇杀敌，鼓励将士夺取敌人资财，并且要有重重的奖励。在车战中，凡缴获战车十辆以上者，奖赏那些先夺得战车的士卒，更换敌人战车上的旌旗，将其编入自己的车阵之中；对于俘虏，则予以优待、抚慰，任用他们作战，这样，就可在战胜敌人的同时，使自己日益强大。"孙武又道，"用兵作战以胜任裕如、举兵必克为贵，不主张力不从心，僵持消耗。深知用兵之法的将帅，是民众命运的掌握者，是国家安危的守护者！"

　　将军们把孙武的话一一记录下来。这次作战不同以往，是千里奔袭，他们必须做好远征的准备。

　　专毅这些日子常来孙武的营帐请教兵法。专毅看到孙驰建立的功勋，心里很不是滋味。他一开始很妒忌，后来慢慢地冷静下来。他心想：孙驰之所以能建立奇功，主要是因为他是孙武的儿子，近水楼台先得月，他得到了孙武兵法的真传，常以奇兵致胜。我是专诸的儿子，专诸是吴国的英雄，没有专诸，就不可能有孙武现在的地位，我去找孙武学习，他一定会教我的。到那时，我一定会超过孙驰的！

　　孙武教授专毅学习兵法也很上心。他对专毅说："我可以把兵法全都教给你，希望你能认真地学习，做一个智勇双全的将军。但我的兵法只能口述，你不可以阅读兵法原文，也不能记录，这是大王之命，违命者是死罪。"

　　专毅道："上将军所说，末将都明白，末将会认真学习兵法，学以致用,做吴国最好的将军!"

孙武处理完军队的事情,天黑的时候才回到自己的府上。孙武的夫人做好了饭菜,正等着他的到来。孙武的另外两个儿子孙明、孙敌也都期盼着父亲的归来。孙武自从当了上将军,很少回家,他的心思都在军队的训练和作战上,这次长途奔袭楚国,是一场激战、一场大战,孙武要和家人好好吃顿饭。

孙夫人摆上了饭菜,安排孙明和孙敌在一旁的小几上吃饭,然后坐到孙武对面。孙武问夫人:"有酒吗?"

孙夫人忙道:"有酒。"说着,孙夫人立刻起身拿上酒来,给孙武斟满一樽酒。

孙武对孙夫人道:"我平日不喝酒,但这次作战是远行,不知何时方能归来,我们一起喝一樽。"

孙夫人又给自己倒满了一樽酒。

孙武举起酒樽对夫人道:"这么多年,我忙于撰写我的兵法和处理吴国的战事,对家庭之事很少过问。家里的一切,都是靠你操办,我在此感激你!"说着,孙武喝了一樽酒。

孙夫人道:"夫君,你说的这是哪里话,照顾夫君,抚养孩子,这是我应该做的。你去打仗吧,我只希望你能平安归来,还有驰儿。"

孙武点点头,道:"我一定平安归来!"

二

雾雨为父亲要离服丧已经期满,因为战事,她和孙驰的婚姻一推再推。这次吴军千里奔袭楚国,雾雨提出要和孙驰完婚后再让孙驰离开。孙驰见到孙武,把雾雨的想法告诉了孙武,孙武沉思片刻,对孙驰道:"此次千里奔袭,战事千变万化,我们虽然有获胜的把握,但不能说必然获胜。战争是要死人的,一旦你有什么三长两短,会让雾雨的心灵再次受到创伤。所以,父亲不建议你战前就和雾雨成婚。"

孙武说的言之有理，孙驰不好反驳。他将孙武的话告诉了雾雨，雾雨说："我即便不能马上嫁给你，也要天天看到你。如果你真有什么三长两短，我将悔恨终生！"

两人默默无言地坐在湖边，静静地依偎在一起，望着浩淼的湖水和湖面上飞舞的水鸟。时间似乎凝固了，西边的太阳慢慢地落下……

许久，雾雨看看身旁的孙驰，问："孙驰，有件事，不知你敢不敢做？"

孙驰看着雾雨道："为了你，我没有不敢做的事。"

"我想了很久，你这次出征会很久，也许一年，也许两年，甚至更长时间，我想天天见到你……"雾雨说着，目光盈盈地凝视着孙驰。

孙驰闻言，叹道："我又何尝不想与你朝夕相处，可是……"

雾雨试探性地说道："我听说，有的军队，将领可以带着自己心爱的女人上战场。"

孙驰摇了摇头，说："在我们这支军队行不通，上将军有命令，自上将军以下，一律不准带家眷上战场。"

"这样啊，"雾雨眼珠一转，突然道，"有了，我打扮成一个士兵，跟在你周围，不论是谁问起，你就说是新招来的士兵。"

"这怕是不行吧，总会露馅的……"孙驰迟疑了一会儿，随后坚决地摇头道，"不行不行，太冒险了！且不说万一被发现的后果，我也不能随时护你周全。"

"孙驰，你放心，我不会露馅的，求你了……"雾雨央求道，急得眼泪快要出来了，"若我这次不能随你一起出征，下次见面真不知道要何年何月了……你忍心留我一人孤苦伶仃地等你么？"

看着雾雨那祈求般的目光，孙驰的心终究是软了下来，再难以说出"不行"二字，他将雾雨紧紧搂在怀里，表示默许了。

此后，孙驰的帐篷里多了一个传令兵，孙驰如今是旅将军了，找个传令兵也无可厚非，大家谁也没有放在心上。有一次孙武来到孙驰的帐篷，雾雨紧张异常，但他想到能和孙驰在一起，很快就放松下来，而孙武

第十四回　兵闻拙速

竟然没有发现这个"传令兵"是女扮男装的雾雨。

一开始，雾雨深藏军帐很少出营，后来见并没引起外人注意，雾雨的胆子渐渐大了起来。她常常走出孙驰的营帐，观看士兵们在帐外的训练。一次，一个士兵把一张弓塞到她手里，让她一起去练习射箭。雾雨到了靶场，硬着头皮，用了吃奶的力气拉开弓……那支箭射了出去，却落在了靶子前的空地上。同来的士兵鼓励她说："刚开始训练，都是这样，我刚开始练习射箭的时候，还不如你呢。"此后，雾雨没事就到射场习射，射箭的功夫大有长进。孙驰知道后，警告雾雨说："你不要再去射箭了，你去得多了，便会露出马脚的。"雾雨答应下来，但是她已对射箭有了浓厚的兴趣，还是悄悄来射场练习射箭。

胜玉听说吴军要千里奔袭，攻打楚国，她对阖闾说："父王，你们千里攻打楚国，让女儿随军如何？女儿随军而行，可以照顾父王！"

阖闾看着胜玉，笑道："你不是为了照顾父王，是为了孙驰吧？"

胜玉也嘿嘿一笑，道："既是照顾父王，也是为了孙驰。父王，你就答应女儿吧！"

然而，阖闾板起脸道："不行！兵戈之事，你一个女儿家怎好参与其中？你在王宫好好待着吧，等着父王凯旋。"

胜玉较真道："父王，你真的不让女儿去？"

阖闾也是很认真地回答道："不让去！"

胜玉猛地拔出阖闾的剑，放在自己的脖子上，威胁阖闾道："你要是不让女儿去，女儿就死在你面前！"

未及胜玉反应过来，阖闾突然出手，一把夺过胜玉手中的剑，厉声道："你就是死，寡人也不能答应你！"

胜玉突然哭了起来，哭得很伤心。她说："父王，你不是对女儿好，你是把女儿当做你的……女儿就是看中了孙驰，如果孙驰有个三长两短，女儿我……我也不活了……所以，女儿要跟着孙驰上战场……"

阖闾看着伤心的胜玉，脸色又缓和下来，对胜玉道："胜玉，寡人这次千里奔袭，是得到了孙武将军的赞同。孙武将军赞成的战事，定有十足把握，你不用为孙驰担心，他不但会活着回来，而且会为吴国建立功勋的！"

胜玉抽泣着说："你保证……"

阖闾道："我保证。"

胜玉道："保证孙驰回来就娶我。"

阖闾点头道："父王答应你，待吴军凯旋时，父王一定让你嫁给自己的如意郎君。"

胜玉这才破涕为笑。

三

吴军准备就绪，就要出发了。伯嚭忙里偷闲带着酒菜到伍子胥帐内喝酒。伍子胥这天也高兴，举樽相庆。一来二往，一坛酒下肚，伯嚭觉得还不过瘾，伍子胥又开了一坛酒。

伯嚭举起酒樽对伍子胥道："子胥，今晚的酒喝得痛快，咱们一醉方休如何？"

两人喝干樽中的酒，伍子胥笑道："当然痛快了，我们终于可以打到楚国，以报你我的仇恨了！"

伯嚭叹了口气，道："我们伯氏在楚国那也是名门望族啊，我父亲是楚王的左尹。可恶的囊瓦，污蔑我的父亲出卖楚国，我们一家株连九族！哎，想起这些，我就恨得牙根痒痒！所谓恶有恶报，等我们攻破了楚国，我先杀囊瓦，再杀楚王！"

伍子胥长叹一声，道："我何尝不是这样呢？我的父亲伍奢，是楚国太子的太傅啊。可楚平王相信费无忌的谗言，杀我父亲和兄长……我是为了报仇才逃到吴国的。这一路走来历经艰难，每当我想到这些，就心里疼……"他喝了一口酒，又道，"我离开楚国，先是带着太子的儿子公子胜跑到宋国，宋国内乱，我又带着公子胜逃亡吴国。过韶关的时候，关卡的士兵要缉拿我，我面对浩渺的大江，几乎失去活下去的勇气！是一个打鱼的人，划着船把我渡过了江。我将佩剑送给他，我说：这柄剑是楚王

第十四回 兵闻拙速

赐给我祖父的,值一百两黄金,我把宝剑送给你,聊表我的心意。那个渔民说:楚王为了追捕你,出了五万石的米粮作为赏金,还答应加封告发者大夫的爵位。我连赏金、爵位都不贪图,怎么还会贪图你的宝剑呢?这个渔民,我永远也不会忘记他。"

伯嚭点头道:"是的,帮助过我们的人,我们都不会忘记,对待我们的仇人,必须杀之而后快!来,干。"

两人喝完一樽酒后,伍子胥又道:"我刚到吴国的时候,举目无亲,为活下去,也是为了报仇。我沿街乞讨,有时为了一口饭,放下做人的尊严……哎,想起那些日子,我就想大哭一场!"

伯嚭点了点头,道:"你受的这些苦,我能想象出来……来,为了你受的这些苦,也为了报仇,杀掉我们的仇人,干!"

伍子胥道:"我只杀楚王,他才是罪魁祸首!"

两人举樽再饮,一直喝到天亮。

四

吴军浩浩荡荡离开吴国。一艘连着一艘的战船,高扬着白帆,沿着淮河而上,从水路直逼蔡国都城。阖闾立在船头,看着河水从船下流过,一番踌躇满志的样子。阖闾感慨道:"打败楚国,是寡人的夙愿,今日终于要如愿了!"他回头对站立一旁的孙武道:"孙武,寡人相信你的兵法和指挥才能,此次作战,攻破楚国,全靠你了!"

孙武看着流去的江水,心情也很舒畅,他对阖闾道:"大王,孙武今生遇到大王,是孙武之幸。孙武当尽全部的智慧和才能,打败楚国!"

孙武的回答,令阖闾十分满意。他看着吴国浩荡的战船,诗兴大发,高声道:"风起兮,船行兮,吴军士卒志满兮!风起兮,船行兮,不破郢城不还兮!"

吴国的战船高扬着白帆,沿着淮河顺风逆水而上。

楚国令尹囊瓦听说吴军倾巢出动,统帅是孙武,他知道自己不是孙武的对手，立刻命令撤除对蔡都的围困，率军返回楚国。蔡昭侯也松了口气，看来吴国是一个说话算话的国家，他命令蔡军，立刻与吴军共同进攻楚国。随后，唐成公也带领自己的军队，加入到进攻楚国的战列中。

吴国的军队沿着淮河，一路上顺风逆水，战船行驶得还算顺利。这天，吴国的战船行驶到淮汭，风停了下来，吴国的战船只得靠岸，士兵们下了船，拉着纤绳让战船继续前行。孙武看着拉纤的士兵心里想，逆水行舟，很难加快行军的速度，这对攻伐楚国极为不利，于是，孙武命令全军弃船换车，沿陆路而行。

吴军的优势在于水战，孙武弃船登陆的命令让阖闾大为不满，他找到孙武指责道："吴国军队靠的是战船才敢于千里奔袭楚国，如果我们弃船而行，先不说能否赶在囊瓦前面到达楚国国都郢城，如果楚国乘机派人毁坏我们的战船，将无退路了！"

孙武道："大王，微臣先前曾讲过，故兵闻拙速，未睹巧之久也。也就是说，军队作战就要求速胜，如果拖得很久，则军队必然疲惫，挫失锐气。如果军队因久战疲惫不堪，锐气受挫，军事实力耗尽，国内物资枯竭，即使是足智多谋的将军，也无良策来挽救危亡了。此次与楚国作战，我们先是从水路而行，是为了尽快到达蔡国，以解蔡国的危机。如今囊瓦从蔡国撤军，我们就应想方设法赶在囊瓦之前到达楚国国都！"孙武指着军事地图对阖闾道，"如今我们逆水行军，顺风已停，船速太慢。我们弃船，就是从陆上沿着这条路直插楚国腹地。我计算了一下，如果我们路上行军顺利的话，可提前十天到达楚都！"

阖闾看了看军事地图上孙武指的地方，问孙武："你的想法很好，但如果囊瓦也加快撤退的速度，我们很难赶在他们前面的。"

孙武道："所以，我们可以让蔡国军队不停地袭扰囊瓦，让囊瓦无法这么快就撤退回国都。"

阖闾看着军事地图，继续道："我若是囊瓦，我不会撤回国都，我会在汉江布置一道防线，和你决战。"

孙武一笑，道："我期待着汉江的决战。"

阖闾又看了看军事地图，问："汉江决战，你有几成胜算？"

孙武道："八成。"

阖闾点点头，然后道："你是上将军，寡人说过吴军今后一切听从你的指挥，你既然已经决定了弃船走陆路，寡人也赞成。不过，你的作战部署，应尽快通告蔡国和唐国。"

孙武回答道："大王放心，我已经通知他们了。"

阖闾"嗯"了一声，看着孙武，欲言又止。阖闾不满意孙武瞒着他直接通报蔡君与唐君，但是大战在即，阖闾把对孙武的不满又咽了回去。

吴国军队弃船走陆路，披星戴月，一路上急速前行，飞快地向楚国都城郢城进发。

第十五回　出其不意

攻其无备，出其不意。

——《始计篇》

一

孙武率领吴国军队一路步行，逢河搭桥，遇山过山，一路劈荆斩刺，行进得很快。吴军途经章山，遇到一支楚军的拦截。孙武命孙驰率二千军队消灭敌军，其余军队继续向汉水前进。

阖闾担心孙驰的军队人少，不能消灭敌军，他对孙武说："你说过，兵闻拙速，遇到敌人阻拦，要尽快消灭之。拦截我们的敌人有两千之众，你只给孙驰两千人马太少了，孙驰如何能速胜呢？寡人认为，你应该再给孙驰三千人马，五千对二千，可速胜也！"

孙武道："大王，我也想给孙驰五千兵马，但目前我已经无兵可调。我必须保证进攻汉水的军队有足够的兵力。如果是孙驰嫌兵少，那就另派将军带领这支军队。"

阖闾忙说："这不是孙驰要求的，是寡人这么想的……孙将军，要不命令大军停下来，一口气消灭了这支楚军，再前往汉水吧。"

孙武道："大王，我弃船而行，就是为了争取时机，如果停下来，就失去了战胜敌人的先机。而且，我相信我的儿子能够战胜敌人。"

阖闾还是不放心，他让伍子胥留下来帮助孙驰。

第十五回　出其不意

　　孙驰熟谙用兵之道，他命士兵安营扎寨，虚张声势，在山头多插旗帜，摆出大军严阵以待的样子。

　　楚军领兵的将领是武城黑，他是囊瓦手下的一员猛将。武城黑听说吴军安营扎寨，亲自到营外察看。当他看到周围山头上有很多旌旗时，笑着对部下说："当我听说吴军弃舟改为陆路进攻时，我建议囊瓦在此拦截吴军，就是要阻止吴军的行动，如今看来，我们的目的达到了。"

　　武城黑命令军队在周围也多插旗织，摆出楚国的后续部队也纷纷到此和吴军决战的架势。不过，武城黑并没有完全相信对面的就是吴国的大军，他按兵不动，要和吴军耗下去。

　　伍子胥见状问孙驰："孙将军，楚军也遍插旗帜，装作楚国的大军，你若进攻，必露出马脚；你若不进攻，这么耗下去，总不是个办法吧？"

　　孙驰不由得笑道："我遍插旗帜，只是虚晃一枪，他也跟着虚晃……伍将军，你且看我下一步，出其不意，如何对付他！"

　　孙驰让伍子胥带一千人马坐镇指挥，自己带领一千精兵绕道楚军之后，进攻楚军。伍子胥问："你为何要带领一千人进攻楚国军营呢？"

　　孙驰道："我要让楚军看到，进攻他们的是吴国的主力大军！"

　　伍子胥明白了，他对孙驰道："既然如此，你带一千五百人吧，我这里只留下五百人便可。"

　　孙驰问："五百人少不少？"

　　伍子胥道："不少。我在营内摇旗呐喊，五百人足矣。你只有多带士兵，猛打猛冲，这样楚国人才看不清你有多少人马。"

　　孙驰带着一千五百人马突然出现在楚军侧后方，并向楚军发起迅猛进攻，猛打猛冲，勇猛无比，将士们铺天盖地向楚军压过去，就像数万人一般。

　　武城黑听说侧后方有吴国军队进攻，马上带兵前往。武城黑的军队还没到达，楚军已经败下阵来。带队的将军告诉武城黑："将军，这的确是吴国的大军，迅猛异常，黑压压看不到头！"

　　武城黑听说是吴国的大军，还是不太相信，他带领自己的军队迎了上去，但没想到吴军竟然如此强悍，只是一个冲锋，武城黑带去的军队就溃不成军，武城黑也险些做了吴军的俘虏。武城黑不敢恋战，命令楚军迅速撤离战场，急忙向楚军大队靠拢过去。

武城黑带着几个随从，先一步赶到了囊瓦的大营。他见到囊瓦后，把阻击吴军之战添油加醋地诉说了一遍。囊瓦听后，对武城黑大加赞赏，说："你这不叫败北，是胜利。你用两千人马，阻止了吴国大军的进程，为我楚军早日归拢国都抢夺了时间。回到郢城后，我一定向大王禀报你的功绩，让大王重赏你！"

楚军撤走后，孙驰立刻命令全军急行军，追赶孙武的军队。伍子胥对孙驰赞叹道："孙驰将军，真乃又一孙武也！"

二

孙武率领吴国军队昼行夜宿，直逼楚国汉阳。囊瓦的大军刚渡过汉水，到达汉水西岸，吴军已经到了汉水东岸。囊瓦见吴军行动如此迅猛，不由得心虚，楚国军队也惶恐不安。孙武又摆出渡过汉江的架势，这更增加了楚军的惶恐心情。囊瓦担心吴军渡过汉江进逼楚国都城，急忙向楚都郢城告急。

囊瓦的告急让楚国君臣既气愤又恐慌，他们气愤的是囊瓦一直隐瞒军情，谎报对吴军作战的胜利；恐慌的是，吴军这么快就深入楚国腹地，剑指楚国都城，他们自己的家小也都难保了。

楚昭王召集大臣们商量对策。一个大臣说："大王，你应该严惩囊瓦，他谎报军情，把楚国的失败说成胜利，诱使大王高枕无忧。如今吴国大军逼近郢城，第一罪人就是囊瓦！应当立刻召回囊瓦，斩首示众！"

又一大臣道："屈大夫说的极是，大王应当严惩囊瓦，以警示所有朝臣！"

声讨囊瓦的呼声在朝堂上一浪高过一浪，楚昭王一时不知如何是好。有大臣把上次囊瓦兵败豫章、狼狈逃回一事也和盘托出，众人对囊瓦更是

第十五回 出其不意

义愤填膺。此时，一个大臣对众人道："你们只知道马后炮，如果此时处置囊瓦，楚国军队由谁指挥为好呢？"

众大臣一时没有了主意。楚国的谋臣和将才，这几年被杀的杀，逃的逃，一时间几乎找不出带领军队的将才。

就在这时，有一大夫道："大王，微臣以为楚国并非没有带病打仗的人才，关键是大王要敢于用这样的人才，比如沈尹戌，他就很会带兵打仗，吴国军队都害怕他，如果大王让沈尹戌接替囊瓦指挥楚军的话，楚国完全有能力把吴国军队赶回去！"

楚昭王原本就对沈尹戌怀有好感，他立刻召见沈尹戌进宫。

沈尹戌觐见楚昭王，他对楚昭王道："吴国此次发兵楚国，大有将楚国灭亡之势，因此请大王早做准备。"

楚昭王说："你说的准备，寡人不太明白，还请你细细地讲一讲。"

沈尹戌道："楚国的军队这些年都在囊瓦手里，大王要想罢免囊瓦，有一定难度，他若真撂挑子不干了，一时还没有人能够统领楚国的军队。"

楚昭王点头道："你说的也是。"但楚昭王心里想，囊瓦忠诚于寡人，只要他能帮助寡人渡过难关，楚国的军队还得由他来掌握。楚昭王又问沈尹戌："按照你的方法，寡人应该如何办才好？"

沈尹戌道："请大王给微臣一支军队，人不在多，有三千足矣。这支军队只听微臣的调遣。"

楚昭王心想，楚国的军队有十万之众，即便给了沈尹戌三千人马，也不过三十分之一，再说，沈尹戌对寡人也是忠心耿耿，他手里有军队，也可牵制囊瓦……楚昭王对沈尹戌道："好吧，寡人答应你。"

沈尹戌带着三千援军连夜兼程到达汉水西岸与囊瓦会师。囊瓦看到沈尹戌，总算松了一口气。

这几日囊瓦和孙武隔江相持，忧心忡忡，他总担心孙武打过江来，命令部下枕戈待旦，不得有丝毫懈怠。楚军远途讨伐蔡国，吴国出兵，他们又急忙撤退，一路颠簸，如今又枕戈待旦，可以说每日都疲惫至极。沈尹戌来到汉江东岸后，首先建议囊瓦，军队可分两批，一批枕戈待旦，另一批在营帐休息,这样轮换备战,让楚军得到休整。囊瓦虽然处处刁难沈尹戌,但此刻对沈尹戌言听计从,命令军队轮流休整。楚军上下对囊瓦轮休的命令,赞口不绝。

沈尹戌又建议囊瓦派船只在汉江游弋,使吴军不敢贸然渡江,他带着三千人马抄小路奔袭吴军弃船之地淮汭,烧掉吴军的战船,断其后路,吴军必然恐慌。到那时,囊瓦率大军渡江进攻吴军,他从吴军背后攻击吴军,吴军必全军覆没。

囊瓦心里赞成沈尹戌的主意,但嘴上却说:"左司马的建议很好,可我担心如果等不到那时,孙武就渡过汉江向我们进攻如何是好?"

沈尹戌道:"只要令尹不过江,孙武区区三万兵力,又无水军,他的战船都留在了淮汭,他们是过不了汉江的。"

囊瓦一想也是,便答应了沈尹戌的建议。

当夜,沈尹戌带着他的三千兵马沿小路匆匆出发了。

三

汉江东岸,吴军营寨连着营寨,白日车马来往不绝,夜晚灯火通明。在汉江江边,有几只征用的临时战船停靠在那里。江那边,不时有楚国的战船划过,那是巡逻的船只。

阖闾站在岸边,看着对岸井然有序的楚国军队,对孙武说:"楚国军队好像换了元帅,这几日不论是巡逻还是在营内休整,都是有条不紊,井然有序。"

孙武道:"刚才探子来报,楚国的军队虽然没有换帅,但是沈尹戌来了,沈尹戌是楚国难得的将才,这些都是沈尹戌的主张。"

阖闾闻言,愤然说:"又是这个沈尹戌,上次我们进攻巢城,就是他险些坏了寡人的大事!"阖闾想到什么,对孙武说,"上次伯嚭说,楚王已经将他罢免了,难道伯嚭又在撒谎?"

孙武道:"这么大的事,伯嚭不敢撒谎,我派出的探子也是这么回报的。如今，我们剑指楚国都城，楚国上下惶恐，楚王需要人才，沈尹戌再次得到楚王的任用，这也是在我的意料之中……不过，大局已定，只要仍是囊瓦执掌帅印，沈尹戌也无能为力。"

阖闾看了看孙武，问："大局？你指的什么？"

孙武微笑道："战局的发展。"

对岸又一艘巡逻的战船从江面划过，上面的楚国士兵精神抖擞地观看着吴国这边的情形。

阖闾看着那楚国的战船叹了口气，道："如果我们的水军在就好了，寡人可以命令水军，一鼓作气，渡过汉江……可惜现在，吴军无所作为啊。"他看着孙武道，"你征集的战船如何了？"

孙武道："囊瓦过江时，几乎将船只征集已尽。"

阖闾不满地问："这么说，你征集不到足够的战船了？"

孙武坦然道："是的，但是船还是要征集的，那是给楚军做样子的。"

阖闾不高兴地说："这么说，你本来就不打算过汉江，进攻郢城了？"

孙武道："拿下郢城是我们此次出兵的最终目的，这个目的是绝不会放弃的。不弃船不能获胜，不渡江必获大胜！"

阖闾冷冷地说："哼，一派胡言！"

阖闾离开江边又去找伍子胥，让伍子胥尽快找到足以承载吴军渡河的船只。伍子胥和孙驰刚刚归队，尚不了解江这边船只的情况，便立刻接受了阖闾的命令。

伍子胥带着士兵四处寻找船只，果然如孙武所说，船只都让囊瓦征集完了，一时很难找到那么多的船只。

吴军四处寻找船只的消息传到了楚军营帐，囊瓦得知后对武城黑笑道："那些船我都派人征集干净了，他们从何征集呢？"随后，囊瓦对武城黑又道，"都说沈尹戌是楚国最会打仗的人，这些都是吴国人的谣言！这些人就是嫉妒，不想让我统领军队……武城黑，你说我和沈尹戌相比，谁更会带兵打仗？"

武城黑恭维说："自然是令尹大人更会带兵打仗了。沈尹戌只是小聪明，令尹大人是大智慧。就说征集船只吧，这一招别人就想不到，而令尹大人悄无声息地就干完了，致使吴军无船可用，只能望江兴叹！"

武城黑的话让囊瓦很受用，他命手下摆了宴席，为武城黑庆功，庆贺武城黑阻截吴军之功。

伍子胥把征集船只的事向阖闾报告后，阖闾愤然道："孙武嘴上说不渡江可获得大胜，他是没有船只，过不了汉江，所以拿谎话来糊弄寡人，寡人岂能容他！"

伍子胥劝解道："也许长卿确有高招，他常说'攻其无备，出其不意'，我们还是请长卿给我们解释明白，再做决定为好！"

阖闾不满地说："他已经给我说得很明白了，哼，什么大局的发展、战略的目的……他的大局就是不过江，他的战略就是在这里守株待兔！走，我们今天一定要让他说个明白！"

阖闾和伍子胥来到孙武帐外，听到他正在给手下将军们讲"出其不意，攻其不备"，便驻足倾听。孙武说："那么，什么叫做'攻其无备，出其不意'呢？利而诱之，乱而取之，实而备之，强而避之，怒而挠之，卑而骄之，佚而劳之，亲而离之，攻其无备，出其不意。此兵家之胜，不可先传也。"

专毅问："上将军，你能给我们讲得更具体一些吗，比如眼下我们吴军和楚军隔汉江对峙，怎样才能做到攻其不备，出其不意呢？"

孙武道："汉江对峙，楚军想的是如何守住汉江，我们想的是如何进攻汉江，如果让楚军主动想着如何进攻我们，我们就可以做到'出其不意、攻其不备'了。"

众将军一阵议论。

在帐外，阖闾和伍子胥对视一眼，阖闾悄悄地说："孙武要做到这一点，太难了！"

伍子胥道："我隐约觉得，也许能。"

阖闾道："一会儿我们问问他。"

汉江对面的囊瓦站在江边，看着吴军这边一个连着一个的营寨，问

第十五回 出其不意

身旁的武城黑："武城黑，你说，吴国军队现在在干什么呢？"

武城黑笑了笑："我想他们一定在研究如何造船吧？"

囊瓦笑道："等他们把船造齐了，早就晚了三秋了。"囊瓦想到什么，问："沈尹戌那边有信了吗？"

武城黑摇了摇头："还没有。"

囊瓦冷笑道："沈尹戌做事，总爱神神秘秘的。"

沈尹戌此时正在前往淮汭的路上，他一再催促自己的士兵："快点，再快点！"

沈尹戌的士兵已经走得够快了，沈尹戌还嫌不快，他要尽快赶到淮汭，把吴国的战船烧掉，这样，这场大战就可以分出个胜负来了。

沈尹戌的军队昼行夜宿，每晚都是天色完全黑下来，他才让士兵们吃饭睡觉。他告诉自己的士兵："如今苦点是为了之后的胜利，只要我们早一点到达淮汭，把吴军的战船全都烧掉了，我们的家乡才能免受吴国的烧杀抢掠。"士兵们说，他们明白这个道理，再苦再累，他们也不会有任何怨言的。

这天晚上，阖闾和伍子胥又一次来到了孙武的营帐，孙武正在整理当日的日志，也就是把军队一天的情况汇集后记录下来。阖闾对孙武道："上将军，寡人知道你很忙，但有件事寡人不得不问。"

孙武放下手中的活儿，起身道："大王尽管问就是了。"

阖闾问："你说要等待楚国人进攻，寡人不是楚国人，不好妄加决断，但是楚国人如果派人奔袭我们停留在淮汭的战船，你有何打算？"

伍子胥附和道："是啊，如果楚国人烧了我们的战船，我们吴军可就真成了断线的风筝，无法回家了。这必然会引起大家的恐慌！"

孙武平静地说："其实，当我看到楚国军队安静下来，我就想到了，他们会去烧我们的战船，而且这个领兵的人，非沈尹戌莫属。"

伍子胥一愣，问："你是说沈尹戌要去烧战船？"

孙武点了点头，然后道："我想，如果不出意外的话，最多还有十天，他的兵马就会赶到淮汭了。"

阖闾闻听此话，后背一个劲地冒冷汗，着急道："如果真是这样，我们吴国军队此次伐楚，岂不……危险了吗？"

孙武看了看阖闾，道："大王，请莫要惊慌，等不到沈尹戌烧掉我们的战船，我们就会打败囊瓦的！"

第十六回　齐之以武

故令之以文，齐之以武，是谓必取。

——《行军篇》

一

孙驰率领两千士兵得胜回到吴军大营，他安排好军卒，然后才回到自己的营帐，雾雨已经在营帐里等着孙驰了。

孙驰这次带着两千人马和武城黑作战，他对雾雨说这是一次速决战，不能带着雾雨，他让雾雨和大队一起行进，他打完武城黑后，便去与雾雨会合。雾雨本不同意，但孙驰说得恳切，她只得暂时离开了孙驰。雾雨跟着大队来到大营后，尽管有诸多不便，但是她还是指挥着孙驰的亲兵，给孙驰搭了帐篷，等待孙驰的到来。每到晚上，雾雨独守在帐篷内，久久看着帐外，帐外的月亮高高地升起来了，又远远地落下去了，但孙驰一直没有出现……这天下午，当雾雨听说孙驰得胜而归，高兴得像小孩子一样，把帐篷内收拾得干干净净，准备了酒菜，等着孙驰的到来。

孙驰走进了自己的营帐，雾雨猛得扑了过去，紧紧抱住孙驰道："孙驰，你让人家想死了……"

孙驰看了看身后，小声地对雾雨说："别这样，当心别人看见……"

雾雨不管不顾地道："我不管，我想你，我就要这样……"

孙驰轻轻推开雾雨："这是军营，你是我的护卫，你不能这样。"

雾雨闻言，这才轻轻松开了孙驰，幽怨的眼神中透着委屈。她转身去张罗晚饭的事，帐篷里只留下孙驰一人。孙驰只能无奈地苦笑着，心里也不是滋味，如果不是在军营，不是在父亲的严令下，他真想……哎，只能想想而已了。

营帐外面的夜渐渐黑了下来，除了巡逻的士兵，军营里很少有人走动。

孙驰的帐篷里也平静了许多。雾雨把饭菜摆到几上，对孙驰道："将军，请用吧。"

孙驰招招手："你也坐，咱们一起吃。"

雾雨揶揄道："你是尊贵的将军，我只是一个小护卫，哪有护卫和将军坐在一起吃饭的？我看咱俩还是保持距离吧。"看来雾雨还在为刚才的事赌气。

孙驰正想说什么，帐外传来专毅的声音："孙将军在吗？"

在帐篷外站岗的士兵道："在吃晚饭。"

专毅"哦"了一声，就要往里面走。站岗的士兵忙拦住他说："孙将军吃饭的时候，不让别人打扰。"

专毅道："我不是打扰，我听说孙将军出其不意，打跑了楚国的军队，我是来向他学习的。"

专毅的话音刚落，孙驰走了出来，对专毅冷笑道："没想到专毅将军如今竟然肯向他曾经的士兵学习啊！"

专毅尴尬地咳了一声，然后说："谈不上学习，是来看看你。听说你一举便打跑了武城黑，我想问问你用的是什么计策？"

孙驰倒也没有搪塞，说道："攻其不备，出其不意。"

专毅又问："你是如何做到'攻其不备、出其不意'的？"

孙驰道："在敌人想不到的地方出现，在敌人想不到的地方进攻。"

专毅再问："你说的敌人想不到的地方是指哪里？"

孙驰道："每场作战，敌人想不到的地方都不同，我们和武城黑的战斗，敌人想不到有如此之多的吴军会从他们的侧后方进攻。下一场战争，也许我们就会从正面进攻……总之，学习和运用兵法，要因人而异，因地而异。"他看着专毅，继续道，"专毅将军，你还有什么要问的吗？"

专毅看了盛气凌人的孙驰一眼，闷声闷气地说："没有了。其实，你也没告诉我，你的计谋是什么！"

说完专毅转身走了。走在路上，专毅觉得窝囊，他心里说：我这是自取其辱！以后我再也不会来问孙驰了！我只问孙武将军。

孙驰看着专毅远去，回到营帐。雾雨问："专毅走了？"

孙驰点点头，坐到几旁继续吃饭。他突然想到什么，对立在一边的雾雨说："雾雨，专毅是不是看到你了，他是为你而来的吧？"

雾雨忙道："没有，这是专毅第一次来你的营帐。"

孙驰"嗯"了一声，然后对雾雨说："雾雨，以后你只能待在我的营帐里，哪里也不许去！"

雾雨噘着嘴道："我不答应！我已经想好了，我也要学习骑马打仗，这样，以后你若是再有战斗，我便可以随时跟着你了，否则，我不放心！"

"我说了多少次，"孙驰摇头道，"不行！打仗要死人的，你不能去！"

雾雨说："我知道打仗会死人，若是你死了，我也不会活！生死我都要守着你！"

孙驰看着雾雨，无奈道："好吧，我答应你，但你必须听我的。我不让你出去的时候，你坚决不能出去！"

雾雨点点头，说："只要能跟着你，不论你说什么，我都会答应！"

此后，雾雨经常穿着一身戎装跟着孙驰到营外练习骑马射箭。

二

每日早上太阳还没升起，孙武便早早地起床，穿戴好上将军的铠甲，带着自己的将军们巡视军营，检阅早练的士卒。孙武一边巡视，一边对将军们讲解如何选择地形，如何宿营，如何行军，他说："在各种不同地形上，处置军队和观察判断敌情时，应该注意：通过山地，必须依靠有水草的山谷，驻扎在居高向阳的地方；敌人占领高地，不要仰攻；渡江河，应远离水流驻扎；敌人渡水来战，不要着急在江河中迎击，而要待其渡过一半时再攻击，这样做较为有利。如果要同敌人决战，不要紧靠水边列阵；在江河地带扎营，也要居高向阳，不要面迎水流，这是在江河地带上布置军队的原则。"

将军们纷纷议论自己的营地，感到自己的营地都符合孙武提的这些要求，不由得点头称是。

接着，孙武又给将军谈如何做到"令之以文，齐之以武"，让军队更加遵守纪律、步调一致的道理。他说："'令之以文，齐之以武。'这句话的意思是说，要用'文'的手段即用政治道义教育士卒，用'武'的方法即用军纪来统一步调，这样的军队打起仗来就所向披靡。平素能认真贯彻命令、教育士卒，士卒就会养成服从的习惯；平素不认真贯彻命令，教育士卒，士卒就会养成不服从的习惯。命令平素得以认真贯彻执行，是因为将帅与士卒相互信任的缘故。"

将军们深以为是，不住地赞叹，说跟着上将军来打仗，仗打得明白，学了兵法后更加明白。

伍子胥也跟着孙武一起视察军营，他对孙武迟迟不发令过江，多有不解。此时，伍子胥忍不住问孙武："长卿，你常说'兵闻拙速'，现在如何解释？"

孙武一笑，说："有缓才能速，有静才会动。士兵们不知道如何选择宿营地，如何做到'令之以文，齐之以武'，便也做不到'兵闻拙速'。"

伍子胥苦笑道："长卿兄说的这'令之以文，齐之以武'与'兵闻拙速'之间的利害关系，我还是不明白。"

孙武也不再做解释，只是笑道："子胥兄会慢慢理解的。"

按照孙武的计算，沈尹戌十天之内可到淮汭，如今已经过去四天了，也就是说再有六天，沈尹戌的军队就会烧掉吴军的战船，可现在孙武每天除了讲如何宿营，便是讲如何"令之以文，齐之以武"，阖闾不由心急如焚。同样心急如焚的还有伯嚭。

第十六回 齐之以武

伯嚭对阖闾说:"大王,孙武之所以大讲'令之以文,齐之以武',其实是为了掩饰他心中的胆怯,他是怕打败仗,他害怕楚军,害怕楚国的沈尹戍!"

阖闾虽然不相信孙武害怕楚军,但对孙武的做法更加不满。

这天,阖闾把孙武叫到江边,他看着江上游弋的楚国战船,对孙武道:"还有六天,沈尹戍的军队就可以到达淮汭,这些汉江上的楚国船只,就会向我们进攻了,不知道上将军是否想到了这些?"

孙武坦诚地说:"是的,我想到了,如果真有那么一天,我们这次出征就会前功尽弃。但是,如今和我们对阵的是囊瓦,所以我们不会有那么一天的!"

阖闾冷笑道:"你就这么自信?"

孙武点点头,说:"我坚信囊瓦沉不住气,他会渡过汉江来进攻我们。"

阖闾对孙武的回答十分不满,他终于忍不住了,怒道:"孙武,寡人没想到,你这么不知羞耻!明明是你算计错了,为什么就不想改正呢?难道你真的要让我们吴国的军队遭遇灭顶之灾吗?"

孙武看着发怒的阖闾,也能理解他的焦虑,只是平静地对阖闾说:"大王,你不必发这么大的火,我没有计算错,沈尹戍六天之内肯定会达到淮汭,但还没等到他烧掉吴军的战船,囊瓦就会过江,因为囊瓦不想把这么大的功劳记在沈尹戍的身上!"

阖闾看着孙武,冷笑道:"你说得很对,严丝合缝,没有一点错误!但是,一旦沈尹戍把寡人的战船烧了,囊瓦还不过江,寡人看你这个上将军如何处置!"

说完,阖闾拂袖而去。

江面上,楚国游弋的战船开始换班了,又一艘战船从江面驶过……

三

专毅对孙驰打了胜仗本来很不服气,他那天找孙驰说是为了学习,实际上是以为自己学了兵法，去找孙驰显摆，不想让孙驰揶揄了一通，心里很不舒服。他在想：我那天所问的确没什么底气，让孙驰把我给镇住了……哼，我应该拿这几天孙武讲的"令之以文，齐之以武"难为一下孙驰！于是，专毅鼓足勇气，再次到了孙驰的营帐。

营帐门口站岗的护卫说孙驰将军不在，去训练场了。专毅正准备离去，雾雨恰好走了出来，两人打了个照面，专毅不由得一愣，雾雨也是一愣，随后，雾雨匆匆离去。雾雨虽然身着士兵的服饰，但眉眼之间还是那么俊俏美丽。专毅看着雾雨离去的身影，心里想，这个人也太像雾雨了，难道她真的是雾雨……可是，雾雨不应该来当兵啊……不行，这个人我一定得查明白！

雾雨匆忙来到训练场，见到孙驰，把在营帐外见到专毅的事告诉了孙驰，孙驰一愣，然后问："他认出你了吗？"

雾雨思索片刻，道："好像没有，但看他的眼神，充满了疑惑。"

孙驰安慰雾雨说："只要没有当面认出，那就好，我给你换个营帐。"

雾雨立刻反对道："我不换，我就要跟着你。"说完又补充道，"换了营帐的话，人多嘴杂，有更多不便。"

孙驰一想，也是这个道理。他对雾雨说："你可以留下，但以后不要再来训练场，好好待在营帐里。"

雾雨只得答应。

专毅查了两天，一直没有结果，他想再去孙驰的营帐，几次都被门口的护卫拦下。专毅到训练场，不但看不到雾雨的身影，也不见孙驰，这更让专毅心中充满疑惑。专毅心里想，我这样查下去，还没有等我查出个所以然，吴楚就要开战了……

专毅思索再三，决定把雾雨的事禀报孙武，让孙武去查，如果不是，我就对上将军说自己看走了眼；如果是，哼，那就要看上将军如何处置孙驰了！

专毅把自己的怀疑禀报了孙武，还添油加醋地说："孙驰不但和这个女人住在营帐，还带着她去训练场，士兵们都看在眼里，但大家担心孙驰

第十六回 齐之以武

将军打击报复,不敢举报这种败坏军纪之事,所以,希望上将军明察。"

孙武一开始不相信专毅的话,但为了整治军纪,他答应亲自去查,绝不能让违纪的事情在军营内蔓延下去。

这天,孙武忙完军务,天色已经很晚了,他踏着月光独自离开营帐去找孙驰,他不相信自己的儿子会做这种事,他想和孙驰好好谈谈,有则改之,无则加勉。

孙武来到孙驰的营帐,守卫的护卫见是孙武,没有阻拦他。孙武向哨兵点了点头,走进营帐。此时,雾雨已脱了军装,长长的秀发露在外面,她正在给孙驰铺床。孙武乍看到雾雨就愣住了,雾雨也愣愣地看着孙武。孙武明白了,专毅说的都是真的,这个女人就是雾雨!

孙武脸色铁青,问:"孙驰呢?"

雾雨很乖巧地道:"去查营,还没有回来。"

孙武冷冷地说:"是我带你走,还是你跟着我走?"事已至此,雾雨平静地说:"我跟你走吧。"

孙武转身离开了营帐,他在帐外等了雾雨片刻。雾雨穿戴好士兵的衣服,走出了营帐。她临出门前,还回头看了看孙驰的营帐,她知道,此次一走恐怕再也回不来了。

孙武和雾雨正要离开营帐,孙驰回来了,他看到父亲和雾雨,立刻明白是怎么一回事了。他几步上前护在雾雨面前,厉声对孙武道:"上将军,她是雾雨,我将要迎娶的妻子,你不能带她走!"

孙武严肃地对孙驰道:"你闪开,雾雨不许留在营帐!"

孙驰仍护在雾雨面前,对孙武道:"我说过了,雾雨是我准备迎娶的妻子,谁也无权把她带走!"

孙武火冒三丈,对孙驰厉声道:"这是军营,不是你孙驰的家!"随后,孙武命令一旁的士兵,"把雾雨带到大营牢房!"

孙驰尽管有一百个不愿意,但雾雨还是被士兵带走了。雾雨被关进了大营的牢房,牢房是一所用石头砌成的临时小屋,屋子里湿冷湿冷的,墙角有一堆稻草,稻草旁有一张用几块石头摆成的桌子,桌子上有一只油灯，油灯旁放着一碗糙米饭，那米饭还没有动过。雾雨独自一人可怜巴巴地坐在稻草上，望着石屋中的石窗子，窗外是清冷的月亮。

孙驰此时在孙武的营帐内疯了一般，大骂孙武没有情义，说即便他这个将军不当了，也要带着雾雨回家。孙武严厉地告诉孙驰："你若是回家，那就是逃兵！逃兵是要被砍头的！"

孙驰倔强地说："我就是被砍头，这个兵我也不当了！"

孙武反问道："那雾雨你也不要了吗？你不是说为了雾雨活着吗？"

孙驰无言以对，只是气呼呼地用眼睛瞪着孙武。随后，孙驰说："好吧，就算我不当逃兵，但你也不能把雾雨带走！"

孙武道："我再说一遍，雾雨不能留在军营，任何女人都不能留在军营。军营是士兵们为打仗聚集的地方，不是女人应该来的地方！"

孙驰瞪着孙武，一句话也不说。

孙武继续道："你把雾雨带入军营，这是违犯了军纪，即使你不当逃兵，也要对你实施鞭刑！"

孙驰愤然道："你用鞭吧，你上刑吧，你是上将军，你想怎样，就怎样！"

孙驰被带到刑场，当着众士兵的面，孙武命令行刑官对孙驰实施鞭刑。一鞭子一鞭子地抽下来，打在孙驰的身上，疼在孙武的心上，毕竟孙驰是自己的儿子，而且是难得的战将……但为了严明纪律，孙武表面上依旧冷冰冰的，因为他是一个国家的上将军，他不能让自己的将军和士兵，看出自己对儿子有任何的偏袒。

孙驰被鞭刑后送回他的营帐，但雾雨已经不在了，这让孙驰更是难过，他思念雾雨，思念雾雨对他的关爱。

孙武悄悄找到伍子胥，让他派人把雾雨送回吴国，并嘱咐路上一定小心。

雾雨临别前想见一下孙驰，孙武没有答应，孙驰犯的是重罪，他不能再和雾雨团聚，那怕只是短暂的团聚。雾雨只好跟着吴国的伤病员，一起返回吴国。前路漫漫，雾雨感到自己像一片落叶一样，在空中飘荡，无

第十六回 齐之以武

着无落。

雾雨离开军营的那天，她坐的马车越行越远了。有一个人在营门一侧默默地看着远去的雾雨，是孙武。孙武的眼睛里似乎有泪水流下，他轻轻地擦了擦，然后一直看着雾雨的马车消失在天边。

夜晚，孙武来到孙驰的营帐，他想向儿子解释，大敌当前，军纪必须严明。但是，孙武站在孙驰的营帐前，又打消了这个念头。他认为一个带兵的将军，即便不作解释，也应该明白军纪的重要，如果孙驰只是为了自己、为了雾雨的小我之私，他就不配做吴国的将军。

第十七回　奇正相生

> 战势不过奇正，奇正之变，不可胜穷也。奇正相生，如循环之无端，孰能穷之哉！
>
> ——《兵势篇》

一

时间一天天过去了，吴国军队在孙武的整顿后看不到有任何的紊乱，将士们每天除了训练，便是学习孙武的兵法要点。然而，阖闾可是一天都坐不住了，如果这次兵败，他的国家将会一蹶不振！阖闾每天都到江边观察汉江对岸的楚军。楚军似乎也是一副不着急的样子，除了江面上不断变换着游弋的船只，看不出任何的异常。

这天，阖闾实在忍不住了，他又去问孙武道："上将军，你说囊瓦一定会进攻我们，为何直到现在也看不到一点动静呢？"

孙武微笑着说："大王，难道你就没看到，楚军已经按捺不住了吗？每天囊瓦都带着将军们在江边观察吴军的动向，每次都是两个多时辰。"

阖闾闷声闷气地说："寡人看不到！"

孙武道："大王再仔细看看，这一天很快就会到来。"

孙武命令军队，做出撤退的准备。一声号令，吴军上下立刻行动起来，一些士兵把物资搬上马车，有的把帐篷也拆掉了，搞得如真要撤退一般。

第十七回 奇正相生

伯嚭也一直怀疑孙武是否真的在等待楚军进攻，他看到吴国军队准备撤走，对伍子胥说："子胥，如今孙武终于挺不住了！要撤也应该早点撤啊，如今就是撤到淮汭，我们的战船也早就化为灰烬了……唉，孙武真是误我大事啊！"

伍子胥了解孙武这么做是给楚国人看的，但他不能给伯嚭说破，只是说道："你的结论下得太早了。"

孙武严惩孙弛的消息传到江对面的楚营，囊瓦高兴异常，他认为这是吴军军心不稳的表现。孙武又让细作散布消息，说吴军不敢过江，不是因为害怕囊瓦，而是因为害怕沈尹戌，沈尹戌要烧掉吴国的战船了……

囊瓦听到军营中的传闻，顿生嫉妒之心，他生气地对手下将军武城黑说："若有再传言吴军不过江是因为害怕沈尹戌者，杀无赦！"

此时，楚国都城方面也传来消息，说楚王把战胜吴国的希望都寄托于沈尹戌，如果沈尹戌打败吴军，楚王将让他取代囊瓦当楚国令尹。这也是孙武让细作散布的流言。

囊瓦手下的将军们个个牢骚满腹，他们也不希望沈尹戌和他的将军们战功超过自己，于是纷纷推波助澜，要求囊瓦过江消灭吴国的军队。武城黑对囊瓦说："令尹，如果此时不进攻吴军，吴军将逃之夭夭，到那时，楚国的兵权就真的归沈尹戌所有了！"随行的大夫史皇也说："楚人讨厌你而赞扬沈尹戌。如果沈尹戌先战胜吴军，功在你之上，你的令尹之位也就难保了！令尹大人最好赶快向吴军进攻！"

囊瓦以前诋毁过沈尹戌，他担心沈尹戌掌握兵权后报复自己……但若要过江进攻吴军又没有获胜的把握，便问武城黑："武将军，你说我若过江进攻吴军，获胜的把握有几成？"

武城黑回答道："如果是几天前，你的把握是零，可如今吴军惶恐不安，大家都想早点回家，所以令尹若此时过江进攻吴军，把握可达八成。"

囊瓦不住颔首，但他仍然下不了决心，毕竟对面是孙武指挥的军队啊。囊瓦又亲自到江边察看吴军军营，只见吴军军营内士卒们来来往往，大家有的背着、有的搬着撤退的物资。囊瓦回头问随行的武城黑："武城将军,有沈尹戌的消息了吗?"

武城黑道:"还没有,我估计快了,也就是这一两天。"

囊瓦沉默不语。

武城黑看了看囊瓦,道:"令尹,你说过沈尹戌做事总爱神神秘秘,他即便到了淮汭也不会告诉令尹的。不过,吴军那边如此急急忙忙地安排撤退,我估计沈尹戌快到淮汭了,或者已经到了淮汭了……"

囊瓦冷笑道:"沈尹戌不让我们过江进攻吴军,还说要等他回来,前后夹击吴军,哼,他这分明是要抢我的功劳!"他郑重地命令武城黑,"武将军,你命令全军,立刻过江,向吴军进攻,违令者斩!动作迟缓者,斩!"

二

楚国军队开始渡过汉江向吴军进攻了。

吴王阖闾一听到这个消息,高兴地叫道:"孙武,真乃神人也!"这是阖闾第二次喊孙武是神人了。

楚国的军队很顺利地登上了汉江东岸滩涂,几乎没有受到吴国军队的阻击。后面的楚国军队源源不断地向汉江东岸涌过来。

阖闾对孙武说:"上将军,我记得你在兵法上说,如果敌军渡河前来进攻,不要在江河中迎击,而要趁它部分已渡、部分未渡、半渡时予以攻击,这样比较有利。如今楚国的军队已有一半渡过了汉江,我们吴军可以进攻了!"

孙武对阖闾说:"大王,我要消灭的不是一部分楚军,而是全部楚军。只有消灭了楚军的主力,大王的军队才能够势如破竹,攻破楚国都城。"

阖闾问:"上将军打算如何消灭敌人主力呢?"

孙武说:"我们假装害怕,撤退诱敌,在撤退的途中用正兵当敌,用奇兵取胜,这就是'以正合,以奇胜',奇正相辅相成,定可消灭楚军主力。"

第十七回　奇正相生

阖闾看了看孙武，然后对孙武道："好吧，寡人现在相信你的计谋了。"

吴国军队依照孙武的计谋，装作害怕的样子主动由汉水东岸向大别山后撤。后撤时，孙武叫细作散布流言，说吴军不是害怕囊瓦才撤退，是因为担心沈尹戍要烧吴军的战船，被逼无奈不得不撤。

囊瓦听到流言后，气愤地命令三军紧紧追赶撤退的吴军。他对武城黑说："我一定要抓住吴军的尾巴，狠狠地教训一下他们，看是沈尹戍厉害，还是我囊瓦厉害！"

正当孙武引着囊瓦在大别山和小别山之间奔波之时，沈尹戍的三千兵马赶到了淮汭，他命令手下士兵，赶紧烧掉停留在河上的战船。士兵点起火把正准备向战船进攻时，一个老者来见沈尹戍，他对沈尹戍说："这些船只你还是不要烧了，你知道建造这些战船要耗费多少木材和人力吗？"

沈尹戍微笑道："老人家，我知道建造这些战船很费工夫，也费材料，但我只有烧掉这些战船，吴国的军队才会惶恐不安，我们才能战胜吴国人。"

老者说："大人，你难道还不知道，楚国的囊瓦已经渡过了汉江，如今正在大别山和吴国的军队恶斗呢？"

沈尹戍一愣，问："你听谁说的？"

老者道："很多人都这么说。"

随后，老者走了。沈尹戍忙派人探查。探查的人很快就回来了，说那个老者说的都是实情，囊瓦的确率军过了江，正在寻找吴军决战。

沈尹戍仰天长叹："上天啊，你这是要灭亡我们楚国啊！"

囊瓦在大别山终于追上了吴国的军队，其实不是他追上了，是吴国的军队摆好阵势，等着楚国军队的到来。囊瓦很兴奋，他命令全军必须步调一致，杀敌立功，定要全歼吴国军队。当他听说吴王与孙武都在军队中后，对三军命令道："活捉孙武者，赏黄金十斤；抓住吴王者，赏黄金百斤！"

楚国的将士们从来就没有听说过如此之多的奖赏，鼓足勇气，拼命向吴军阵地杀过去。

当楚国军队冲入吴军的阵地后，不由得疑惑起来，阵地中有许多旌旗在飘舞，但没有一个士兵的影子——这是一个空阵地。

囊瓦暗叫不好，正要命令楚军撤出，阵地后方突然人喊马鸣，一支队伍向囊瓦这边冲过来。冲在最前头的是夫概，他手持长矛，有万夫不当之勇！

楚军已经没有什么心思和吴军作战了，争先恐后，纷纷逃窜。囊瓦多亏有武城黑护驾，才得以逃脱。此战，楚军被吴军消灭近三千余人。

囊瓦跑出去十多里后，才收住脚。武城黑连忙收拢跑散的军队。武城黑对囊瓦道："令尹，我刚才清点了一下，此战楚军损失近三千人马，吴国军队没有追赶过来，说明他们的目的就是袭击我们。我们稳住阵脚，还是能够战胜吴军的。"

囊瓦惊魂未定，他让武城黑先安营寨扎，再商量和吴军作战一事。

吴军利用囊瓦急于求战的心态，在大别山一败囊瓦，虽然斩获不多，但鼓舞了吴军的士气。阖闾对孙武说："上将军这一战打得妙，兵不血刃便吓得楚军狼狈逃窜。上将军应该再接再厉，彻底消灭楚国军队。"

孙武道："楚国有十万之众，此战只是损失了楚军九牛一毛的兵力，楚军目前还是一个庞大的对手。不过，在下一战，我会再让楚军后退三十里！"

三

夜晚，楚国营地一片寂静，静得让人感到了恐惧。营帐内大都黑着灯，只有在营地巡逻的士兵，才能让你感到这里还驻扎着一支军队。

囊瓦一个人在营帐内喝闷酒，边喝边想：我真不该听武城黑的主意，留在汉江西岸，静等沈尹戍烧掉吴军的战船，再和沈尹戍共同夹击吴军，胜券在握，又何苦来大别山担惊受怕的呢？

第十七回 奇正相生

这时，武城黑走了进来，他看到独自喝闷酒的囊瓦，然后道："令尹大人，你一个人喝酒，一定在想，不该听我的话，过汉江袭击吴军了吧？"

囊瓦苦笑道："哪能这么说呢，过了江就没有后悔药可吃了！"

武城黑坐到囊瓦身旁，囊瓦斟满了一樽酒递给武城黑。武城黑没喝，他把酒放到一旁，对囊瓦道："令尹大人，你想过没有，吴军为什么打了就跑，而且我们跑出这么远，也没见到吴军尾随追击呢？"

囊瓦想了想，问武城黑："那你说为什么呢？"

武城黑道："吴军的统帅孙武作战一向虚虚实实、真真假假，我估计是吴军的战船被沈尹戌烧了，吴军惶恐不安，要赶快回撤，就派了一支军队从背后袭扰我们，不让我军紧追不舍。"

囊瓦又想了想，站起来对武城黑说："你说得很对！本令尹刚才也在想这件事！"囊瓦转念又问，"你敢肯定沈尹戌已烧掉了吴国的战船吗？"

武城黑点头道："八九不离十。按照沈尹戌的做派，他肯定夜以继日地奔赴淮汭，现在计算，他应该到了。"

囊瓦在帐篷了来回走动着，一边思索一边对武城黑说："多亏我过了汉江，否则，人家要说，吴军撤退都是沈尹戌的功劳了！"他站住后对武城黑命令道，"通告全军，明日鸡鸣起床做饭，立刻追赶吴军！"

武城黑连忙道："遵命！"

囊瓦又补充道："还要告诉全军，此次追击要小心吴军的袭击！"

第二天天还不亮，楚军便起床吃饭，然后整装出发继续追赶吴军。东方此时才露出了鱼肚白，在晨曦中能看到漫天的旌旗，浩浩荡荡的车队和一望无边的兵卒。

路上，囊瓦踌躇满志地对武城黑说："这次揪住吴军的尾巴，我们不要冒进，你带领一支队伍绕到敌人后方，我们也来个'出其不意，攻其不备'！"

另一边，吴军还是有条不紊地不急不忙地撤退。

阖闾问孙武："上将军，你不是说要再让楚军退后三十里吗，为何现在还是我们在撤退呢？"

孙武笑了笑，道："撤就是为了进，今日我们不撤，怎么能让楚军再撤三十里呢？"

阖闾此时不想与孙武争辩，他知道也争不过孙武，他只想看结果，让楚军后退的结果。

楚国军队行了一天的路，也就是走了三十多里，然后就早早地安营扎寨。囊瓦派出探子，四处打听吴军的去处。探子回来报告说，在东边十里外的山坡上，有吴军的营地。武城黑对囊瓦道："令尹，我们今晚组织一次偷营如何？"

囊瓦沉思着，没有表态。

武城黑又道："我亲自出马，只带领两千人马，偷袭他一次，让吴军也不得安宁。"

囊瓦思索着点头道："好，就两千人马……不过，你不能去，你派一个得力的将军带队偷袭，目的嘛，一是偷袭，二是摸摸吴军的底细。"

武城黑恳切地说："令尹大人，你还是让我去吧，我亲自出马，胜算才大！我可是真心啊！"

囊瓦看着武城黑道："你的心，我早就知道，你是为了楚国，也是为了我。但只要是打仗，就不能只想到胜，如果败了呢？"

武城黑信誓旦旦地说："不会失败的，吴军根本就想不到我们会偷袭，这么多年和吴军作战，我们从来就没有夜间偷袭过吴军，他们根本就想不到！"

囊瓦犹豫片刻，然后道："那也不能去，万一失败了呢？武城黑，我身边不能没有你啊！"

囊瓦的话让武城黑很感动，他说："令尹大人如此看重我，我由衷感激！不过，令尹大人，你一定要让我去，我可以不进大营，在外面指挥，人都说眼见为实，我可以亲眼观察吴军的动向，回来向你禀报。"

囊瓦不由得点头，然后道："也好，你千万不要莽撞，一定在大营外指挥，一旦吴军有准备，不可恋战，立刻撤回来，明白吗？"

"末将明白！"说完，武城黑点齐两千人马，趁着月夜离开了楚军大

第十七回 奇正相生

营。经过十多里路的急行军，两千人马悄悄来到吴军军营外。

武城黑蹲在吴军营外的树林里，先是仔细观察了一番吴军的大营，只见营内旌旗飘舞，营帐连着营帐，整齐有序。但是不见巡逻的士兵，这让武城黑心中不由得直打鼓。他心里说：难道吴军知道我们来偷营，把军队撤了，埋伏起来了？

吴军营内终于出现了一队士兵，有五六人，看上去是巡逻的士兵。这几个士兵拿着兵器，似乎没有那么警惕，其中一个是兵头。那个兵头站住了，四处看看，然后对身后的几个士兵说了句什么，那几个士兵跟着兵头进了一所营帐，此后便再也没有出来。

时间又过了一个时辰，吴军大营依旧没有任何变化，偶尔有士兵起夜，也是匆匆忙忙。武城黑终于下定决心：吴军都还在大营内，他们并没想到楚军今夜来进攻。武城黑向楚军下达命令：立刻偷袭吴军大营！

武城黑一声令下，楚军蜂拥而至，向吴军的营帐杀过去。

楚军冲进一个营帐，营帐内没人！

楚军又冲进一个营帐，营帐里还是没人……

楚军不由得惶恐起来，不知如何是好。正在此时，突然响起急促的鼓声，营区四周刹那间冒出了众多的吴军士兵，将偷袭大营的楚军士兵团团围住。

孙武出现在吴军队伍当中，他站在马车上，对被包围的楚军道："楚军士卒们，我是吴国的上将军孙武。"

楚军众人听到孙武的名字，皆惊恐不已。

孙武又道："我们吴国的军队，已经退出了汉江，我们是要回家的，你们不要再尾随我们了，这对谁都没好处！逼急了，困兽犹斗，你们必将付出无谓的牺牲！如果你们答应不再进攻吴军，我放你们回去，把我的话告诉囊瓦；如果你们不同意，那我就下令把你们全部处决，以警示那些继续尾随我们的楚军！你们听清楚没有？"

在大营外面，武城黑听了孙武的话开始着急，他埋怨领军的将军为何不开口，你就答应吴军，离开吴军大营，以后的事就由不得他孙武了……武城黑想着正准备起身进大营回答孙武的提问，只见吴军闪开一条路，楚军放下兵器，有秩序地走出大营。

武城黑松了一口气，带队的将军答应了孙武的条件，吴军放楚军一条生路。

第十八回　兵无常势

故兵无常势，水无常形。能因敌变化而取胜者，谓之神。

——《虚实篇》

一

孙武放走了楚国的军队，这让阖闾大为不满。他质问孙武："你为什么要放走楚国的军队呢？这两千多人回到楚军，就是一支不可小视的力量，对我们吴军就是一个威胁！"

孙武道："大王，这些人回去后，会为我们说话，他们会告诉囊瓦，吴国军队真的要走了，囊瓦必全力追赶，到那时我会让囊瓦损兵折将！"

阖闾看了看孙武，狡辩道："那……你放回去一小部分就可以了，其他的哪怕留下给我们做苦力，也不能都放回去！"

孙武微微一笑，道："只有都放回去，囊瓦才会相信我们要走，不带楚国的俘虏。同时，这么多人都说吴军要走，囊瓦必信。"

阖闾不好再说什么，只好说："你是上将军，一切由你定吧！"

武城黑带领偷袭吴军的两千人马返回楚营后，武城黑把自己所看到的都告诉了囊瓦。囊瓦又问了几个回来的士兵，大家都说吴军真的要走了，否则他们就回不来了。有一个将军对囊瓦说："吴军要走，就让他们走好了，孙武说，困兽犹斗，逼急了他们就和我们拼死一战，令尹将会损失很多兵马！"囊瓦让大家都回去休息，说他要好好想一想。

营帐里就剩下了囊瓦和武城黑，囊瓦问武城黑："武将军，既然吴军肯定要走，你说我们该怎么办呢？"

武城黑迟疑片刻，然后道："我听令尹大人的。"

囊瓦盯着武城黑说："我今天就听你的，你说放过吴军，我就放过他们；你说打他们，我们就拼死一战，不让他们回吴国！"

武城黑对囊瓦道："既然令尹大人让我说，我就说，一个字，打！"

囊瓦点点头，道："好，就按你说的做，打，狠狠地打！"

武城黑对囊瓦笑道："令尹大人，我知道你是想打吴军，否则这口气难以咽下，是吧？"

囊瓦嗔他一眼，道："彼此彼此。"

囊瓦还不放心，又派人到吴军的营地探看，结果吴军已经撤离。囊瓦这才命令楚国军队分三路追赶吴军。

孙武率领部队大踏步地往后撤，这让阖闾、伍子胥和伯嚭都非常不满意。

阖闾愤然问孙武："上将军，你不是说要囊瓦再退三十里吗，如今反倒是我们吴军退了几个三十里了？"

伍子胥也很不解，对孙武说："长卿，你这是要撤到何时呢？我们是来攻打楚国的，不是来与他兜圈子的！"

伯嚭则对孙武阴阳怪气地说："长卿，人都要讲实话，你到底能不能打败囊瓦？能就是能，不能就是不能！别整日走来走去的，楚国人没有被拖垮，先把自己的兵走蒙了！"

孙武对他们解释说："'兵无常势，水无常形。能因敌变化而取胜者，谓之神。'战场瞬息万变，只有及时了解敌情的变化，适时调整我们的作战策略，才能夺取胜利。我是说过让楚国军队再后退三十里，这个后退不是现在，而是在我们消灭其有生力量之后。楚军将帅既好大喜功，又胆小谨慎，我们不停地撤退，拉着他们跟着我们走。这样做，一是疲惫楚军，毕竟楚国军队比我们多好几万人，而且又是在楚国作战，我们的战船也被他们烧掉了，我们的士兵虽然嘴上不说，但心里在犯嘀咕，我们还能不

第十八回　兵无常势

能回家？所以，我要通过三次战斗的胜利，调动起我们士兵的求胜欲望。这样做的第二个好处，就是在撤退中，寻找有利地形，彻底打垮楚军，为我们进攻楚都郢城扫清障碍。"

孙武的一番话让伍子胥口服心服，让伯嚭无话可说。阖闾心里知道孙武讲得有道理，但嘴上却说："上将军，我只给你一次机会，打完这仗，寡人就收回兵权，军队要听寡人指挥！"

囊瓦的军队追了三天，仍不见吴军的影子。囊瓦心里说：吴军会不会已经逃离大别山了。他问武城黑："武城黑将军，你说吴军现在会在什么地方呢？他们会不会已经逃离大别山了呢？"

武城黑还真不好回答，如果说吴军逃走了，他倒是希望如此，但如今还没有证据；如果说吴军就在周围，那也没证据。于是，武城黑便说："我们派人探一探。如果吴军确实逃走了，那就算他们命大，逃过了这一劫。"

囊瓦恨声道："他们如果逃走了，那真是便宜了他们！"

楚军派出探子，到四面探听吴军的消息，当地人只是说："昨天还在，今日不知道哪去了。"

几路探子都说一样的话，这让囊瓦心里犯嘀咕：这可不是个好消息。于是他命令军队埋锅造饭。那时刚过中午，囊瓦的军队刚做好饭，还没有来得及吃饭，突然四周响起阵阵鼓声。随着鼓声，只见一支凶悍的吴军从侧翼杀进楚军大营，带队的又是夫概。夫概大声喝道："凡抵抗者，杀无赦！"于是，吴军士兵见人就砍，下手毫不留情。楚军士兵饭也顾不上吃，掉头就逃。

营帐里的囊瓦听说吴军杀入大营，慌慌张张披挂上盔甲，对武城黑道："武将军，你快挡住吴军。"说完便逃之夭夭。

这一仗，楚军损兵近五千人，余下的几万人马一口气逃出三十里，在柏举停了下来，另外两路楚军听说令尹的军队败了，也赶紧收拢，来到柏举。

吴军不但获得大胜，而且还吃上了楚军留下的饭菜，兴奋不已。夫概一边吃饭一边笑着对孙武说："上将军，以后夫概就跟着你打仗，不但可以消灭敌人，还可以吃上可口的饭菜。"

孙武赞道："将军勇猛，所以打得楚军饭都顾不上吃。打仗就是应该这样，找准时机一鼓作气击溃敌人！"

吃完饭，夫概按照孙武的命令，带领自己的五千人马立刻追赶楚军。其他的吴军，也从不同方向追赶逃跑的楚军。

二

天色黄昏的时候，吴国军队到达了柏举，把刚刚逃到柏举、喘息未定的楚国军队团团围困起来。

夜幕降临了，楚国营内一片沉寂，士兵们躲在营帐里唉声叹气，将军们聚集在一起议论今后的归宿。囊瓦把将军和随行的大臣召集在一起，讨论下一步怎么办，是战，还是撤。

囊瓦对众人道："目前，敌我双方的态势大家已经知道了，吴军因为有了孙武的指挥，可以说战无不胜；我们楚国军队虽然人多势众，但已不是吴军的对手了。在大别山和小别山一带，我们已连败三场。眼下被吴军包围，大家都说说自己的看法，有什么就说什么，不要再藏着掖着了。"

一个大臣道："令尹大人第一次承认我们不如吴国，这很难得。吴国军队有孙武指挥，我们已经很难获胜了，为今之计，我们应该向吴国割地求和。"

一个将军不同意，他说："我们楚国有十万之众，还没怎么作战呢，就割地求和，以后我们面对诸侯，还有什么大国的面子呢？"

另一大臣反问那将军道："不割地只有打，你能保证打败孙武，打败吴国的军队吗？"

那将军欲言又止，看着那个大臣，不再说话。

囊瓦扫视了一眼在坐的众人，道："还有谁，说说你们的高见。"

武城黑道："割地求和固然好，但是如果吴国不同意呢？"

众人面面相觑，一时不知如何回答。

第十八回 兵无常势

史皇大夫对众人道:"不同意,那就打,我们还有九万之众,和吴国人一拼到底,我就不信这场战争我们会输得一塌糊涂!"

有很多将军和大臣都支持史皇大夫,纷纷说打到底,拼到底。

囊瓦看了看众人,欲言又止,然后道:"今日就议到这里,明天接着再议!"

众人散去,营帐里只剩下史皇大夫和武城黑。囊瓦问二人道:"你们二人是我的心腹和谋臣,你们说吴军如果不同意讲和,我们该如何处置?"

武城黑坚定地说:"吴军不想和,那就打!身为国家的将军,不论失败或者胜利,都应在战场上!"

史皇大夫道:"我赞成武城黑将军的话,不和便打。胜负也许就在我们的拼命之中!"

囊瓦瞥了一眼二人,叹道:"我当初真不该听你们的意见,过江和吴军一决高下。如果我守在汉江西岸,等着沈尹戌烧掉吴军的战船,赶回汉江,我和沈尹戌东西夹击就好了!"

武城黑和史皇大夫相互看看,无话可言。

囊瓦又看看二人,道:"如今说什么都晚了,我不是孙武的对手,我决心把军权交出去,谁有能耐谁当这个元帅,我一人回楚都……"

囊瓦话还没说完,史皇大夫就不干了,他对囊瓦不客气地说:"令尹大人,国家太平时,你争着执政,现在作战不利,你就想逃跑,这是犯了死罪!大王绝不会饶恕你!现在你只有与吴军拼死一战,才可以解脱自己的罪过!"

武城黑也对囊瓦道:"史皇大夫说得很对,你若离开军队,那就是临阵脱逃,不但大王不会饶恕你,你手下的这些士兵也不会放过你!"

囊瓦看着二人,支吾道:"我不是逃脱,我是让贤,让给更有才华的人掌管军队……"

武城黑着急地说:"令尹大人,你糊涂,你不能交出军权,交出军权你是要掉脑袋的!"

史皇大夫也道:"是啊,楚国人都恨你,如果你没有了军权,他们就会要你的命。"

囊瓦站起来，深深吸了口气，对二人说："刚才的话就当我没说。你们回去整顿军队，摆开阵势，我们在柏举和吴国决战！再有言败者杀！临阵逃脱者，诛九族！"

武城黑和史皇大夫深深松了口气，史皇大夫对囊瓦道："令尹大人，你这样做就对了。如今楚军的兵力仍然超过吴军许多，只要全军同心协力，一定会战胜吴军。"

武城黑提醒道："令尹大人，应该派人立刻通知沈尹戌，我们在柏举和吴国决战，让他带兵速速赶到。"

囊瓦点头说："好吧，你派人骑快马立刻通知沈尹戌。"

三

沈尹戌的军队在淮汭草草烧了吴军的船只，此时正向汉江疾驰而来。路上听说楚军在大别山和吴军周旋，后来遇到武城黑派来送信的快马，得知囊瓦在柏举摆好阵势，准备和吴军一战。沈尹戌立刻带领他的三千军队，向柏举奔来。

楚国军队经过囊瓦、武城黑和史皇大夫等人一番鼓动，看上去又振作起了精神，旌旗飘扬，战马嘶鸣，九万大军严阵以待，准备与吴国决战。

在楚国军队的大营中，有一个特殊的营帐，营帐里关押的都是吴军的俘虏。这天武城黑来视察军营，他对看护营帐的士兵说，这些人一定要看好，到时自有用处。雾雨就被关在这个营帐中。

雾雨那天离开吴国军营，没能见到孙驰，心里总有许多的遗憾。她想，如果等到孙驰凯旋，也不知要等到何时？雾雨心中无时不在惦记着孙驰，时时为孙驰的安危担忧。她想返回吴国军营，可又担心违抗孙武的命令，再被赶出来……那天在路上颠簸，天又下起了小雨，天色雾蒙蒙的，此情此景让人心生悲戚。这时，一支运粮的军队迎面而来，是吴国的运粮队伍。雾雨突然有了主意，她女扮男装混入了运粮的队伍，对运粮的

第十八回　兵无常势

兵头陈老爹说："陈老爹,我想回到汉江我们打仗的地方,你们带我回去吧。"

陈老爹留着山羊胡子,看人总爱斜着眼睛,不到四十的年龄,总爱在别人面前充年长的人,运粮队伍中的人都叫他陈老爹。陈老爹斜着眼看着雾雨,这让雾雨很不舒服,但在人屋檐下,不得不低头。

雾雨见陈老爹只是看着自己,总不表态,便道："陈老爹,你说话啊,行还是不行?"

陈老爹"嗯"了一声,问："你当初为什么要回吴国呢?"

雾雨说："我拉肚子,总是这样不好,他们嫌弃我,便让我跟着车队回吴国。"

陈老爹又问："现在好了吗?我是说你拉肚子。"

雾雨说："好了啊。也不知为什么,离开军营第二天就好了。"

陈老爹又"嗯"了一声,然后道："你不能回打仗的地方。"

雾雨问："为什么,我要回我的军队,有什么不行的?"

陈老爹道："你要是想回吴军,就跟着我们运粮队,我们运粮队也是要打仗的。"

雾雨一怔,问："你们运粮队打什么仗呢?"

陈老爹笑了笑："我们这粮不是从吴国运来的,是在楚国征集的,说句不好听的,就是抢来的!"

雾雨明白了,她听孙驰说过,他的父亲孙武曾教导他:粮草补给要在敌国就地解决。从敌方夺取粮食一钟,相当于从本国运出二十钟;就地夺取敌人饲草一石,相当于自己从本国运出二十石。于是,雾雨决定留在陈老爹的运粮队,她想,只要继续留在吴军中,总有一天会看到孙驰的,哪怕是远远地看他一眼,雾雨也就心满意足了。

粮队刚到汉江东岸,吴军已经撤离了,正赶上楚国军队渡过了汉江,粮队成了楚军的俘虏。陈老爹和雾雨都被楚军抓获,楚军命令他们给楚军做苦力。

楚军在大别山、小别山之间被孙武牵着鼻子走,连吃败仗,楚军把气都发泄到雾雨等苦力身上，不是打，就是骂。雾雨多亏有陈老爹护着，才得以坚持到现在。

楚军终于不走了，他们在柏举摆开阵势，准备与吴军决战。雾雨这些苦力也可以不再走了，但搬运物资、修整阵地等重活，楚国的士兵还是逼着他们继续干活。干活尽管很累，但雾雨总算挺了过来，雾雨想不管是死是活，只要能看到孙驰一眼，她就安心了。

在吴军军营，孙驰的鞭伤也基本好了，他降了一级，成了只带一千人马的将军，被分配到夫概的属下。专毅既洋洋得意，又心怀内疚，他不是对孙驰，而是对雾雨，他觉得是因为自己，孙武才赶走了雾雨，雾雨知道后会恨他一辈子。

这天，孙驰在军营中检查士兵的战前准备工作，迎面走来了专毅。专毅也看到了孙驰，便走过去，不怀好意地笑着问孙驰："孙将军，我听说你降职了，只带领一千士兵？"

孙驰真想大骂一通专毅，为了自己，也为了雾雨。但是他还是忍住了，对专毅揶揄道："专将军是不是又来探查我的动向？"

专毅笑了笑，说："谈不上探查，我是代表上将军检查每支军队备战的情况，包括你带的这支一千人的军队。"

孙驰道："我的军队，不欢迎你的检查。"

专毅阴笑道："这个你说了不算。"

孙驰软中带硬道："那你就检查试试，也许……第二天在营外就会看到你的尸体。"

专毅一愣，看了看孙驰，说："我知道你恨我，但我那是为了军纪。"

孙驰骂道："放屁！你是嫉妒，是为了雾雨！"

专毅冷笑着说："不管你怎么说，我赢了！如果你此次作战不利，我照样告你！"

孙驰也冷笑道："你可以去告，但我孙驰指挥的军队，只会胜利！也只能胜利！

第十九回　动而不迷

故知兵者，动而不迷，举而不穷。

——《地形篇》

一

　　孙武调兵遣将，准备对楚军发起进攻。他先是带着将军们察看山谷中楚军的营帐，继而安排进攻事宜。他对将军们说："'故知兵者，动而不迷，举而不穷。知彼知己，胜而不殆；知天知地，胜而不穷。'我们只有把楚国军队看透了，研究透了，一旦进攻，便如摧枯拉朽一样地打垮他们！"

　　孙武安排停当，觐见阖闾禀报，请求阖闾恩准他对柏举发动进攻。自从第三次打败楚军后，阖闾说到做到，已经将兵权收归己有，凡有军事行动，必须经过阖闾批准。

　　阖闾看了孙武片刻，然后说："如今兵权已归寡人了，你还记得吗？"

　　孙武道："当然记得，所以我来禀报大王，请大王恩准我们进攻楚军。"

　　阖闾沉吟片刻，然后说："寡人记得在吴军三败楚军时，寡人就要求你进攻楚军，但你没有，你说要探一下楚军的虚实，再做决定。"

　　孙武道："是的，那时楚军虽然混乱，但队伍一分为三，我们当面之敌只有囊瓦的四万人马，如果那时进攻楚军，其他两支兵马可以策应他们，将不利于我军获取胜利。而如今，楚国军队已经聚集在一起，我们也看到了敌人的弱点，若现在出击，必一击成功！"

阖闾反驳说："寡人不这么认为。当初三败楚军后，那是彻底打败楚国军队的最佳时机，你把囊瓦的四万军队消灭了，其他两支军队即便策应，又有何用呢？如今楚军已经在柏举摆好阵势，我们再想取胜将非常困难，不如与之相持，寻找时机再进攻楚军。"

孙武胸有成竹地道："楚军虽然已摆开阵势，但惊魂未定。我当初之所以不进攻，是因为地形不利，不便消灭楚军主力。如今楚军聚集在一起，列阵柏举，把自己摆在不利于防守的地形。虽然楚军人数众多，但柏举四周是山，这样的地形不利于发挥其兵多之优势。会用兵的人，只有做到知己知彼，知道利用天时、地利，行动起来就不会被迷惑，战术发生变化也不会导致困窘。"

阖闾看着孙武，片刻后问："消灭楚军主力，你有几成胜算？"

孙武信心十足地道："消灭楚军主力，我有八成把握。"

阖闾不由得冷笑，说："既然只有八成，那就继续等下去，等你有了十成把握再进攻吧！"

孙武知道阖闾是在和自己较劲，领兵打仗从来就没有等到十成的把握再去进攻一说，有八成已经足够了。他耐着性子对阖闾道："我说过多算胜，少算不胜。可这个算法，不是说算到十成把握再打，十成的把握很难达到，如果非要十成把握再开战，就会贻误战机的！"

阖闾板着脸说："孙武，任你怎么说，寡人也不会答应你！寡人现在一共只有三万士兵，又无战船策应，如果轻举妄动，一旦柏举之战失败的话，不但无法彻底打败楚军，寡人自己也将难回吴国了！"

孙武明白阖闾还在与自己较劲，因为当初楚军三败时，自己没有听从阖闾的建议进攻楚军，阖闾心中有气。可时不我待，如果继续拖下去，不但贻误战机，一旦楚国再有援军到达，吴军真的难回吴国了。

孙武与伍子胥商量，如何说服阖闾。伍子胥叹了口气："大王一旦倔起来，一时半会难以说服，你不如去找大王的兄弟夫概，他和大王情同手足，关系甚密，也许夫概能说服大王。"

孙武拜会夫概，把当前的军情和如何进攻敌人的战法都告诉了夫概，请夫概想法子说服大王。夫概由衷佩服孙武，他对孙武说："你的战法我打心眼里赞同，非常高明，我这就去说服大王。"

夫概觐见阖闾，他对阖闾道："大王，你是不是不想打败楚国了？"

阖闾看了夫概一眼，说："是不是孙武让你来的？"

夫概笑了笑，道："大王既然猜对了，我就说两句。孙武在柏举进攻楚军的主意，很高明……"

"行了，"阖闾打断他说，"你不要说了，孙武刚才都跟我说过了，他说的比你说的还透彻。你回去吧。"

夫概没想到阖闾这就赶他走，于是道："大王，我是为你着想！吴军胜，便是大王胜啊！臣弟希望大王能采纳孙武的计谋，一战消灭楚军主力，进而占领楚国的国都！"

阖闾望着夫概沉默片刻，开口说："如果是孙武的主意，寡人绝不赞同；如果是王弟的主意，寡人认为倒是可以一试。"

二

夫概离开了阖闾的营帐，闷闷不乐地来到孙武的营帐，他对孙武说："上将军，夫概无能，让你失望了。"

孙武耐心地对夫概道："夫概将军，你先别这么早就下结论，你坐下来，仔细说说你见到大王是如何说的。"

夫概简单地把他和阖闾的对话告诉了孙武，最后说："我离开的时候，大王对我说，如果是孙武的计谋，寡人绝不赞同，如果是王弟的主意，寡人认为倒是可以一试。"

孙武看着夫概，问："大王真是这么说的吗？"

夫概道："真是这么说的，如果差了一个字，我夫概愿用脑袋担保！"

孙武微微一笑，道："好了，夫概将军，你去准备吧。"

夫概一头雾水，问："准备什么？"

孙武笑道："带着你的士兵，准备攻打楚国军队啊！记住，不论谁问你，也不要说你找过我。攻打楚国军队，是你自己的主意。"

夫概还是拿不定主意，问："这样行吗？"

孙武很肯定地说："行。你过来，我们商量一下这仗如何打。"

孙驰这几天心神不定，他没事就坐在夫概的营帐内，看着军事地图上柏举那边的楚军营帐。慢慢地，他在心里已经有了打算，但是他还要再看看，这样打起仗来才更有把握。

专毅走进夫概的营帐，他四处看了看，见夫概不在，只有孙驰在看军事地图，便对孙驰道："这仗你捞不着打，看也没用。"

孙驰不理睬专毅，眼睛一直盯着军事地图。

专毅走过来，又道："吴王不让我们打，你看军事地图也没用。"

孙驰还是不理睬专毅，只是淡淡地说："我在这里等夫概将军，请你出去。"

专毅笑了笑，道："我也是来等夫概将军的。"说着，专毅坐到几旁，自己给自己倒了樽酒。

孙驰背对专毅说："我再说一遍，这是夫概将军的营帐，不是什么人想进就进的！请你出去！"

专毅喝了口酒，对孙驰方才所言嗤之以鼻："既然是夫概将军的营帐，你说了就不算了……"

没等专毅说完，孙驰猛地抽出自己的"磐郢"剑指着专毅，怒道："你若再不出去，休怪我手中宝剑无情！"

那柄"磐郢"在专毅面前闪烁着寒光，令专毅不由得心惊胆战。他表面装作镇静地对孙驰道："好，我出去……你不要公报私仇！"

专毅说着，慌慌张张走了出去。孙驰气呼呼地看着离去的专毅，从牙缝里挤出几个字："我一定杀了你！"

夫概此时走了进来，看到了手里拿着"磐郢"的孙驰，不由得一愣，问："孙将军，你这是要干什么？"

孙驰看了看夫概，道："我在等将军。"

夫概又看了一眼孙驰手里的剑，问："你拿着剑干什么？"

孙驰收起剑，说："没什么，我的宝剑要杀人了！"

夫概一愣，问："杀什么人？"

"杀敌人。"孙驰装作没事人一样，随即话题一转，"夫概将军，我们何时出征？"

夫概又是一愣，看着孙驰，问："你是听你父亲说的吧？"

孙驰冷冷道："我没有父亲。我是问将军我们何时出征。"

夫概只是"嗯"了一声，道："你回去准备吧，明日一早出征。"

孙驰答应了一声，转身就走。

夫概又道："你等等。"

孙驰站住了，看着夫概问："将军还有什么事吗？"

夫概道："这事是我决定的，你对谁都不能说，包括大王。"

孙驰淡淡地说："我明白。"

三

第二天，雾雨起得很早，天蒙蒙亮她就起来了。她独自一人来到营区边的小溪旁，那里周边都是茂密的树，有一沟清凉的水从山上落下来。雾雨好多天都没洗脸了，她的脸上抹了一道道灰，那是为了保护自己抹上去的。雾雨把帽子放在一旁，捧起水认真地洗着脸。清清的溪水，映出了雾雨皎好的脸庞。雾雨仔细端详水里的自己，不由得想起了过去的事，她想到了自己和孙驰坐在太湖边上，看西边的太阳慢慢落下，那是多么令人难忘的日子啊……

突然，身后有人笑起来，那笑声透着淫荡。雾雨连忙回头看去，只见一个楚国将军直直地盯着自己看，一脸的淫荡之气。雾雨忙拿起帽子扣在自己头上。

那个楚国将军径直走过来，淫笑着对雾雨说："真没想到，在我们楚军里头，还有你这么漂亮的女人！"说着，那将军动手要摸雾雨的脸。

雾雨一把推开他的手，惊恐地问："你……你想干什么？"

那将军淫笑着说："想干什么，你应该知道……"说着，将军一把抱住雾雨，在她脸上使劲亲着。

雾雨挣扎着呼叫道："来人啊，来人啊……"

那将军一边坏笑着，一边道："嘿嘿，你喊也没用，一会儿人都来了，那就得轮着伺候你了……"

话没说完，只听"噗嗤"一声，将军的脑袋被重重砸了一下，脑袋一歪倒在一旁。砸他的是陈老爹。陈老爹拉起雾雨就跑，一边跑，一边嘱咐雾雨："快，快带好帽子！"

雾雨跟着陈老爹一口气跑回大营，进了一所营帐，这营帐是放粮食和杂物的。陈老爹嘱咐雾雨道："你别出来，等到天黑再想法子。"

雾雨惊恐地点点头。

陈老爹走到帐篷口又转回身来，对雾雨说："姑娘，其实我早就看出来了，本来到了汉江就该把你交给吴国的军队……哎，没想到遇见了楚军！记住我的话，千万别出来！天黑后一定会有办法的！"

陈老爹走了，营帐里只剩下了雾雨一人，她真的害怕极了，她害怕那个楚国将军再追过来，她害怕再有楚国军卒冲进来……她后悔不该来运粮队，但她又不能不来，她回到吴国，就看不到孙驰了，她是为孙驰来的……

雾雨正想着，突然外面传来嘈杂的脚步声。有人喊道："你们到那边帐篷看看。"脚步声传向一旁的帐篷。那人又喊："这边，这边的帐篷也要看！"

雾雨赶忙躲到一堆粮食后面，手里握着一把刀，惊恐地盯着帐篷门。

那些人没有进来，脚步声从帐篷旁边经过，渐渐地远了。雾雨终于松了口气，她看看帐篷外的天，盼望着天色早点黑下来，陈老爹好想法子带着她离开楚军的大营。但天色刚开始放亮，离天黑还早呢！

就在这时，远远地传来人喊马鸣和隆隆的战车声，接着是楚军哭天

第十九回　动而不迷

喊地的声音:"不好了,吴军杀进来了!""快跑啊,吴军来了!"那马车声越来越近,轰隆隆惊天动地。雾雨心里一阵高兴,心里说:吴军来了,如果是孙驰,那多好啊!

雾雨轻轻走到帐篷门前,掀开一点帐篷门帘,向外看去:外面的确是吴军的战车!只见一辆辆战车飞奔而来,车上的士兵脸上抹着黑黑的一层灰,手里拿着戈奋力杀向楚军。一个又一个楚军士兵倒了下去,他们身上鲜血四溅,又渐渐汇集到一起,血流成河……这是雾雨第一次这么近距离看到士兵们的鲜血!而且是如此之多的鲜血!

一辆辆战车从帐篷外奔过去,因为所有的士兵脸上都抹了黑灰,看不清车上的士兵有没有孙驰。

孙驰就在这些士兵中间,他一马当先,挥舞着手里的"磐郢"剑,所向无敌。但雾雨没有看到他……

这天拂晓,夫概带着孙驰等人摸到了楚军大营外,他们再次来探查楚军的大营。夫概命令所有的士兵都把脸抹黑。上次夫概是在楚军吃午饭的时候进攻楚军的,不但打垮了楚军,还捞到了一顿美味的饭菜。今天夫概还想故伎重演,他要等着楚军吃早饭的时候,再进攻楚军。

太阳升起来了,楚军营内炊烟袅袅,士兵们开始吃早饭了。但是早饭还没吃到嘴里,吴军便发起进攻。一辆辆兵车在前面横冲直闯,后面的吴军士兵拿着戈跟在战车后面拼命杀过来。每个士兵脸上都抹得黑乎乎的,像恶鬼一样。楚人颇信鬼神,看到吴军黑着脸像鬼一样向他们杀过来,掉头就跑,边跑边喊:"鬼来了!鬼来了……"整个楚军大营顿时乱作一团。

囊瓦刚起床,卫兵给他端来饭菜,囊瓦坐在几旁正准备用餐,营帐外面便传来隆隆的战车声,接着是士兵的呼喊声:"鬼来了,快跑啊!"

囊瓦立刻站起来,听了片刻,对卫兵道:"快,快把我的衣服拿过来。"

卫兵把盔甲递给了囊瓦,囊瓦不高兴地训斥说:"我不要铠甲,我要衣服,老百姓的衣服。"囊瓦是要逃跑,他事先准备了一身百姓的衣服。

卫兵赶忙拿过一套百姓的衣服，囊瓦匆忙穿上。

此时，武城黑走了进来要汇报军情，看到囊瓦穿着普通百姓的衣服，顿时一愣，问："令尹大人，你这是要跑吗？"

囊瓦支吾地看着武城黑，说："啊……鬼来了，不，是吴军来了。"

武城黑愤然道："你是令尹，一人之下，万人之上，如果敌人来了，你丢下自己的军队率先逃跑，我们的楚军将群龙无首，那才是最可悲的啊！"

囊瓦看着武城黑，问："那你说怎么办，我不能留在这里当吴国人的俘虏吧？"

武城黑板着脸道："穿上铠甲，带着军队向西撤退，我会带领我的军队在后面挡住吴军。"

囊瓦连连点头："好，这样也好。"囊瓦立刻换上了铠甲，随武城黑走了出去。武城黑调动他所指挥的军队，奋力抵抗着吴军。

吴军大营中，阖闾听说夫概突击得手，大喜过望，他命令孙武道："上将军，请率领我们的军队……不，寡人亲自率领他们，进攻柏举！"

吴国军队早就严阵以待，两万多人在阖闾、孙武、伍子胥的带领下，分多路杀向柏举楚军大营。只见尘土飞扬，旌旗飘舞，喊杀声惊天动地，吴军势如破竹，楚军很快便土崩瓦解。

囊瓦率领几万楚国军队向楚国国都方向仓皇逃窜。武城黑和史皇大夫带领一支楚军在后面拼命抵抗，但终因寡不敌众，武城黑的军队死伤过半，史皇大夫不幸战死。

阖闾、孙武、伍子胥率领吴国大军在楚军后面紧追不舍。

第二十回　穷寇勿迫

高陵勿向，背丘勿逆，佯北勿从，锐卒勿攻，饵兵勿食，归师勿遏，围师遗阙，穷寇勿迫，此用兵之法也。

——《军争篇》

一

吴军在阖闾与孙武的指挥下穷追猛打，终于在柏举西南的清发水追上了楚军，此时楚军正拥挤在河滩上，慌忙地张罗船只准备过河。阖闾打算命令军队立即展开攻击，夫概对阖闾说："趁楚军半数人马渡过河时再攻击，必获大胜。"

阖闾对夫概不由得刮目相看，他对夫概说："夫概，你真的是越来越会用兵了！"

夫概一高兴就说出了实话，他笑着对阖闾道："这些都是孙武教的。上次在汉江大营，孙武对我们说：敌人渡水来战，不要在江河中迎击，而要等其渡过一半时再攻击，这样做较为有利。我就想，我们追击敌人，等到敌人一半渡过江河时再打，不是一样有利吗？"

阖闾不由得点头说："孙武的兵法，真是取之不尽啊！"

夫概看着阖闾，又道："王兄，你有孙武辅佐，实乃吴国大幸啊！"

阖闾没再说什么，他觉得自己前一段时间错待了孙武。阖闾亲自约见孙武，郑重地将军权又交给了孙武。阖闾对孙武说："上将军，以后你永远是寡人的上将军,不论遇到任何困难和波折,军队都由你来指挥!"

孙武对阖闾表示感激,道:"有大王的信任,孙武当尽全部力量!"

在清发水河边,楚军正在徐徐展开渡河,一只只渡船驶向对岸。船上是拥挤嘈杂的楚国军卒。囊瓦看着渡河的军队行动缓慢,心急如焚,担心身后的吴军追上来,他对武城黑说:"武将军,我把我一半的家产给你,你给我挡住吴国军队。我随大队先行过河。"

武城黑只是看着囊瓦,没有答应。

囊瓦又说:"那……我把家产的三分之二给你如何?"

武城黑郑重道:"武城黑得到令尹大人的信任,绝非为的是令尹的家产!武城黑拼命抵抗吴国军队,不是为了令尹大人,而是为了我们楚国。令尹大人是国家重臣,理应率先过河,赠给我家产一事,希望令尹大人以后不要再提了。"

囊瓦不禁感动,他拍着武城黑的肩膀说:"楚国有你这样的将军,乃楚国之幸啊!"

武城黑带领他的部队,摆开阵势,准备迎接吴军的进攻。武城黑的部队,经过柏举一番血战,可以说伤痕累累,但因为武城黑一马当先,士兵们也都做好了拼死一战的准备。

楚军过河的部队依旧混乱不堪,为了抢夺船只,士兵们竟然打了起来,尤其是听说吴军已经追到河边,有些士兵更加沉不住气了,没有夺到船只的,竟然跳入河中,但很快被湍急的河水冲走了。囊瓦大声呼喊,也无济于事。囊瓦下令杀了几个抢夺船只的士兵,楚军才终于稳定下来。

楚国军队开始有秩序地乘船渡河,一队队士兵在河岸上等待着回来的船只。雾雨也被裹挟在其中,她和几个楚国士兵焦急地在河边等待着。那天在柏举大营,雾雨最终下决心走出营帐去找吴军的孙驰,但没走多远,遇到了一股逃跑的楚军,于是被裹挟着一起逃走。

雾雨跟着那帮楚军一路到了清发水,遇见了大批聚集在河边的楚军,这才停顿下来。她不敢乱跑,怕遇到那个被打昏的将军,只能和楚国士兵们在一起。饿了随便抓点干粮充饥,渴了弯下身子捧着河水喝几口。时间

第二十回 穷寇勿迫

就这么一点一点地划过去了，这个时候，雾雨想去方便，肚子实在憋不住了，她左右看着，周围都是楚国的士兵，她不知如何是好。左想右想，她咬咬牙，独自一人悄悄离开了那些楚国士兵，沿着河水向下游走去。突然身后有人高喊："站住，你想逃跑啊！"

雾雨连忙站住了，回头看去。喊话的是个将军，他喊的是另一个士兵，不是雾雨。雾雨向那个将军点点头，指指肚子，然后指了指距离她不远的一丛灌木。那个将军笑了，道："有什么讲究的，脱了裤子尿就是了！"

雾雨为难地说："我是拉肚子，臭！"

那个将军立刻用手捂住鼻子，另一只手摆了摆，意思让雾雨快去。

雾雨立刻跌跌撞撞地来到灌木丛后，脱了裤子就是一大泡尿，真舒服……当她提着裤子站了起来，不由得愣在了那里，先前那个欲对她图谋不轨的楚国将军就站在她面前，对她不怀好意地笑着……

二

孙驰握着"磐郢"剑远远注视着渡河的楚军。夫概命令他一旦楚国军队渡河一半的时候，便可以发起进攻。楚国军队渡河很慢，一船一船，河滩上聚集着大量的楚军。孙驰心想，我不能再等了，现在楚国军队渡过河的已经有四分之一，等到他们一半人马渡河，还不知等到何时……可是，夫概拿孙武的兵法说事，不到一半，他不让进攻，谁进攻就是不执行命令，是要杀头的。想到杀头，孙驰心一横，杀头就杀头，反正我活着也没什么意思。想到这里，孙驰跃起跳上马车，手中的"磐郢"宝剑一挥，大叫一声："冲啊！"孙驰的士兵纷纷跳上马车，向楚国军队冲了过去。

夫概的士兵们见孙驰的军队冲过去，也纷纷跳上马车，向楚军杀去。一时间，战马奔腾，战车轰鸣，楚军士兵面对气势汹汹杀过来的吴军，几乎没有招架的功夫。

负责掩护的武城黑，知道自己没有退路了，他瞪着眼睛对自己的士兵们喊道："顶住，就是生！顶不住，就是死！"武城黑带头向吴军杀过去，他的士兵也勇敢地跟着杀过去。只见阵地上人仰马翻，两军厮杀，场面十分惨烈。

但是，吴军好像杀不完似的，一批又一批地冲了过来。武城黑眼看自己就要顶不住了，他像一头受伤的狮子，发出嘶哑的声音大声吼叫，但能听到他声音的人，越来越少了。武城黑突然想到什么，对身旁的一个将军命令道："快去，把吴国的俘虏都拉过来！"

孙驰像一头豹子一样挥舞着"磐郢"剑左劈右砍，一片片的楚国士兵倒在他的宝剑下。突然，他乘坐的马车剧烈抖动了一下，然后站住了。孙驰向马的前方看去，只见一排人足有三十多个跪在地上，大冷的天，大家都光着上身，其中还有几个是女人！那几个女人披头散发，长长的头发垂落下来，挡住了自己的脸。在他们身后立着一排身材魁梧的楚国士兵，每个士兵手里都拿着一把刀。

武城黑高声对吴军道："吴军的兄弟们，你们的同胞就跪在这里，如果你们想让他们活着回家团聚，就放我们一马，我们也放他们一马；如果你们就是要和我们为敌，我们也没有办法，只有拿他们的脑袋，祭奠我们死去的兄弟了！"

吴军士兵们都看着那些跪在地上的同胞俘虏，大家的眼神里透出复杂的表情：大家都是千里迢迢从吴国赶到楚国，有的死了，有的伤了，有的却要看着自己兄弟的脸色活着……可是，如果不把眼前这些楚国人消灭干净，我们的将军绝不会同意！

武城黑以为吴国士兵们不相信跪在地上的是吴国人，便又大声道："你们好好听着，我让这些吴国人说一说他们的家乡！"

武城黑对身后的楚国士兵使了一个眼色，那个士兵拉起一个俘虏走前几步，大声地命令道："你说！"

那个吴军俘虏有三十多岁，一脸胡茬，他对吴军士兵们说："我叫大年，大年初一生的，家在姑苏城，是打汉江时掉队被他们抓起来的……弟兄们，有认识我父亲的吗？捎个话回去，就说儿子不孝了，死在楚国

第二十回 穷寇勿迫

了!"

那个叫大年的人突然回过头,抱住身后的楚国士兵,狠狠地咬着他的脖子。那士兵疼得大声呼喊。几个楚国士兵上前把大年按在地上,举起刀要杀大年。武城黑高声道:"住手,现在不是杀他的时候!让他再活一个时辰!"那几个楚国士兵便把大年押了下去。

武城黑担心后面的俘虏再出这样的事,对身后的人命令道:"去找个女人押过来!"

雾雨就在那些女人堆里,披散的头发挡住了她的脸。站在雾雨身后的是那个将军,把雾雨拉了起来,走前几步,对雾雨大声道:"你说!"

雾雨垂着头不说话。

那个楚国将军一只手托起雾雨的下巴,另一只手打了雾雨一巴掌,恶狠狠地道:"让你说你就得说,否则把你交给士兵们!"

雾雨的头抬起时,孙驰浑身抖了一个激灵,他盯着那个女人,自语道:"难道是雾雨……"

雾雨抬着头,甩开遮住脸上的长发,大声地说:"我是吴国人,我叫雾雨,我的家在太湖边,我的父亲是天下第一勇士要离!吴军兄弟们,为我报仇啊!"雾雨还没喊完这话,就挨了重重一巴掌!

当孙驰听到对面那个女人说她叫"雾雨"时,脑袋一下就懵了,她真是雾雨?雾雨不是回吴国了吗?怎么就落到了楚军的手里呢?

在另一辆战车上,专毅也注意到了这边的雾雨,他真后悔,自己不该因为孙驰就出卖雾雨,不该啊,真不该……专毅陷入了深深的悔恨!

孙驰想到了自己的父亲,如果不是父亲,雾雨不会置于这样的处境……他大喊了一声:"雾雨,雾雨!"

孙驰驾着马车向雾雨奔过去……

孙驰后面的吴军士兵,见孙驰冲了过去,也跟着冲了过去……

专毅也连忙驱车冲向前方,为了雾雨,他要杀了这些楚国人!

吴军的攻势不可阻挡,那个看护雾雨的将军,抱起雾雨登上一辆马车,驱车而去。

武城黑则带着楚国士兵拼命抵抗,但这样的吴军,是任何人也挡不住的!很快,武城黑的军队被吴军冲得稀里哗啦,败下阵去。河边在等待渡船的数万楚军,成了吴军屠杀的对象,一片又一片的楚军士兵倒了下去,没死的,不是跳河逃生,就是沿着河边拼命地向前跑去。后面吴军士兵射出一片片箭矢,那些逃跑的和跳河的楚军士兵纷纷中箭,河水被血水染红……

这一仗,两万楚军被杀死,剩下的数万楚军成了吴军的俘虏。阖闾看着垂头丧气的楚军俘虏排着长队被吴军押送走,高兴地对孙武道:"上将军,楚军终于被我们打败了!你和你的兵法,都是我吴国之宝啊!"

孙武谦虚地说:"是伍子胥、夫概他们打得好!"

阖闾笑道:"好了,你不用谦虚,寡人说你是宝,你就是宝!寡人命令你,继续追击楚国军队,直捣楚国都城郢城!"

孙武、伍子胥,还与夫概、孙驰、专毅等吴军将领,率领着吴军渡过河,马不停蹄继续追赶那些逃走的楚军。

三

沈尹戌马不停蹄向柏举疾奔,他不停地催促手下的士兵:"快点,再快点!"

沈尹戌的士兵们也是竭尽全力,每天有三分之二的时间是在路上,剩下的时间,吃几口饭就躺倒在地上呼呼大睡。第二天天不亮便被沈尹戌赶起来,继续狂奔。

还有两天多的路程,沈尹戌就赶到清发水了,过了清发水,再有一天的路程,就能赶到柏举和囊瓦的军队汇合了。沈尹戌催动战马,加快行进的步伐。

前面突然出现了一队人马,衣冠不整,队伍七零八落,逃跑般的奔过来,是楚军的队伍。沈尹戌忙拦住前面的一个将军,问:"你们这是怎么了,像打了败仗一样?"

第二十回　穷寇勿迫

那将军认出了沈尹戌，带着哭腔对沈尹戌道："沈将军，我们打了败仗，好几万人马，都被吴军杀了！"

沈尹戌一愣，难以置信地说："你说什么，好几万人马都没了？"

那将军点点头，哭着说："十万人马，如今还有不到两万人！"那将军指指前方，"令尹大人带着剩余的军队往楚都撤退，就在前面。"

囊瓦这两天从柏举跑到清发水，又从清发水过了河继续向前跑，他想自己溜掉，可周围都是楚国的士兵，他又不能走，只好和大家一起跑。

囊瓦带着残部逃到了雍澨，他看看后面，见没有吴军追上来，便命令士兵们埋锅造饭，他好几天没吃上一顿像样的饭菜了。囊瓦的兵埋好锅，饭刚做熟，吴军先锋部队追到这里，楚军顾不得吃饭，赶紧驱车，仓皇出逃。

孙驰和专毅都是一马当先，勇猛地向楚军追杀过去。夫概随后赶到，他命令手下的士兵，吃了楚军做的饭，再继续追击。

夫概的士兵们正在洋洋得意地吃着楚军的饭菜，突然有一队人马从侧后方杀到，是沈尹戌的军队。这次该夫概的军队仓促迎战了。沈尹戌的军队这么多天了，终于见到了一支吴国军队，杀得红眼。夫概也是这么多天，第一次见到如此能打的楚国军队，不觉间已败下阵来。

夫概军队败退中，遇到了吴军的大队人马。孙武见夫概如此狼狈，便问夫概："夫概将军，这些天你一直打胜仗，今日为何如此狼狈啊？"

夫概哭丧着脸把刚才的情况告诉了孙武，然后道："我估计是沈尹戌的军队到了，否则，任何一支楚军部队都不是我夫概的对手！"

听到沈尹戌三个字，孙武也是一愣，按照他的计算，再有两天，才能遇到沈尹戌，这就是说，沈尹戌是拼了命地赶过来，如果不是在柏举一举打败了囊瓦，现在战争的胜负如何，还很难说。孙武思索片刻，重新调动部队，从三面合围沈尹戌。阖闾说："沈尹戌不过三千兵马，我们应该四面合围，把沈尹戌的这支军队全部消灭掉！"

孙武说："穷寇勿迫，以免敌人情急反扑，伤及大王。大王此次出兵，意在夺取楚都，打败楚国，没必要赶尽杀绝。"

阖闾虽不情愿，但还是听从了孙武的意见。

孙武指挥部队迅速从三面将沈尹戌的军队包围。沈尹戌的楚军个个拼命，杀伤了许多吴军，终于杀开了一条血路，向楚都退去。

四

雾雨被那个楚国将军挟裹着逃脱了吴国军队的追杀，在一个村落里住了下来。一路上那个楚国将军对雾雨不是打就是骂，晚上还要雾雨满足他的兽欲。雾雨整日以泪洗面。

这天他们来到一个镇子，那镇子就在江边，将军要到外面弄点吃的，他把雾雨反锁在屋子，临出门还严厉地对雾雨说："不许出门，出门就打死你！"将军离开后，雾雨想，她不能这么屈辱地活着。她要想法子弄开门上的锁，离开这间屋子。

雾雨费劲九牛二虎之力，终于弄开了门上的锁，走出了这间屋子。她独自一人漫无目的地向前走，房舍、稻田、稻田里的水牛，她好像都没看见……她走出很远，前面是大江，她站在江边，望着滚滚的江水，泪水不由得一个劲地流淌。她想到了在太湖的日子，想到了孙驰，想到了自己的父亲，想到了无忧无虑的少年生活……她一直哭到眼泪流干。

江上的落日把江水烧得通红，雾雨看着夕阳下不断流过的浩荡江水，擦了擦已经没有泪水可流淌的眼睛，心里默默念叨：孙驰，来世再见吧……她纵身一跳，跳入红色的江中，顷刻间，便被波涛汹涌的江水卷走了。

天黑的时候，在江边打鱼的渔民石釜看到一个人从上游漂了下来，时隐时现，他忙划着船迎过去，用竹篙顶着了水里的人，然后将其捞上来。石釜试了试那人的鼻息，还活着。这人便是雾雨。石釜立刻收了网，把雾雨背回了家。

石釜家中只有一个老母，老母见石釜背回一个女人，便问："从哪儿弄来的？"

石釜道："江上捞上来的，还有一口气。"

第二十回　穷寇勿迫

老母赶忙熬了一碗粥，唤醒了雾雨，端着粥喂雾雨。雾雨紧闭双嘴，不吃不喝。老母端着粥碗对雾雨说："孩子，吃一口吧，活着总比死了好！"

雾雨眼睛直直地看着房梁，一句话也不说。

老母又宽慰道："孩子，不论遇到啥委屈，只要活过来，那些委屈都可以忘记的。"

雾雨还是不说话，只是看着房梁。

老母看了看雾雨，叹了口气，放下碗，对一旁的石釜说："石釜，她中邪了，你请个巫婆给她唱一唱。"

楚人好巫术，也信巫术，第二天，石釜请来了一个巫婆，让巫婆唱歌给雾雨听。巫婆穿戴着面具，手里敲着一面小鼓，在屋子里又蹦又跳，哼哼呀呀也不知唱的是什么。

巫婆唱到太阳快落山，收了面具和鼓，翻开雾雨的眼皮看了又看，然后对石釜说："她的魂醒过来了，可以吃粥了。"

石釜付了钱，送走了巫婆。老母热了热粥，再次端给雾雨。雾雨果然一点点吃了下去。老母一脸慈祥地看着雾雨，对石釜说："这姑娘长得俊，留下做你妻吧！"

石釜也看着雾雨，说："不知人家答应否。"

老母说："她是你救上来的，应该做你妻。"老母站起来，又看了看躺在床上的雾雨。雾雨因为刚喝完粥，脸上红扑扑的。老母赞叹道："还是得请巫婆才有用啊！"

第二十一回　三军可夺气

三军可夺气，将军可夺心。

——《军争篇》

一

囊瓦一路仓皇逃奔，灰头土脸，跌跌撞撞，终于逃过吴军的追赶，带着几个亲信回了楚都郢城。本来，囊瓦打算逃亡他国，但一来路上有楚军士兵的监督，二来他舍不得收藏的宝物，其中包括蔡君的玉佩与裘皮，以及唐君的宝马。权衡利弊，思索再三，囊瓦才决定回到楚都郢城。

囊瓦达到郢城后，为了保全自己，恶人先告状，把失败的原因全推到沈尹戌身上。他启奏楚昭王道："大王，此次兵败，囊瓦虽有责任，但根源在沈尹戌！沈尹戌不顾大局，贪生怕死，没能及时烧掉吴军战船从后方包抄吴军，使微臣所部孤军对敌，被吴军打败。"

朝中大夫皆慑于囊瓦的淫威，没人敢出面戳穿囊瓦的谎言。楚昭王虽对囊瓦不满，但军权在囊瓦手中，也只好听信囊瓦。囊瓦建议楚昭王道："大王应放弃郢城，带着朝臣和军队投靠秦国，联合秦兵击退吴军后，再回国执政。"

楚昭王一是不太相信囊瓦，二是舍不得楚国这么一大摊子财宝和朝臣，犹豫不决。他对囊瓦说："你让寡人再好好想想。"

沈尹戌率领血战突围后的残部，一路疾奔回到郢城。当他听说囊瓦

第二十一回　三军可夺气

要放弃都城投靠秦国时，立刻带领手下的众将军来到王宫，晋见楚昭王。沈尹戌和他的将军们齐齐跪在大殿前，楚昭王走出宫殿，看着跪在地上的沈尹戌等人问："你们这是要干什么？"

沈尹戌先是向楚昭王叩首，然后对楚昭王道："大王，楚国是生养我们的地方，也是大王建立霸业的根基，离开楚国，寄人篱下，大王随风飘荡，看别人眼色行事，这是为臣的耻辱！"说着，沈尹戌拿出匕首，在自己的手腕上割了一道口子，鲜血流出。众将军也都像沈尹戌一样，掏出匕首，割破自己的手腕。

沈尹戌对楚昭王又道："臣割腕立誓，用性命保卫楚国都城。都城在，臣的性命在；都城破，臣的性命将随大江而去！"

众将领随声附和道："都城在，臣的性命在；都城破，臣的性命将随大江而去！"

楚昭王看着沈尹戌和他的将军们，不由得热泪盈眶，他动情地上前扶起众人，对沈尹戌说："寡人感激你们，感激所有愿与楚国共存亡的人！"

楚国众多的将军和朝中大臣，听说沈尹戌和他的将军们在楚昭王面前割腕发誓，也纷纷上奏楚昭王，愿与郢城共存亡。见楚国诸多将军和大臣与沈尹戌一样，愿与楚都同存亡，囊瓦不好再当众反对。楚昭王顺水推舟，把保卫都城的军权交给了沈尹戌。

沈尹戌建议楚昭王将王宫所藏粮食、布匹拿出来激励守城军民，派使者联络盟国出兵援助，分兵把守郢城北面的麦城、南面的纪南城，郢城和麦城、纪南城成"品"字而立，不论哪座城池受到吴军攻击，其他两座城池都会支援。楚昭王恩准。

楚国大夫申包胥是楚厉王的后代，也是伍子胥当年在楚国的好友。他对沈尹戌说："我可以出使秦国，让秦国出兵相助。"

沈尹戌一直看重申包胥，他对申包胥道："一个好汉三个帮，我现在还需要你留在楚都，和我一同守卫楚国。我找其他的大夫出使秦国。"

于是，申包胥留在楚都，和沈尹戌共同督促郢城、麦城和纪南城的防卫，时刻提防吴国的进攻。

沈尹戌把军队分成三支，一支守卫郢城，一支守卫纪南城，一支守卫麦城，守卫麦城的将军是武城黑。沈尹戌告诉武城黑："你虽然是囊瓦提拔的将军，但我用人看的是他的才能，不是他的背景。只要我们各司其责，听从号令，统一行动，守卫好这三个城池，吴军便奈何不了我们！"

众多的百姓和士兵分到了楚王的粮食和布匹，他们除了感激王室的恩赐外，决心共同守护好郢城、麦城和纪南城。百姓们还主动成立了联络组织，一但发现吴国奸细，立刻上报。

郢城上下一片有序的繁忙景象，只有囊瓦失掉了兵权赋闲在家，他对沈尹戌极为不满。囊瓦私下对楚昭王说："大王，沈尹戌一向爱说大话，柏举之战时微臣就是轻信了沈尹戌的大话，才导致全军溃败！大王千万别被沈尹戌的大话所迷惑，还是放弃郢城投靠秦国，保全力量为好。"

楚昭王对战胜吴军也是心里没底，但他毕竟是一国之君，不能随便地离开楚国，他板着脸对囊瓦道："仗还没打，就说会失败，所以你不能再执掌兵权了。"

囊瓦忙说："我知道！我是为了楚国的前途着想，望大王认真考虑！"

楚昭王看了看一脸虔诚的囊瓦，气色稍稍和缓了一些，道："至于放弃郢城投靠秦国，那是不得已而为之的下策。如今寡人只能看看再说，若是真打不过吴国，无法守住郢城，再走也不迟。"

二

吴国军队战马啾啾，旌旗飞舞，大军威武浩荡，兵临楚都郢城城下。阖闾站在吴军大营内遥望着楚都郢城，感慨道："寡人朝思暮想，就是兵指郢城，然后攻破之，灭亡楚国！如今，上将军千里伐楚，几经周折，历尽艰险，终于如愿了！"阖闾回头对身旁的孙武道，"上将军，如今的楚国已是惊弓之鸟，你应该立刻率领大军向郢城发起进攻才是！"

孙武缓缓道："楚国国都，防卫森严，郢城有三座城池成'品'字般

第二十一回 三军可夺气

相互支撑。除了郢城,其他两座城池一座是北边的麦城,另一座是南面的纪南城,我们不论攻打哪座城池,其他两座城池的兵马都会相互呼应和支持。所谓'三军可夺气,将军可夺心',我们只有各个击破,才能动摇楚军守城将军的决心。一旦将军们守城的决心被动摇,楚国军队便丧失了斗志,功陷郢城将轻而易举。"

阖闾想了想,又问站在另一旁的伍子胥:"伍员,你的意思呢?"

伍子胥道:"大王,我认为长卿的话很有道理。郢城建立已有数百年之久,易守难攻,大王不可操之过急!"

阖闾微微一笑,对孙武说:"寡人在柏举的时候就说过,吴军全部交于上将军指挥,不论打仗还是平日的操练,都是上将军说了算!"

回到营帐,孙武与伍子胥、夫概在军事地图前商量,伍子胥带一路人在麦城东面和西面,分别修建两座攻城城池,摆开阵势,要将麦城一举拿下;孙武带一路人马对付郢城南边的纪南城;夫概带一路人马监视郢城的楚国军队。孙武反复强调:"没有我的命令,任何人不得擅自出击,出击者斩!"

伍子胥带着一路吴军,在麦城东西两面修建了两座城池,一座叫驴城,一座叫磨城,摆出一副攻打麦城的阵势。伍子胥再让儿童传唱歌谣:"东驴西磨,定吃麦城。"

守卫麦城的武城黑看到吴军在修筑驴城和磨城,又听见儿童唱的歌谣"东驴西磨,定吃麦城",气愤至极。他本欲向沈尹戌禀报,但武城黑是囊瓦提拔起来的将军,他没有找沈尹戌,而是向囊瓦禀报。武城黑说:"吴军修建驴城和磨城,分明是为了攻打我们麦城。我们不应固守,而应出击,让他们的驴城与磨城皆无法筑成。"

囊瓦想了想,道:"如今我不管军队了,你应该向沈尹戌……不,应该直接禀报大王。"

武城黑不满地说:"大王优柔寡断,他还会征求沈尹戌的意见,沈尹戌和我们作对,他不会同意的!"

囊瓦又想了想,问武城黑道:"武将军,你肯定能获胜吗?"

武城黑认真地点点头，说："吴军认为我们如惊弓之鸟，只会躲在城里等着他们的进攻，绝对想不到我们会主动出击，这也是攻其不备吧，所以，我们肯定获胜！"

囊瓦道："我记得司马兵法上说过'将在军，君命有所不受'。打与不打，你是领兵的将军，根据实际情况决定吧。"

此时，伍子胥和孙武正站在驴城尚未修好的城头遥望麦城。伍子胥问孙武："你说，楚军真的敢偷袭驴城和磨城？"

孙武笑道："如果麦城的守将不是武城黑，没人敢离开麦城偷袭驴城和磨城，但守卫麦城的偏偏就是武城黑，所以，他肯定会来，你尽管准备就是了。"

武城黑在麦城又反复观察了驴城和磨城两日后，决定当夜出击。那天夜晚没有月亮，天空满是乌云。武城黑带着兵马悄悄出了麦城，分兵两路，一路去驴城，有他率领；另一路直奔磨城，由副将军率领。他嘱咐副将军，驴城这边不行动，磨城不得开战。

武城黑带着楚军来到驴城城下，驴城还没修好，还有很多地方的城墙可以攀爬而上。武城黑带着士兵正欲从未修好的城墙爬进去。这时，城墙上突然射下来无数箭矢，楚军死伤一片。武城黑连忙命令军队后撤，可已经晚了，一支吴军的士兵拦住了他的去路。

与此同时，麦城城下来了一队"楚军"，为首的将领是孙驰。孙驰气喘吁吁地对城头的楚军说："武城黑将军在驴城遇到了吴军的埋伏，让我们先行一步，大军马上撤回，你们快打开城门，让我们进去！"

守城的士兵看看驴城方向，那里远远传来喊杀声和战马的嘶鸣声，对孙驰的话信以为真，忙打开城门。孙驰看准时机，挥舞着"磐郢"剑，带领着那些装扮成楚军的士兵，蜂拥而进……

麦城失守！

楚昭王和楚国大夫们听说麦城失守，皆震惊不已。他们无法相信短短几日，一座品字结构的防御工事竟然让吴国人拆掉了三分之一。很多朝中大夫议论纷纷：这么快就丢了麦城，郢城还能守得住吗？

囊瓦听说麦城失守，更为心惊，他不是因为武城黑曾经来问过他，怕担负责任，而是为他自己，他认为郢城肯定守不住了，他要寻找机会逃出郢城。

三

很快，更让人震惊的消息传来，吴国军队要引漳水入赤湖，然后要水淹纪南城！纪南城紧靠着赤湖，赤湖水淹没纪南城的话，必然殃及郢城。楚昭王和楚国大夫们大骂吴国人，说吴国人伤天害理、断子绝孙！战争就是这样，它毫无人情可言，引漳河水是孙武的计谋，他就是要让楚国人惶恐不安，直到崩溃！

沈尹戌知道这是孙武的计谋，是孙武的攻心战。他一面派人安抚朝中大夫，一边布置士兵做好守城和防水的准备。

楚昭王问沈尹戌："沈大夫，守住郢城有把握吗？"

沈尹戌回答道："有把握。封堵住郢城内的下水口，用沙袋挡住城门，大水就进不来。"

楚昭王说："寡人是问你城中的大夫和百姓对守卫郢城的态度，如今吴国要水淹纪南城，闹得人心惶惶，寡人是担心大家不想守城，也不敢守城了！"

沈尹戌沉默片刻，说："如果大家都不想守城了，我沈尹戌就是死，也要死在城上！"

囊瓦听说吴军要引漳河水淹没郢城，决定连夜逃走。这天晚上，囊瓦收拾好金银细软和他国送给他的礼物，其中包括蔡国国君的玉佩、裘皮和唐君的宝马，带领囊府的亲信逃离了郢城，前往郑国。

楚国的大夫们也纷纷学着囊瓦的样子，收拾金银财宝，带着家人和亲信纷纷逃离楚都郢城。

楚国的老百姓见大夫们纷纷逃离，也带着家人和家中值钱的东西，离开了郢城。

每天都有大批的楚国人从城门逃出,孙武命令吴军将士,凡逃出楚都郢城者一律放行。阖闾不解,问孙武道:"这些逃离郢城的百姓中间肯定混有楚国的将军和大夫,你让他们逃走,将来必留后患!"

孙武说:"大王攻占楚国国都,是为了让楚国臣服吴国,如果赶尽杀绝,楚国不但不会臣服,还会成为吴国的世敌;另外,只有让更多的人逃离郢城,郢城城内才会军心浮动,无人再肯守卫楚国,到那时,我们的军队便可兵不血刃,占领郢城了。"

阖闾不由得点头称赞。

就在郢城的百姓和大夫们纷纷逃离时,楚国的渔民石釜带着雾雨来到了楚都郢城,他是来给雾雨找医生看病的。雾雨那天被石釜从江水里救上来,命保住了,但她好像把一切都忘了,她不知道自己是谁,也不知道自己从哪里来,只是认识石釜,称呼石釜为"哥"。石釜的老母催促石釜娶雾雨,石釜想把雾雨的病治好后,再认真问问雾雨是否同意嫁给他,他不想强迫雾雨,强迫一个忘记了过去的姑娘。

后来,石釜又找过几次给雾雨唱曲的巫婆,那巫婆连蹦带跳哼哼呀呀地又给雾雨唱了几支曲子,雾雨还是不见好转。邻居让石釜去郢城,找个好郎中看一看。

石釜进了郢城,见街上百姓惶恐不安,店铺关门,人人思走。他找了几家郎中,郎中都不在家,说出城去了。石釜好不容易找到一个在家的郎中,这个郎中据说医术不错,治好过不少的病人,在郢城也是小有名气。石釜带着雾雨见到郎中时,那郎中正收拾自己的衣物。石釜看了看郎中,知道他也要走,便对郎中说:"我是从清发水赶来的,是带这位姑娘来看病的。这位姑娘把以前的事都忘记了,想不起来了,你先给她号一下脉,再给她开一个方子,然后你再走,好吗?"

那郎中给雾雨号了一下脉,然后叹气道:"实在对不起,吴国军队要水淹郢城,我得赶快离开,去秦国避难。"他边说边开了一副药方递给石釜,又道:"你们也赶快离开郢城吧,一旦吴军放水淹城,就难以逃命

第二十一回　三军可夺气

了！"

石釜对郎中千恩万谢，但跑了几家药店，也没抓齐药。石釜不怕死，但他担心雾雨，于是，石釜决定先回乡下再把药抓齐，他带着雾雨和逃亡的百姓一起离开了楚都郢城。

石釜与雾雨在郊外路过吴军的大营时，吴军正在集合，孙驰也在吴军中，他腰上挂着那支"磐郢"剑。雾雨不由得多看了吴军的队伍一眼。

石釜对雾雨悄悄说："这是吴国的军队，就是他们占领了我们的国家。"

雾雨不语，还是看着那边的吴军。

一个吴军士兵走过来，对石釜和雾雨大声道："看什么？快走！这里不是你们楚国人待的地方！"

石釜连忙唯唯诺诺地点点头，说："好的军爷，我们走，这就走。"说着，石釜对雾雨道："妹子，咱们走吧。"

雾雨还是不肯走，她眼睛直盯盯地看着吴军的队伍。

那个士兵火了，训斥道："你们若是再不走，我就把你们抓进吴军的大营！"

石釜二话不说，拉着雾雨赶紧离开。

那个士兵回去，对孙驰报告道："将军，那两个楚国人被赶走了！"

孙驰"嗯"了一声，看了一眼已远去的石釜和雾雨的背影，对那士兵道："归队吧。"

士兵马上站立在队伍中。孙驰带着自己的队伍，向另一方向行进。

第二十二回 绝地无留

圮地无舍，衢地交合，绝地无留，围地则谋，死地则战。

——《九变篇》

一

楚昭王也要走了，他抛下了太后、嫔妃，只带着几个亲信微服离开楚国。临别前，楚昭王将那把"湛卢"剑放在王宫大殿几上，他在心里叹了一声："这不是福，这是祸。"随后他去向太后辞别。楚昭王对太后痛哭流涕，说："太后，王儿不孝，把国家给弄丢了！"

太后安慰道："国家没有丢，它还在。"

楚昭王说："国家已经不是寡人的国家了。"

太后道："母后相信你能回来，楚国还是你的国家！"

楚昭王擦了擦眼泪，答应太后一定会回来。

吴国大夫申包胥来见沈尹戌。他对沈尹戌说："沈大夫，我们走吧，保护大王去秦国，请求秦国的保护。"

沈尹戌摇摇头，道："我不能走，我对大王许诺过，郢城若破，我便随江水而去！"

申包胥说："沈大夫，今日走，是为了日后再回来。楚国复国，需要你这样的人才！"

沈尹戌道："楚国有很多人才，但真正热爱楚国的不多，因此大难降临之时，只是想着个人的安危。我就是要做个样子给他们看看，国破山河不破，家破人品不破！"

申包胥叹道："沈大夫这样的人，真是难得啊……沈大夫，我的志向与你不同，我要用我自己的方式，帮助楚国复国！"

沈尹戍微微一笑，道："申大夫，你我走的不是一条路，但我支持你！不过，我不赞成大王去秦国。"

申包胥问："为什么？"

沈尹戍道："秦国未必会因为大王而讨伐吴国。大王若不去秦国，还可以请求秦国出兵；大王若屈尊前往秦国，秦国必会留住大王，以此为条件和吴国谈判，绝不会出兵帮助楚国的。"

申包胥感激地对沈尹戍说："多谢沈大夫指点。沈大夫多保重！"

申包胥走了，他保护着楚昭王微服离开了郢城，那天吴国的士兵还是网开一面，目送楚昭王一行匆忙离别。当楚昭王匆匆离开后，有人报告了阖闾，阖闾要派人去追，孙武道："楚王不要他的国家了，他把国家留给大王了。"

阖闾想了想，觉得孙武说得有道理，便命令孙武占领楚国都城。

沈尹戍在城头目送楚昭王平安远去后，仰天长叹道："郢城失陷，不是因为孙武，而是因为囊瓦……"

二

吴军分兵多路对楚都郢城发起了攻击，楚军已无心恋战，吴军很快从南、北、西三个城门进入郢城，只有沈尹戍守卫的东城城门难以攻陷。孙武亲自来到东城门督战。东城门的守军人数并不多，但个个将生死置之度外，勇猛异常。

孙武望着城头上那些浑身被鲜血溅满、头上缠着绷带的楚国士兵，命令吴国士兵停止攻城，向楚军喊话，告诉他们郢城已经落到吴军手中，他们死守这一座城门已经毫无意义。

吴军这边喊话的是专毅，他大声对城头的楚军喊道："楚国的士兵兄弟们，你们听清楚了，你们都城的南、北、西三个城门已经被我吴军占领，你们守卫的东门，只是一座孤门，对守护郢城已经毫无意义可言，你们再坚持下去，只会白白葬送了性命……"

突然城头射来几簇箭矢，险些射中了专毅。专毅怒目道："你们这是找死啊？我只要宝剑一挥，你们顷刻间就会被砍为肉酱！你们还是赶快投降的好！"

又是几组箭矢射下来，这次专毅早有准备，用盾牌挡住了射来的箭矢。专毅回头问孙武："上将军，这些楚军看来是死硬到底了，我们还是打吧！"

孙武看了看城头的楚国士兵，然后大声说："沈尹戌将军，我们两个说几句话可以吗？"

片刻后，沈尹戌慢慢出现在城头上，显然他身上带着伤。沈尹戌看着城下的孙武道："你就是孙武吧？"

孙武行了一礼，说："正是在下。沈将军，如果你是楚军的统帅，我们吴军今天到不了郢城。"

沈尹戌微笑道："感激孙将军的夸奖。我也很赞赏孙将军的用兵之法，能败在孙将军手下，我沈尹戌心服口服！"

孙武说："沈将军过奖了。沈将军，我有一句话不知当不当讲。"

沈尹戌道："请孙将军明示。"

孙武说："沈将军救不了楚国了，沈将军应该另择明君。"

沈尹戌苦笑道："我曾经承诺楚王，若城破，我将随长江而去！况且，即便没有这个承诺，我沈尹戌也要战死沙场，绝不投降！"

孙武看了看沈尹戌，知道沈尹戌心意已决，便说："我佩服沈将军的为人，但沈将军不应以一己之承诺，让如此众多的楚国士兵也跟从你随长江而去吧？"

沈尹戌看了看周围站立的士兵，对孙武道："请孙将军稍等片刻。"

沈尹戌转过身，对身后和左右的士兵们道："我沈尹戌感激你们跟从

第二十二回 绝地无留

我南北征战不离不弃。但是今天，我要给你们说声对不起了，我不能带着你们继续征战了……"

一个士兵喊道："沈将军，是死是活，我们都要跟着你！"

另一个士兵道："沈将军，我们跟着你南征北战，我们没有败过，今日，我们还会胜利！"

沈尹戌走过去，拍了拍那个士兵的肩膀，说："谁说没败过？如今我们要山穷水尽了，楚国也将保不住了……"

城头上一阵沉默，传出阵阵的哭泣声。

沈尹戌抬高嗓音道："如果你们还认我这个将军，就听从我最后的命令。"

一个士兵道："沈将军，你说吧，我们听你的！"

另一个士兵也道："沈将军，你下命令吧，我们全听你的！"

沈尹戌看看众人，然后说："我命令你们，放下手里的武器，回家和你们的家人团聚。"

众人闻言，七嘴八舌地嚷道："沈将军，这不是命令，我们不听！""沈将军，我们要和你一同和吴国人作战，死在城头……"

沈尹戌大声地训斥道："这是我的命令！难道我的命令你们也不听了吗？"

众人都相视无言地看着沈尹戌。

沈尹戌转过身，对城下的孙武道："孙将军，我希望你能善待我的士兵。"

孙武点了点头，说："我一定！"

沈尹戌深深向城下作揖，然后面向楚昭王离去的方向，眼里含着泪道："大王，沈尹戌无才，不能辅佐你了……"沈尹戌回过头，对自己的士兵道："我死后，你们割下我的首级，回报楚王。"说完，沈尹戌拔剑自刎，他那身子像山一样重重地倒在城头上。

孙武命令吴国士兵厚葬了沈尹戌，并写了祭文悼念这个智谋过人的楚国将领。祭文是这样写的：沈尹戌，楚国一司马，精通兵法，善于作战，不恋高位，不惧强权，一心为国，虽死仍令人敬佩不已。呜呼，如此司马，非楚国少之，乃天下少之！万民敬仰，楚国沈尹戌！

随后孙武传令，不得杀害不抵抗的楚国人。

三

吴王阖闾走进了豪华的楚王宫殿，他一眼就看到了摆在几上的"湛卢"剑，欣喜万分，他走上前去拿起剑，"湛卢啊湛卢，你终于物归原主了。"说着他挂好宝剑，而后仔细打量了一下这座宫殿，赞叹地说："比寡人的宫殿大多了，也气派多了！"

阖闾随后进入后宫，楚王的嫔妃都怯怯地看着阖闾。阖闾大手一挥，笑道："你们，今后都是寡人的了！"那些嫔妃不敢不从，连连称"诺"。

当天晚上，阖闾就睡在了楚王的后宫，左边一个美丽的妃子，右边也是一个美丽的妃子。阖闾搂着这两个妃子，心里很惬意。他想：我姬光征战多年，第一次睡在别人的王宫……他看了看依偎在自己怀里的两个妃子，心里又想：楚王的妃子都是天仙啊，这三百多嫔妃，寡人一天两个，可得慢慢享受了……想着想着，阖闾睡着了，睡梦中笑醒了两次。

第二天一早起来，阖闾想起了什么，问一个妃子："听说楚王的母亲很漂亮？"

那妃子点点头说："是，她是楚国最美的女人。"

阖闾"嗯"了一声，对妃子道："你去告诉她，我要见她。"

那妃子忙来到太后寝宫见到太后，太后穿着华贵的衣服，正襟危坐，一夜没睡。那妃子对楚太后说："太后，吴国的大王要见你。"

楚太后冷哼一声，对妃子道："我是太后，他要见我，让他过来！"

妃子把楚太后的话告诉了阖闾，阖闾笑道："楚国已经亡国了，她不是太后了！"阖闾虽然这么说，但还是亲自来到楚太后的寝宫。

阖闾见到楚太后，很惊讶。楚国太后三十几岁，看上去年轻许多，也就是二十几岁的样子，容貌雍容华贵，美丽动人。阖闾对楚太后说：

第二十二回 绝地无留

"你如果跟从寡人，寡人让你做吴国的王后，有享不尽的荣华富贵！"

楚太后并不正眼看阖闾，她对阖闾说："你把楚国还给予的儿子，予就答应你！"

阖闾微微一笑，道："这是不可能的！楚国是吴国的将士们不远千里，用鲜血和性命打下来的，怎么可能再还给你的儿子呢？"

楚太后也是微微一笑，对阖闾说："你要是这么说，予只有死在你面前了！"

楚太后说着，起身向身旁的一根柱子撞过去，她的头重重地撞在上面，立刻头破血流，倒在地上，一命呜呼。

阖闾没想到楚太后如此刚烈，他走到太后身旁，看了看倒在血泊中的楚太后，叹息道："可惜啊，如此佳丽就这样香消玉殒了！"

阖闾霸占了楚王的嫔妃，把楚国大臣的家眷，按照等级分给了吴国的将领和大臣们，伍子胥、伯嚭、夫概等，都在楚国大臣的家里糟蹋楚国大夫的妻妾，洗劫大夫们的珠宝。可怜这些女人，不得不承受战争失败带给她们的耻辱！

吴国士兵们也放假三日，他们纷纷抢夺楚国百姓的钱财，糟蹋楚国百姓的家眷，若有反抗者，皆遭杀戮。一时间楚国都城乌烟瘴气，如地狱一般。

孙武也分到了一家大夫的妻室，是沈尹戍大夫的妻室，孙武没有进去住，而是让士兵把守，不得外人入内。沈尹戍的家人才躲过一劫。

孙武认为吴军这样的行径，受害的虽然是楚国百姓，但最后遭殃的还是远征的吴国军人。孙武对阖闾进言说："大王，一支攻必克、战必胜的军队，应该是纪律严明的军队。如今的吴军，烧杀抢掠，已无纪律可言。应当严肃军纪，坚决制止这一系列卑劣的行为！"

阖闾笑道："这和纪律没有关系，破城之日，当放纵三日，士兵憋得太久了，都盼望着这三天的到来，这是吴军历来的规矩。"

孙武坚持说："如此放纵，必传遍天下，吴国将失去众多的朋友，将成为众矢之的，楚国将变为绝地！'圮地无舍，衢地交合，绝地无留'，吴军无法久留楚国了!"

阖闾大笑,然后对孙武道:"上将军多虑了!吴国如今已经天下无敌了!即便他国都背叛寡人,岂能奈何我吴国?"阖闾停顿了片刻,又道:"你刚才说的'绝地无留',寡人记得此话出自你兵法的《九变篇》,其实,寡人更喜欢《九变篇》最后一段,其中一句是'廉洁,可辱也;爱民,可烦也',过于溺爱民众,你便得不到安宁。"

孙武耐心地向阖闾解释道:"大王,我作兵法,每一篇、每一句皆各有所指,不可望文生义随处乱用!对待手无寸铁的百姓和女人,不能像对待敌人的士卒那样,万万不能辱之,否则,将失去天下的人心,最终将自受其辱!"

如今的阖闾,早就被胜利冲昏了头脑,孙武的话他根本就听不进去,他笑着劝孙武道:"上将军,如今不是打仗,放松放松,别总是张口兵法闭口兵法,也该享受一下楚国的美女了……"

阖闾的狂妄和自负,让孙武心中十分不快,他有些后悔,帮助这样的君王不远千里攻克了楚国的都城。

四

攻破郢城后,伍子胥到处寻找楚昭王,也没见到楚昭王的身影。一个渔民告诉伍子胥,楚昭王的确跑了,是他亲眼看着楚昭王坐船跑掉的。于是,伍子胥又开始寻找楚平王的墓地。

伍子胥和楚平王有血海深仇。当初伍子胥的父亲伍奢是太子建的老师,费无忌诬陷太子建,伍奢受到牵连,被楚平王打入大牢。费无忌对楚平王说:"伍奢有两个儿子,一个是伍尚,一个是伍员,都非常有才干,若不除掉,将来肯定会为他们父亲报仇,这将是楚国的祸害!"楚平王让伍奢把两个儿子叫回来,并说:"只要你的两个儿子回来,就饶恕你。"伍奢答应楚平王,叫两个儿子回来。楚国派出的使者带着伍奢的信见到伍尚和伍员,那使者把信递给他们,说:"你们的父亲让你们回去,大王说,

第二十二回 绝地无留

只要你们回到大王身边,便饶恕你们的父亲。"伍员对哥哥伍尚说:"这是楚王担心我们日后生事,我们若回去,父亲和我们都将丧命。"伍尚对伍员道:"你说的我都明白,你可以不回去,为父亲报仇,可父亲召唤我,我必须回去,否则就是不孝,这将被天下人耻笑。"

伍尚跟着使者回到楚都郢城,他和父亲伍奢一同被楚平王杀死。伍员则逃亡宋国,投奔太子建。宋国内乱,伍员又和太子建逃亡郑国。再后来,太子建被郑国所杀,伍员带着太子建的儿子公子胜,历尽千辛万苦,逃亡吴国……伍子胥回想着这一幕幕凄凉的往事,他恨不能立刻找到楚平王的墓地,将楚平王揪出来,鞭打千次!

伍子胥找遍了赤湖边王家的墓地,也没找到楚平王的坟墓,伍子胥正在着急,有人告诉他,楚平王当年是葬在水里的。于是,伍子胥命人划着船在水里找,终于有了结果。楚平王的墓地在湖中,他也许知道自己生前得罪了不少人,悄悄让人把坟墓建在水中。伍子胥带着士兵在赤湖边上设立了许多关卡,任何人不得进入赤湖,然后派士兵从水里掘开楚平王的墓,将楚平王的尸体运到湖边,伍子胥拿着鞭子,一只脚踏在楚平王的尸体上,骂道:"你这昏君,听信谗言,杀我父兄,实在可恨!"

骂完,伍子胥举着鞭子,一下又一下抽在楚平王的尸体上,每抽一鞭子,伍子胥便骂一句,他恨不得将这十多年的仇恨都发泄出来。伍子胥足足抽了楚平王三百鞭子,打得累了,实在抽不动了,他才罢休。

伍子胥鞭尸那天,来了很多楚国百姓,本来伍子胥是不想让楚国人知道这一切,是阖闾让伯嚭告知楚国百姓的。阖闾的意思有两个:一是让楚国人害怕吴军、不敢反抗,二是让伍子胥永远和楚国决裂。

楚平王虽然已经故去,但在楚人的眼里,他毕竟是楚人的大王,楚人因此都怀恨伍子胥。

伍子胥鞭尸三百,传到了客居国外的申包胥耳朵里,申包胥认为伍子胥这样做是对楚国的严重侮辱。他让人对伍子胥传话说:"伍员,你报仇的手段,太过分了吧!我听说,人能战胜天,天也能毁灭人。你曾是平王的臣子,亲自拱手称臣侍奉他,今天竟至污辱死人,这难道不是违背天理到了极点了吗？"

伍子胥对申包胥派来的人说："你替我谢谢申包胥，说我就像太阳快落山了，但路途还很遥远，所以我要倒行逆施。"

那人把伍子胥的话传给了申包胥，申包胥沉思了很久，虽然沈尹戌的劝言时时响在耳畔，但最终他还是决定向秦国求救。

在伍子胥鞭尸的同时，孙驰也在到处找人，他在找雾雨，孙驰总觉得雾雨没有死。孙驰曾找过许多楚军的俘虏打听，那些俘虏说不知道。最后，孙驰找到在两军阵前侮辱过雾雨的楚国将军武城黑。他问武城黑："你知道雾雨在什么地方吗？"

武城黑故意装糊涂地说："什么雾雨？赤湖上几乎隔三差五就有雾雨。"

孙驰怒道："少装糊涂！雾雨就是你们在两军阵前羞辱过的吴国女人！她是要离的女儿！"

武城黑看着孙驰，冷冷一笑，没有说话。

孙驰拿着"磐郢"剑指着武城黑道："你要是不说，我就将你剁成肉泥！"

武城黑又是一阵冷笑，说："雾雨已经死了，是跳江死的！"

孙驰怒不可遏，对武城黑吼道："你说什么，雾雨已经死了？！"

武城黑说："死了，活不了了，是我的将军告诉我的……"

话没说完，愤怒的孙驰吼叫着，举起"磐郢"剑向武城黑砍过去，一下，又是一下，直到武城黑真的变成了一堆肉泥。

第二十三回　不战而屈人之兵

是故百战百胜，非善之善者也；不战而屈人之兵，善之善者也。

——《谋攻篇》

一

楚国宗庙是楚国国君祭祀祖先的地方，那里摆放着楚国历代君王的牌位。楚国宗庙建立了数百年，历经各代君王修缮，如今肃穆而大气，那里就是楚国精神的象征。

阖闾为了长期占领楚国，决定拆除楚国的宗庙，焚毁楚国人的精神象征。孙武闻讯后立刻赶来劝阻阖闾，他说："大王，不战而屈人之兵才是善之善者，要做到这一点，不但要有威慑敌人的军力，还要出师有名，军队为正义而战，才称得上出师有名。吴军不应破坏楚国的宗庙，而应请回流亡在外的楚国太子，立其为国君，这样楚国百姓不但不会闹事，还会感激吴国的恩德，世代向吴国朝贡。天下诸侯也会信服吴国，从而效仿吴国。一百多年前，齐国的齐桓公九合诸侯，称霸天下，就是这么做的。"

阖闾冷冷地看着孙武，然后道："孙武，寡人已经说过，现在已不是打仗之时了，不要总是兵法如何如何。"

孙武苦口婆心地说："兵法不是只为了打仗而写，兵法是为了立国而作。大王可还记得，兵者，国之大事，生死之地，存亡之道，不可不察也！当初我给大王讲兵法，讲到这句，大王曾点头称赞。"

阖闾支吾片刻，然后笑了笑，说："那时寡人还没有打败楚国，如今不同了，楚国已经亡国了，不存在了，所以，如今的大事已经不是打仗了，是为了让楚国的百姓们害怕寡人，服从寡人，感到没有丝毫复兴国家的可能。历史上，大国灭亡和吞并他国，这样的事数不胜数……"阖闾想到了什么，补充说，"寡人这样做，便是为了你所说的'不战而屈人之兵'啊！"

孙武摇头道："'不战而屈人之兵'不是这样的意思，它说的是强国，强军，威武，正义，让敌人感到你不可战胜，从而……"

"好了，"阖闾打断孙武说，"你不要说了，寡人只说一句话，如今寡人不想听你的兵法了！"

阖闾不听孙武的劝告，命令吴国士兵烧毁楚国的宗庙，负责烧毁宗庙的将军是夫概。愤怒的楚国百姓站在宗庙外不让吴军进入宗庙。

石釜这天进城给雾雨抓药，正赶上了吴国士兵要火烧楚国宗庙。石釜一听就急了，和众人一起站在宗庙前阻挡吴军士兵。吴军士兵从来没有见过如此众多愤怒的楚国人，他们手挽着手，高喊着："滚回去，吴国人！滚回去，吴国人！"

吴军士兵报告了夫概，夫概恶狠狠地命令道："杀！凡是阻挡吴军进入宗庙者，杀无赦！"

一场杀戮在楚国宗庙的门前开始了！一边是手无寸铁、前仆后继的楚国百姓，另一边是全副武装、虎视眈眈的吴军士兵。一排百姓倒了下去，又一排百姓顶了上去……石釜亲眼目睹无数百姓倒在了血泊中，他们的尸体陆续堆满了宗庙的大门。吴国士兵杀红了眼，杀到最后，凡是站立的宗庙大门四周的楚国百姓，不离开者皆杀之！

石釜的脸上溅满了血滴，差点就被吴军士兵杀死，如果不是因为惦记雾雨，他早就跟吴军士兵拼了，拼一个够本，拼两个赚一个！但是他没有，他还要为雾雨抓药，雾雨惦记着他回去……石釜被人拉走了，吴军继续屠杀着反抗的百姓……

天色黄昏，西落的太阳映照着楚国宗庙，分不清那是地上的鲜血，还是太阳的余晖。吴国士兵踏着夕阳，越过楚国百姓的尸体进入了楚国的宗庙，然后点燃了一场大火。

大火在熊熊燃烧，楚国的宗庙在大火中一点点地倒塌了，这里数百年来供奉着楚国的祖先，有楚国人的祭奠，有楚国人的怀念，还有他们对祖先的虔诚和信仰……这一切，都在大火中消失了……不，是化作了楚国人心中的愤怒和对吴国人的仇恨！

阖闾看着楚国宗庙的大火，得意地大笑道："楚国人，以后你们就没有祖先了！你们就乖乖地做吴国的臣民吧！"

孙武静静地望着楚国宗庙的大火，忧心忡忡，他担心所有的国家都会因此责备和讨伐吴国，哀叹道："得道多助，失道寡助，吴国失道，将成为孤家寡人了！"

手无寸铁的楚国百姓被吴军士兵杀死在宗庙外，几乎所有的楚国人都被激怒了，他们纷纷组织起来，抗击吴军的暴虐。虽然阖闾下令严惩袭击吴军的楚国人，但也无法完全制止楚国人的反抗，而且反抗的楚人越来越多。

二

石釜回到城外江边的住地，把城里宗庙外所见所闻告诉他的渔民兄弟，那些渔民义愤填膺，纷纷要求石釜带着大家起义，杀吴国人，把吴国军队赶出楚国！一个年轻的楚国渔民叫二水，他对石釜说："石釜大哥，你领个头，振臂一挥就是上千人！我们都会跟着你，去杀吴国人！"

其他渔民也随声附和道："石釜大哥，你就领个头吧，吴国人霸占了我们的家园，不让我们活，他们也别想活下去！"

石釜看看众人，他真想马上振臂一挥、发泄胸中愤慨，但是他按捺住冲动，对大家说："大家的心情我能理解，让我问问妹子再回答大家。"

石釜回到自家的船上，雾雨已经做好了饭等着他回来。石釜带着雾雨出来看病，年迈的老母一个人留在家中。石釜的船每日在赤湖打鱼，打上鱼就到城里去卖，顺便再抓点药回来。雾雨除了看病，就在船上等石釜。石釜不回船，雾雨不吃饭。

这天石釜回到渔船，雾雨高兴地把做好的鱼汤和饭菜端了上来，对石釜说："哥，你吃！"

石釜看着雾雨，对她说："妹子，我给你说件事。"

石釜在江里救上雾雨后，就叫他妹子。雾雨虽然不会应答，但知道叫的是她。雾雨瞪着眼睛看着石釜，等他说话。

石釜说："妹子，吴国军队杀死好多楚国人，就在楚国的宗庙，那是我们楚国人祭祀祖先的地方，兄弟们要我领头反抗吴军，这样我就得和他们去郢城。我想送你回家，让老母亲和你在一起，你看行吗？"

雾雨摇摇头。

石釜解释说："你跟着我，我也没法照顾你，我要去和吴国人打仗！"

雾雨还是摇头。

石釜有些着急，对雾雨说："妹子，吴国人烧毁了我们的宗庙，就是不让我们再做楚国人了！一个人不能没有国家，我们必须把他们赶走，恢复我们的国家，你明白吗？"

雾雨点点头。

石釜看着雾雨，问："你的意思是同意回家和母亲在一起？"

雾雨又摇头。

石釜更加着急，对雾雨说："这也不行，那也不行，你说怎么才行呢？"

雾雨不说话，只是哭。

石釜忙哄雾雨说："好了，别哭了，刚才是哥不好，哥不该让妹子……"石釜突然想到什么，试探地问："妹子是不是想跟着哥一起打吴国人？"

雾雨使劲点了点头。

石釜再也忍不住了，一把将雾雨搂在怀里，对雾雨说："妹子，哥一定治好你的病，一定打跑吴国人！"

雾雨依偎在石釜的怀里，像一只小猫一样，眼睛一眨不眨地看着石釜。

第二十三回　不战而屈人之兵

石釜安顿好雾雨，着手组织义军。真像那些渔民兄弟说的，石釜挥手间便有上千百姓加入到义军的行列。大家有的拿长矛，有的拿农具，还有的拿着鱼叉，同仇敌忾，和吴军战斗。

一开始，石釜的义军袭击了吴军的运粮车队，小有收获，义军声誉传遍了四邻八乡。待义军势力到了一定规模，石釜等人筹划到郢城和吴军战斗，石釜把雾雨交托给了一户渔民的夫人，让雾雨暂时在那户人家待几日。雾雨不干，她对石釜说："哥，怕。"

石釜给她解释说："哥要去打仗了，不能带着你。这户人家是哥的义军战友，他们一定会善待你的。"

雾雨还是说："哥，怕。"

雾雨自被石釜从江水里救上来，一天也没离开过石釜，她心里只有石釜，他怕石釜离开她一去不归，害怕别人侮辱她、杀害她，她用惊恐又委屈的眼神看着石釜，请求石釜把她留在身边。

石釜的渔民兄弟知道雾雨不让石釜走，也同情雾雨，便对石釜说："石釜，你先留在湖边，我们去郢城打听一下，打听好了，你再带着我们去杀吴国人。"

石釜只好同意。雾雨听说石釜不走了，虽然只是暂时不走，但还是像孩子一样高兴，为石釜做鱼，做菜，准备水酒，她要让石釜吃得高兴，留在自己身边。

晚上，石釜坐在船头，看着静静的湖水，湖水中有一只月亮，随着湖水在轻轻地游荡。雾雨在小小的船舱中睡着了，睡得很甜，好像还做了梦，梦中也在叫"哥，哥……"

石釜看着船舱内睡熟的雾雨，心里想，再进城我带着她，她不能看不到我，我也不能没有她……

三

孙驰自从把武城黑剁成了肉酱，像是换了一个人，杀楚国人特别兴奋,凡是遇到叛乱的楚国人,孙驰总是一马当先。倒在他手中那柄"磐郢"剑下的楚国人不计其数。

孙武听说孙驰镇压起义的楚国人表现尤为突出,他认为孙驰不该这样,他的勇武应该用于战场上和敌人作战,而不是杀戮这些楚国的百姓,尽管这些楚国百姓组织起来对付吴国军队,也不该把这些楚国人当做敌人!

孙武来到孙驰的军营,对孙驰说:"你该回国了,不该留在这里屠杀楚国百姓!"

孙驰道:"楚国人都是我的仇敌,我必须杀死他们!这是大王说的!"

孙武说:"大王也有说错的时候。杀戮一个国家的百姓,只会激起更强烈的反抗!"

孙驰道:"大王说,只有杀得楚国人都害怕我们,我们才能放下屠刀,做到'不战而屈人之兵'。"孙驰斜眼看了看孙武,"大王说,这是你在兵法上说的。"

孙武摇头说:"我对大王说过,'不战而屈人之兵'不是靠恫吓,更不是靠屠杀,让别人害怕你,而是靠你的谋略、你的威武、你的正义,让别人不敢侵犯你。"

孙驰气哼哼地对孙武道:"这些话,你去给大王说去,我们只听大王的!"

孙武离开孙驰,再去劝说阖闾,阖闾还是把孙武的劝说当做耳旁风,这让孙武很郁闷。孙武多次劝告阖闾,阖闾一意孤行,而且收回了孙武的兵权。孙武看着郢城的现状,真想就此罢休,但这些吴国士兵远离家乡,到楚国来打仗,他应该把他们平安带回家,可是,他又不忍再看到他们对无辜百姓的杀戮……孙武陷入深深的自责和矛盾中。

楚国百姓组织的义军层出不穷,几乎杀不尽,赶不绝,吴军几乎每天都在应付义军的袭扰。在这些义军中,有一支义军表现尤其突出,特别能战斗,它就是石釜的义军。石釜的义军大都是渔民,个个凶悍,让吴军防不胜防。许多楚国人都参加了石釜的义军。

第二十三回　不战而屈人之兵

阖闾决定专门组织一支军队，剿杀义军。因为伯嚭是楚国人，熟悉楚国的风俗和人情，这天，阖闾对伯嚭说："伯嚭，你投靠寡人，寡人一直很器重你，但是你对寡人的吴国，几乎没有什么功绩。"

伯嚭忙道："大王，伯嚭对大王绝非三心二意，伯嚭全力辅佐大王，以致忘记了自己的国家！但是，孙武和伍子胥带兵打仗比微臣强过百倍，微臣实在无法展示自己对大王的忠心。"

阖闾满意地点了点头，道："目前就有一个机会，只有你才能完成这个任务。"

伯嚭道："请大王明示。"

阖闾说："楚国这些草民实在可恶。他们不肯服从于寡人，聚众闹事，寡人想派大军征服他们，可寡人的大军还要用于对付楚国的盟国，所以寡人想找一个对寡人忠心耿耿的人，带领一支队伍，打垮这些楚国的乌合之众！"阖闾说着看了看伯嚭，"寡人由此想到了你，不知道你能不能完成这个使命？"

伯嚭立刻信誓旦旦地道："大王放心，伯嚭是楚国人……不，大王，伯嚭是说以前曾是楚国人，理解楚国的民情和弱点，你让伯嚭对付这些刁民，伯嚭当尽全力！"

阖闾看了看伯嚭，说："你不应该只是尽全力，而是应该想方设法把他们彻底消灭，让所有的楚国人再也不敢和寡人作对！"

伯嚭道："大王放心，一月之内，如果还有楚民造反，你拿伯嚭试问！不过，消灭造反楚民的军队，由伯嚭亲自组织。"

阖闾点头赞同，让伯嚭尽快组织军队，消灭叛乱的楚民。

伯嚭离开阖闾，立刻组织自己的军队，最能打仗的孙驰和专毅的军队全部被伯嚭选中。同时，伯嚭又计划派当地人摸清叛乱的楚民。他拿出一些金钱给了几个当地人，然后对他们说："我伯嚭有十分好处，给你们六分，你们去把楚国叛乱的队伍给我查清楚。"

俗话说，有钱能使鬼推磨，这话放在任何时代都有道理。这些楚国人拿了伯嚭的钱，很快就摸清了叛乱楚民的数量和队伍。其中闹得最欢的，也是危害最大的就是石釜的队伍，他的队伍有几千人，大都是渔民，打得赢便蜂拥而上，打不赢便乘船逃到湖上，很难对付。

伯嚭决定打蛇打七寸，他专找石釜的队伍，然后拼命追杀。他想，只要消灭了石釜的队伍，其他的义军就会望风而逃，自行解散了。石釜的义军虽然英勇，但毕竟没有严明的纪律，也没经过正式训练，连续几场惨烈战斗后，被伯嚭的军队打垮了。

伯嚭指挥吴军追击石釜，一直追到了赤湖边。石釜的人躲进芦苇荡上了渔船，顷刻间便不见了身影。伯嚭心想，如在赤湖边等待石釜，一个月很快就会过去，不如下湖去找石釜，但赤湖浩大，去何处找石釜呢？

石釜和几个渔民兄弟此时正在赤湖中的一个小岛上，雾雨也在。石釜放心不下雾雨，他一直把雾雨带在身边，带着雾雨行军作战，带着雾雨宿营。雾雨很听话，石釜去袭击吴军，她留在大营给义军做饭、洗衣、包扎伤口。义军士兵都夸赞说：“谁说雾雨不认人，她认得咱们楚国义军！”

此时的石釜有些山穷水尽了，但他不灰心，他对义军兄弟们说：“只要咱们有一口气，就要赶走吴国人！”他还说，"吴国人是客居楚国，他们待不了多久的！"

每当石釜和义军兄弟们说话的时候，雾雨就坐在旁边听。说是听，实际上是在看石釜讲话，目不转睛地看着。

面对伯嚭和义军的僵持，孙武再次劝阖闾说："镇压百姓，只能增加楚国人的仇恨，不可能征服这个国家。"

阖闾笑着对孙武说："打仗寡人不如你，但如何征服一个国家，尤其是征服一个国家的人心，你不如寡人啊……"

第二十四回　月有死生

故五行无常胜，四时无常位，日有短长，月有死生。

——《虚实篇》

一

伯嚭派出的探子在赤湖四处打探，探子乘着小船，暗自跟从石釜的义军，终于找到了石釜他们聚集的小岛。探子立刻返回岸边禀报伯嚭，伯嚭命孙驰、专毅调选精干士兵，乘着小船，借助夜幕在一片大雾中悄悄向小岛进发。

那天晚上，石釜睡得很晚，他召集义军的首领们开了一个会，商议下一步该怎么办。有人提出解散义军，躲避吴军镇压的风头，待吴军疲惫后，再把义军组织起来和吴军战斗；也有人提出杀到最后一人，宁死不屈，让吴国人看到楚国人不怕死！最终在石釜的提议下，大家统一了意见，决定撤离赤湖，过漳水，到石釜的家乡清发水休整，然后再和吴军较量。

这次会议一直开到月亮爬上了中天才结束。大家散去后，石釜又巡视了一番营地，嘱咐放哨的义军一定要提高警惕，然后才回到自己的渔船。雾雨还没睡，她每天都是这样，只要石釜不回来，她就坐在船头，盯着芦苇中的小路，静静地等待。

石釜出现在小路上，雾雨立刻站起身，下了船迎了上去。雾雨拉着石釜的手，让石釜坐到自己身旁，欣喜地看着石釜，问："吃了吗？"

石釜点点头，然后和蔼地对雾雨说："妹子，明天我们要回家了，清发水老家，你可以和老母亲在一起了。"

雾雨高兴地说："好！好啊！"

石釜看着满脸是喜悦的雾雨，又说："你睡吧，哥还在船头睡。"

雾雨拍拍舱内铺好的被子，对石釜道："睡，睡！"

石釜看看雾雨，问："哥睡这儿，你睡哪儿？哥还是去船头睡吧。"

石釜说着卷起被子要走，雾雨连忙拉住石釜，指指船舱一角道："妹子，睡。"

石釜看了看船舱一角，那里不知什么时候安置了一张床和小一点的被褥，是雾雨的被褥，但躺在那里只能蜷缩着身子睡，很不舒服。石釜对雾雨说："那里小，伸不开腿，你还是在这里睡，哥睡船头。"

雾雨抓着石釜的被子不放手，使劲摇着头，道："你睡，睡！"

石釜心疼地看着雾雨，他知道雾雨认准的事，九头水牛也拉不回来。石釜只好对雾雨说："好吧，哥今晚睡这，明天你睡这，行吗？"

雾雨使劲点点头，然后给石釜铺好被子，自己爬到船舱一角，蜷缩着身子睡在自己的小被褥里。

石釜躺在那里久久没有睡着，他望着舱外的天空，想着老母，想着雾雨，想着自己和义军……

天色蒙蒙亮，石釜才睡着。

突然，有人在岛上大喊："吴军来了！吴军来了！"接着传来一阵阵急促的脚步声，以及兵器的打斗声。

石釜立刻爬起来，穿上衣服，拿着鱼叉就跑出了渔船。雾雨也被惊醒了，她想喊住石釜，但石釜已经冲了出去。雾雨披着被子，惊恐地看着船外。

伯嚭的吴军早就到了渔岛外，因为天黑，又有大雾，看不清岛上的义军，吴军的船只就潜伏在渔岛周围。当天色逐渐有了亮色，孙驰、专毅便带着吴军摸上了渔岛，杀死了哨兵，开始屠杀住在渔船上的义军。有

第二十四回　月有死生

一个义军起解在船上撒尿，看到雾中冲过来的吴军士兵，他以为是看花了眼，再仔细看去，果然是吴军士兵，他大喊一声后跳到水中。吴军追了上来，用箭将那个义军射死了！鲜血染红了赤湖的水。

睡在渔船上的义军听到动静纷纷爬起来，有的和吴军士兵搏杀在一起，有的跳水逃跑。吴军在孙驰和专毅的带领下，一个都不放过，将义军一一杀死。尤其是孙驰，他手中的"磐郢"剑所到之处，便是一片片飞出的鲜血和一具具倒下的尸体。

石釜跑出渔船，虽然他勇猛异常，但只身搏杀，很快就被吴军逼到水边。吴军士兵将他围了起来，手里的弓箭拉开，瞄准着石釜。

就在这时，忽然有人闯了过来，是雾雨。雾雨拦在石釜面前，对众人叫道："不能，不能！"

围困石釜的吴军将领是孙驰，孙驰看到雾雨，不由得愣住了：这不是雾雨吗？雾雨怎么会在这儿？

孙驰看着雾雨问："你是雾雨吗？"

雾雨摇着头，仍拦在石釜面前，对孙驰嚷道："不能！你不能！"

石釜对雾雨说："妹子，你闪开，回家找娘去！"

雾雨摇着头道："不，我不！"

石釜耐心地解释说："这是男人之间的事，你闪开，回家！"

雾雨激烈地摇着头："哥，你不能死，不能！"

雾雨第一次说这么长的话，这让石釜很吃惊。

孙驰也很吃惊，他看着雾雨问石釜："这个女人你是在哪儿找到的？"

石釜不屑跟他多说，只说："她是江水送来的女人。"

孙驰明白了，她就是雾雨，那个跳江的雾雨，她没有死，她被石釜救了上来。想到这里，孙驰激动地对雾雨大声道："雾雨，我是孙驰，你好好看看我！"说着，孙驰摘下了帽子。

雾雨惊恐地看着孙驰，摇摇头。她显然已经忘记在她的一生中，还有孙驰这样一个爱着她的人。

孙驰很是着急，对雾雨道："雾雨，你难道不认识我了吗？你是天下第一勇士要离的女儿，我们青梅竹马，从小一起长大啊！"

雾雨还是想不起来，对着孙驰不住地摇头，然后护着石釜，大声地喊叫："不能，你们不能！"

孙驰看着雾雨，他当下实在没有什么办法让雾雨恢复记忆。一阵僵持后，他举起右手，准备放箭射杀石釜。石釜见状，一把推开雾雨，冷笑道："来吧，如果我怕死，就是孬种，不是你爷！"

孙驰使劲挥了一下手，身边弓箭手放出一支支箭矢，这些箭矢大部分都射在了石釜的身上。石釜指着孙驰，大笑了一声，想说什么，又没有，然后轰然倒了下去……

一旁的雾雨疯了般扑了过去，抱住石釜的身躯，大声呼叫着："哥，哥！"身上插满箭矢的石釜闭着眼睛，像睡着了一般。

孙驰走过去，拉住雾雨说："走吧，雾雨，他已经死了……"

话没说完，雾雨一把夺过孙驰手中的"磐郢"剑，放在自己脖子上，对孙驰叫道："你走开，走开！"

孙驰下意识地退后了几步，吃惊地看着雾雨，说："雾雨，放下剑！还给我……"

雾雨的双眼满是怨念，恨声道："哥死了，我也不活！"

孙驰忙说："雾雨，千万当心，那柄剑很锋利……"

孙驰话没说完，雾雨手中的"磐郢"剑在脖子上使劲抹了一下，鲜血顿时涌出，雾雨微笑着倒在了石釜的身旁。

这一刹那，孙驰愣了，不知道如何是好。当他反应过来，几步过去，抱起雾雨的身躯，哭着呼喊着："雾雨，雾雨……"

雾雨安详地闭着眼睛，去找石釜去了……

二

雾雨的惨死让孙驰变得暴躁，残忍，杀人如麻。他下令杀死所有已经放下兵器的楚国义军。随后，在消灭楚国义军的战斗中，孙驰杀的人

第二十四回 月有死生

最多，不论对方是否抵抗，只要是楚国人，他都杀，仿佛变成了一架杀人机器、恶魔。楚国百姓听到孙驰的名字，皆谈虎色变。大人吓唬孩子，就说："你再不听话，出门遇见吴军的恶魔。"他们指的恶魔就是孙驰。

孙武自认管不了阖闾，但能管得了孙驰。他将孙驰叫到自己的营帐，痛骂孙驰道："你杀害楚国百姓，不是为了吴国，是为了发泄你自己的私愤！你忘了我以前是怎么教导你的，主不可怒而兴师，将不可愠而致战！你这样做，简直禽兽不如！"

孙驰当着众将军的面反驳孙武说："我这样做，全都是因为你！若不是因为你的计谋，要离叔叔不会死！不是因为你的战争，我和雾雨不会来楚国，雾雨也不会跳江自尽，更不会变成个傻子，为了一个毫不相识的渔民而献身！如果说禽兽不如，那就是你，孙武！"

孙驰的一番话，气得孙武浑身直哆嗦。孙武为整治军纪，必须拿孙驰开刀，否则，吴军将无军纪可言了！孙武命令左右，把孙驰绑缚刑场，午时斩杀，以儆效尤，以正军纪。

孙驰被绑在刑场上，他面对刀斧手毫无惧色，大笑道："我要感谢你们，感谢杀死我的人！我从来没有像现在这样盼望着死！我死后，希望你们能把我和雾雨埋在一起，让我在地下陪伴雾雨！"

阖闾听说孙武要斩杀孙驰，找来伍子胥问明缘由，立刻派伍子胥下旨，命孙武立刻放了孙驰，说若是孙驰有罪，那都是寡人的罪，是寡人让他杀的楚国人，怨不得孙驰！

既然阖闾已下旨，孙武便命人放了孙驰。随后，阖闾召见孙武，没等孙武开口，便怒气冲冲地道："你杀孙驰，简直是杀给寡人看的！是寡人让他杀死所有反抗吴军的楚国人！孙驰这么做了，他没有罪，只有功！你不但不能杀他，还应该给他加官进爵！"

孙武反驳说："孙驰所杀的，并不都是反抗吴军的楚国人，那些不反抗、手无寸铁的无辜百姓，他也杀！孙驰造孽太多，楚国百姓都称他为恶魔。我杀孙驰是给楚国人看的，否则，在楚人的眼中，吴国军队就都成了魔鬼了！"

阖闾气愤道:"一派胡言!吴国的将军杀楚人多,不是罪过,是功绩!以后孙驰的事你不用过问了,军内的事你也不用过问了!"

虽然阖闾救下了孙驰一条命,但孙驰的魂魄好像已经飞走了。他从此每天以酒为伴,浑浑噩噩,与孙武形同陌人。这一切孙武看在眼里,痛在心里,他知道是雾雨的死,是这场战争让孙驰变成了这样。他讲起兵法可以滔滔不绝,他领兵打仗可以无往而不胜,但对待自己的儿子,如今的孙武一筹莫展。

一次,孙驰酒后爬上了城头,他一只手拿着"磐郢"剑挥舞着,另一只手指着城外的原野狂笑不止。笑罢便大声喊叫:"楚国人,你们都是狗!我恨不得杀光你们!"喊叫完,孙驰又哭了起来,边哭边对着原野道:"雾雨,我本来不是这样,你不该抛下我,不理我啊……"

城头的哨兵看着孙驰,不敢上前制止,都害怕他手里的"磐郢"剑。如今的孙驰已经疯了,一个疯子手中的剑随时都可能会砍过来。

孙驰舞累了,喊累了,也哭累了,他拖着疲惫的身躯离开了城头。孙驰一步步走下城墙那高高的台阶,突然踉跄了一下,不小心从城墙的台阶滚了下来,腿摔折了,成了残疾。阖闾闻之后叹息不已。

阖闾收回了孙驰的"磐郢"宝剑,将它交给了专毅。阖闾对专毅说:"寡人的这把'磐郢'宝剑,只奖给吴国最勇敢的将军。以前孙驰带着它,为寡人立下赫赫战功,如今寡人把'磐郢'交给你,希望你能为寡人杀更多的楚国人,立下更为卓绝的战功!"

专毅早就想得到这柄宝剑,如今如愿以偿。他分外珍惜这把宝剑,他对阖闾发誓道:"大王既然如此信任末将,末将即便豁出这条性命,也要为大王建立战功,为吴国建立奇功!"

三

在伯嚭和专毅的合力围剿下,楚国百姓的起义进入了低潮,但更多的楚国人在暗中联络,让更多的楚人加入到反抗吴军的义军。

第二十四回　月有死生

面对暗流涌动的楚国人，孙武再次劝说阖闾从楚国撤兵。他说："大王，若再如此下去，吴军的优势就会荡然无存，军队的士气就会消耗殆尽，'五行无常胜，四时无常位，日有短长，月有死生'。任何事情都是在变化的，一旦楚国人由弱变强，吴军就难以全身而退了！"

阖闾笑着道："上将军，你也太倔强了，当你的建议未被采纳，便会找到很多理由证明自己的意见是正确的。"

孙武驳斥说："非也。孙武完全是为了吴国，为了大王！吴国当初无论是军力还是国力，都远远不如楚国，但吴国励精图治，由弱变强，打败了楚国。而如今，吴国所作所为，抛弃了正义，滥杀无辜，令天下鄙视！用不了多久，天下就会抛弃吴国；羸弱的楚国，便可以复活，再次强大起来……"

阖闾气愤地打断了孙武的话，大声道："孙武，你不要再说了！你若再说，寡人杀了你！"

孙武看了看阖闾，知道如今的阖闾谁的话也听不进去了。他又一次想离开吴军，带着自己的妻儿离开吴国，但是，他想到了几万吴军士兵，那是他训练出来的士兵，跟着他千里跋涉来到楚国打仗的士兵，他不能把他们就这样扔在遥远的楚国，弃之而去……

伍子胥听说阖闾对孙武发火，言辞从未如此激烈过，便来到孙武住处开导孙武。伍子胥对孙武说："长卿，身为谋臣，该说的只要传达到了就是尽职了。既然大王一意孤行，我们这些为臣的，就不要指望大王在楚国再有所作为了，我们做好回吴国的准备就是了。"

孙武坦诚地对伍子胥道："你这样说，不是为了吴国，也不是为了大王。既为人臣，怎能看着大王这样一意孤行地走下去呢？我也曾想到走，但我留下，不是得过且过，我还要看准机会，说服大王。"

伍子胥看着孙武叹道："长卿，人都说我倔强，但你比我倔强十倍啊！"

夫概见孙武整日闷闷不乐，便来找孙武喝酒。酒过几巡后，夫概趁着醉意对孙武说："我们的王兄，与咱们只能共苦，不能同甘，更不会让别人和他一起享受功名。如果有一天我能主宰吴国，一定会对你孙武的建议言听计从。"

孙武笑道："夫概将军尽说玩笑话，你我都不可能主宰吴国，主宰吴国的只能是大王。"

夫概看了看孙武，不便再说，他举起酒樽对孙武道："喝酒，一醉方休！"

那天晚上，夫概和孙武喝酒喝到月亮西斜。

阖闾对孙武发过火后，也觉得自己说的有些过分了，他想请孙武喝酒，当面赔个不是，以此稳住孙武，因为吴军还要和秦国等国作战，吴军离不开孙武……当阖闾听说伍子胥劝说孙武，便召伍子胥询问，他对孙武都说了些什么，孙武对他又说了些什么。伍子胥坦然道："我劝孙武想开点，为人之臣，把该说的都说了，就是尽到责任了。孙武说他是为了吴国，为了大王，他还会找机会说服大王的。"

伍子胥如此之说，阖闾放心了。他担心孙武受不了他说的那些话，有意另投他国，如果真到那一步的话，他姬光得不到的人才，别人也休想得到！

阖闾告诉伍子胥，好好照顾孙驰，他毕竟是因为执行自己的命令才疯的。另外，时时注意孙武，孙武有什么想法，要及时告诉他。伍子胥允诺。阖闾对伍子胥语重心长地说："伍员，寡人知道你和孙武不一样，你把自己交给了吴国，对寡人忠心耿耿，所以寡人才支持你鞭尸楚平王。目前寡人最担心的不是楚国这些造反的百姓，而是西方的秦国。寡人希望你派人盯着秦国，有什么风吹草动，也及时禀报寡人。"

伍子胥请阖闾放心，他说他也担心秦国，他已经派出探子，时时注意秦国的动静。

第二十五回　地有所不争

军有所不击，城有所不攻，地有所不争，君命有所不受。

——《九变篇》

一

阖闾为了镇压楚国义军收回孙武的军权时，楚国大臣申包胥几经周折，千里迢迢来到了秦国国都雍城。申包胥进了秦王宫见到秦哀公后，请求秦哀公出兵帮助楚国。他对秦哀公说："吴国是头大野猪，是条长蛇，它多次侵略他国，最先受到侵害的是楚国。我们的国君守不住自己的国家，流落在荒草野林中，派外臣前来求救。国君说：'吴国人的贪心是无法满足的，若吴国霸占了楚国成为秦国的邻国，就会危害你们的边界。'趁着吴国还没有把楚国平定，大王还是去夺取一部分楚国的土地吧，如果楚国就此灭亡了，这些土地就是秦王你的土地了！如果凭借大王的威名安抚楚国，使楚国得以复兴，楚国将世世代代侍奉大王。"

秦哀公婉言谢绝道："你的请求，寡人已经知道了，你暂且住进宾舍休息，寡人考虑好了，再告诉你。"

申包胥回答说："我们的国君还流落在荒草野林之中，没有安身之所，臣哪敢去宾舍休息呢？"申包胥站起来，走到宫院的院墙边痛哭不已，哭声日夜不停，连续七日没有喝一口水。

开始，秦哀公并不打算出兵帮助楚国，他心想：楚国若被灭掉，也不是坏事，秦国可以有机会向南扩展。因此，秦哀公任凭申包胥在墙下哭泣。第二天，第三天，申包胥还是痛哭不已，虽然声音已经沙哑，但他的哭声还是听得很清楚。申包胥边哭边数落道："伍子胥啊，伍子胥，你为父兄报仇也就罢了，为何要把平王的尸首从墓地里扒出了，鞭尸三百！郢城的白姓啊，你们受苦受难，吴国用湖水灌城，你们饱受虐待，又遭吴军洗劫，家破人亡！我本想救你们于水火之中，哎……我申包胥无能啊！大王啊，国君啊，你颠沛流离，寄宿他乡，指望我申包胥来秦国搬救兵，你望眼欲穿，难以实现啊……为臣太叫你失望了……"申包胥说着，面向东方磕了三个响头，然后又继续哭。

此时，秦哀公真想把申包胥赶出去，杀掉，但又担心背上斩杀他国来使的罪名，心想：你哭吧，寡人看你到底能哭几天！

到了第七天，申包胥已经哭不动了，他的声音微弱，几乎听不清在讲什么，眼中还有暗淡的一丝光。他拼尽力气断断续续哭道："我，申包胥，既然不能……求得秦君……援助，不能兑现誓言，有何颜面，活在……世上……"申包胥说着，一头撞在石板地上，昏死过去。秦哀公见状，立刻命人把申包胥抬下去，交给御医救治。

申包胥对楚国的一片忠心，彻底感动了秦哀公，他对秦国的大臣们说："楚王昏庸无道，寡人本不该救助，但他有申包胥这样的忠义之臣，楚国不该亡！寡人决定，派遣战车五百乘，前往救楚！"

申包胥知道秦哀公决定出兵救楚，心中分外感动。他拖着疲惫不堪的身躯，向秦哀公道别。他对秦哀公道："外臣代表寡君，感激大王派兵救楚！外臣即刻通告寡君，等待秦国大军的到来！"

秦军临行前，秦哀公嘱咐秦国元帅子蒲说："吴国上将军孙武很会用兵，你一定要谨慎行事，先让楚国人和吴国人拼命，如果楚国军队再败，你立刻率领秦军返回秦国。"子蒲回答道："末将明白。"

秦国军队和楚国军队在楚国边境会师。秦国派出兵车五百乘，一乘大约一百二十五人，五百乘就是六万余人；楚国军队集中起来，也有五万人马。秦楚两国联军，滚滚车流望不到边际，足有十万多人马。秦国元

第二十五回　地有所不争

帅子蒲让楚军做先锋，自己做后援。楚国将军一开始不同意，他说："楚军大败，士兵惧怕吴军，为了鼓舞联军的士气，还是秦国先和吴军交战为好。"子蒲没有答应。

申包胥对楚国将军说："如果楚军士兵都不肯卖命，秦军更不会为楚国杀敌，楚军必须做先锋，而且首战必须战胜吴军！"

楚国将军无奈，只好答应楚军做先锋。

二

秦楚联军浩浩荡荡进入楚国，旌旗蔽日，战车隆隆。

吴军得到秦楚两国联合出兵的消息，立刻禀报阖闾。阖闾思索再三，决定命夫概领兵迎敌。阖闾对夫概说："秦楚两国虽有十万之众，但寡人听说，秦国耍滑头，让楚国当先锋。楚军乃败阵之师，早已被寡人打得如同惊弓之鸟，所以，寡人命你率军出击，狠狠打击楚军。楚军若败，秦军必退。"

夫概道："大王，楚军岂是王弟的对手，王弟带领吴军数败楚军，楚军听到王弟的名字，必将魂飞胆颤，落荒而逃！此次出战，王弟率领得胜之师，定胜楚军，若不胜，王兄可要王弟的脑袋！"

孙武送夫概出师，他对夫概说："打仗不在于兵力越多越好，只要不轻敌冒进，集中兵力、判明敌情，取得部下的信任和支持，也就足够了。所以，楚军虽然屡次败在将军手下，但此次将军出征，切记不可轻敌，要认真查看敌情，再决定出战，这样将军便一战可胜。"

夫概表面答应，但心里想：楚军如今都是乌合之众，我率军冲击，他们便会一败涂地！

夫概带领一万吴军气势汹汹而来，楚军的确感到害怕，纷纷做好了逃跑的准备。申包胥见此，愤怒地对楚国将军和士兵们道："仗还没打就想着逃跑，这样的军队如何战胜强敌？如果此仗战败，秦军必然离我们而去，那样，鬼神也不会帮助楚国了，楚国将永无复国之日！我们的父老兄弟,将继续过着人不如牲畜的日子!"继而,申包胥又道,"我千里迢迢奔赴秦国请求救兵,在秦国的王宫哭了七天七夜,秦王这才答应派兵帮助我们楚国,若我们此战败了,秦国的军队退回去,你们别说对不住楚国,就是我这行将就木的老者,你们也对不起啊!"

楚国将军和他的士兵也都是热血男儿,他们听闻申包胥的话,皆群情激奋,跪在地上面对着家乡发誓:"楚国男儿,必胜吴军!不胜吴军,死于此地!"说完,歃血为盟。楚国男儿那一滴滴的鲜血汇集在一起,宛如那不可抵御的浩荡江水!

迎战吴军那天,天上布满了乌云,还刮着大风。风吹动着楚军的旌旗,猎猎作响;战马在风中不住地嘶鸣,那嘶鸣声随风飘荡,更显得悲壮异常。楚军迎风而战,任凭大风吹拂着他们的帽盔和战袍,但他们目光炯炯地看着前方,手里紧握着长矛和盾牌。

夫概轻蔑地看着站立在对面的楚军,心里想:败军之兵将,我一旦发起冲击,你们肯定会拼命逃跑。夫概命令两翼军队,一旦楚军逃跑,迅速从两翼出击,拦截逃跑的楚军,把他们彻底消灭!

吴国士兵向楚国军队发起了冲锋,一队队马车带领着吴军的步兵向楚军的方队冲过去。两军交战,楚军虽有死伤,但拼命抵抗,前面的士兵倒下了,后面的士兵紧跟着补了上去;前面的马车被打垮了,后面的马车立刻赶到,越战越勇。

夫概望着前面的楚军一脸纳闷。心想:今日的楚国军队这是怎么了?吃错药了吗?为何如此难对付!

夫概亲自乘着战车,带着士兵向楚国军队冲过去。夫概的确勇猛,他的战车冲进了楚军的阵中,楚军一阵骚乱后,立刻安静下来,无数楚国士兵前赴后继,阻拦着夫概的战车。夫概手里的长矛因为杀人太多,长矛尖头都不磨突了,夫概换了支长矛,继续挑杀楚兵。但楚国士兵太多了,倒下一批,又一批冲上来,围住了夫概的马车。夫概的马也累了,不住地打软腿。夫概实在没有办法,只得后退……

楚军惨胜,并不追击,战阵继续补齐,无数楚军将士在风中屹立,

第二十五回　地有所不争

他们有的缠着绷带,有的脸上流着鲜血,但没有人退缩,大家紧握着长矛和盾牌,等待着吴军的下一次冲击……

这样的楚军,完全出乎夫概意料。夫概的士兵也损失近三分之一,无法再战,夫概只得带着剩余的吴军退回郢城。

秦国元帅子蒲听说楚军打胜了,高兴异常,对手下的将军说:"吴军也不过如此,若是我们作战,将彻底消灭这支吴国军队!"

申包胥得知楚军获胜,先是向秦军将领拜了三拜,然后向全军将士拜了三拜,而后立刻上奏楚昭王向获胜的楚军发放犒劳,而且是重赏。他对楚昭王说:"楚军首胜,难能可贵,奖赏一定要重,当下没有,答应他们收复郢城后补发,但话一定要带到!"

楚昭王下旨重赏楚军参战人员,将军和士兵都有奖励,答应他们,一旦收复郢城便补发。楚国三军将士更加斗志昂扬了!

夫概回到郢城想面见阖闾,但遭到拒绝,阖闾派人给他传话,说:"败军之将,寡人不见!"后来阖闾想了想,还是决定召见夫概。夫概见到阖闾,向阖闾请罪,话没说完,阖闾就大声嚷道:"你请罪?你罪不该赦!三千士兵死在你的手上,楚国的败军之师反败为胜,你还有脸面活在世上吗?"

夫概解释道:"大王,楚军有数万之众,我手下的将士不过一万,要想打败楚国军队,这根本是……"

阖闾粗暴地打断夫概,训斥道:"你给寡人闭嘴!不要再说了!寡人当初带领三万军队,打败了楚国十多万军队,占领了楚国的国都,给你一万人,已经不少了!不是寡人的士兵不行,是你夫概笨!你根本就不会打仗!"

夫概继续解释说:"大王,从姑苏打到郢城,这千里之战,我夫概可从未输过,我怎么就不会打仗了呢?"

阖闾火了,指着夫概道:"寡人让你闭嘴,你就闭嘴!你再说寡人杀了你!"

夫概也来劲了,高声道:"你就是杀了我,我也得说!现在的楚国军队不比以往，他们士气高昂，你若是指挥吴军作战，也非输不可！"

阖闾气得火冒三丈，命令宫卫将夫概拉出去斩首示众。夫概被宫卫绑在了刑场，嘴里还在大骂阖闾。

孙武、伍子胥听说阖闾要杀夫概，立刻进宫为夫概求情。伍子胥道："大王，我吴军三万人从姑苏打到郢城，大概功不可没，不能因为一场战斗的失败，就杀掉功臣，这样会伤了所有吴军的心啊！"

阖闾还在气头上，说："寡人本不想杀他，可夫概口无遮拦，竟然说寡人若亲自指挥这次战斗，也是非败不可！"

孙武道："夫概是吴军中最能打的将领，柏举之战，若不是夫概独自带人冲击楚军，我们吴军不可能夺取柏举之战的胜利，也就不可能这么快就攻入楚国国都郢城。此次失败，是夫概轻敌而至。吴军多次打败楚军，难免不产生轻敌的思想，这个思想一旦产生，不是夫概一人能左右，所以，这次失败是必然的，也给了我们警示。所谓'祸莫大于轻敌'。从这个意义上说，夫概不能杀！"

阖闾想了想，认为孙武说的有道理，下旨放了夫概。而夫概心中对阖闾却充满了仇恨。

三

阖闾调兵遣将，在郢城周围摆开阵势，打算和秦楚联军一决雌雄。秦楚联军对吴军还是心有余悸，没有立即进攻郢城。阖闾正在得意，夫概却带了一路人马悄悄返回吴国。孙武对阖闾说："夫概存有叛心，回去必自立为王，大王最好立刻返回吴国，以防不测。"

阖闾不相信孙武的话，他对孙武说："孙武，你的目的还是想让寡人撤兵回国吧？"

孙武否认道："大王，孙武说的都是实话，再不撤兵，吴国和吴军都将多有不测！"

阖闾不再理睬孙武，他命伯嚭带吴军和秦楚联军再次交手。阖闾对

第二十五回 地有所不争

伯嚭说："伯嚭，你带领吴军剿灭楚国的义军，建立了功绩，但义军毕竟是一群乌合之众，这样的功绩还不能与孙武和伍子胥的功绩相比拟。今日寡人给你一万军队，你带着他们和秦楚联军作战，若能打败他们，你就是吴国此次征伐楚国的第一功臣！"

伯嚭心想：夫概败在了轻敌上，我重视敌人，不轻易出兵，绝不会失败的。伯嚭对阖闾说："大王，请放心，伯嚭定不辜负大王！自当一战打败秦楚联军！"

伯嚭拿着兵符，信心百倍地带领着一万吴军浩浩荡荡离开郢城，准备和楚军交战。

孙武听说阖闾让伯嚭带兵作战，立刻觐见阖闾，他急切地对阖闾说："大王，你糊涂啊！吴军新败，你便让伯嚭再战，伯嚭远不如夫概，而且他也没有征战的经验，此次出击，吴军必败！吴军若再败，那可就回不了姑苏城了！"

兵符给了伯嚭后，阖闾也有些后悔，不该在气头上让伯嚭领兵和秦楚联军交战，毕竟伯嚭没有打过这样的恶仗，孙武如此一说，阖闾更觉得后怕，他立刻派人收回兵符，命伯嚭停止前进，原地待命。

阖闾对孙武说："寡人已经派人收回伯嚭的兵权，决定让你统领军队和秦楚联军作战。你必须打败秦楚联军，为吴国和寡人挣回面子！若此战得胜，寡人便按照你的意见撤兵回国。"

孙武不同意此时出击，他对阖闾说："大王，军有所不击，城有所不攻，地有所不争，君命有所不受。现在还不是出击的时候，这是为了军队最后的胜利，也是为了吴国和大王的根本利益。"

阖闾大为不快，对孙武道："你怎么又给寡人说兵法！不是不让你再提兵法了吗？你若不愿率军出战，寡人亲自领兵迎击秦楚联军！"

孙武痛心疾首地对阖闾说："大王若亲自出战，吴国必亡矣！"

阖闾不高兴地道："你越是这么说，寡人越要出战！当年你不让寡人进攻越国，寡人把你支走了，带着军队去打越国，不是照样打赢了吗？此次迎击秦楚联军，寡人照样能赢！"

伍子胥听说阖闾要率军出战，也到楚王宫劝说阖闾。伍子胥对阖闾道："大王，今非昔比了。如今大王是要成为天下的霸主，怎能因一时兴起，就率军去作战呢？昔日齐桓公和晋文公，都是让其将军去作战，然后独享打败敌人的功绩，这才是大王你应该做的啊！"

伍子胥这样一说，阖闾心里舒服了许多，他心想，还是伍子胥说得对，寡人要做称霸天下的君王，不应该再领兵打仗了。阖闾放弃亲自率兵作战的企图，他对孙武说："上将军，寡人思索再三，还是由你领兵对付秦楚联军为上策。但是你一定要战胜秦楚联军！"

孙武道："大王，我可以战胜秦楚联军，但大王必须把指挥军队的权力全都交给我，不但军队作战要听我的，军纪也要听我的。还望大王能答应我的请求。"

阖闾为了战胜秦楚联军，违心地答应了孙武。

孙武严明军纪，严令吴军将士不得随意杀戮楚国百姓，不得抢夺楚国百姓的财物和粮食，不得侮辱楚国百姓的妻女，有违令者斩首！同时，孙武还告知楚国人：以前吴军杀害楚国人，焚烧楚国宗庙，都是吴国的公子夫概假借吴王之命所为，为此，吴王已经罢黜了夫概，将其押回吴国听候发落。楚国百姓对孙武的话将信将疑。

孙武还告知楚国人：吴军打败秦国军队就撤离楚国，把楚国还给楚国的君王。孙武让吴国士兵用金银购买百姓的粮食，楚国百姓和吴军的矛盾有所缓和。

阖闾对孙武的所作所为非常不满意，他私下对伍子胥说："前几日寡人说要率兵出击，那是激将法，为的是让孙武主动领兵去迎击秦楚联军。一旦孙武战胜了秦楚联军，寡人也不会撤兵的，寡人还要杀更多的楚国人，直到他们臣服寡人为止！"

第二十六回　守而必固

攻其必取者，攻其所不守也；守而必固者，守其所不攻也。

——《虚实篇》

一

孙武带着将军们仔细观看防御阵地，他边走边对将军们讲道："进而不可御者，冲其虚也；退而不可追者，速而不可及也。故我欲战，敌虽高垒深沟，不得不与我战者，攻其所必救也；我不欲战，虽画地而守之，敌不得与我战者，乖其所之也。这几句话的意思是：进攻而使敌人无法抵御，是由于攻击了敌人懈怠空虚的地方；撤退而使敌人无法追击，那是因为行动迅速使敌人追赶不及。所以我军要交战，就算敌人垒高墙、挖深沟，也不得不出来与我军交锋，这是因为我军攻击了敌人非救不可的要害之处；我军不想与敌军交战，占据一个地方防守，敌人也无法与我军交锋，这是因为我们已诱使敌人改变了进攻的方向。"

将军们都认真听着。将军们最爱听孙武讲解兵法，尤其是这种依照实际情况进行的讲解。

孙武在视察时，还因地制宜，及时调整部署，布置兵力和兵器。他让士兵做了很多专门用于防御的武器，如强弩、简易的抛石车。抛石车本来是用于攻城的，孙武将其布置在城内主要防御据点，敌人进攻时，抛出的石头正好落在敌军进攻的方队中，杀伤力巨大。

孙武视察了郢城北边的麦城,他让专毅带两千人马驻守麦城。他嘱咐专毅道:"你在麦城的任务就是多插旗帜,多带战马,做好随时出击的准备。一旦敌人进攻你,不管敌人有多少,都要坚守不出;如果敌人大举进攻,你要多用弓箭,尽量不让敌人靠近你,不正面交手……"

伍子胥看到孙武如此部署,问孙武说:"你让专毅在城北驻守麦城,是不是布置疑兵,使秦国和楚国的军队不敢从北边攻城?"

孙武笑道:"专毅驻守麦城,不仅是疑兵,到时还会成为奇兵。"

伍子胥又说:"按照你的部署,敌人将不知从何处进攻了?"

孙武道:"正是这样。这就是我在兵法上说的'守而必固者,守其所必攻也''善守者,敌不知其所攻'。"

伍子胥又问:"如果敌人不进攻,只是围城怎么办?郢城的粮食不足一月,一旦战事拖下去,吴军将很难坚守下去。"

孙武很有把握地回答道:"用不了一个月,秦楚联军就会自动撤退。"

孙武的话,虽然令伍子胥难以相信,但他不好再问下去,因为吴军守卫郢城,除了孙武说的办法,他也实在想不出别的好办法了。

秦楚联军步步为营,临近郢城,秦国元帅子蒲亲自带人在郢城四周仔细打探数日,也不知从何处攻城为好。楚国将军说:"城北防御薄弱,可从城北进攻。"

子蒲道:"孙武在城北的麦城布置了重兵,和郢城北城门守军遥相呼应,这步棋让城北难以逾越了!"

子蒲决定围困郢城,楚国将军不甘心,他想率领楚国军队从城西进攻郢城,他不相信郢城会固若金汤。子蒲笑道:"那你就试试吧。"

楚国将军指挥楚军从城西全力进攻郢城。楚军先头部队还没靠近城池,吴军便用城上的大弩和城内的抛石机袭击楚军。楚军攻击得越猛烈,伤亡越多。楚国将军见此情形,叹道:"当初我们守卫郢城,怎么就没想到用抛石机和大弩作为守卫的武器呢?"

楚军遭受重创,撤离郢城,再也不敢接近城池了。子蒲嘲笑楚国将军道:"我听说吴国的孙武常讲:上兵伐谋,其次伐交,其次伐兵,其下攻

第二十六回　守而必固

城。攻城是不得已而为的方法了！楚国和吴国打了这么多年，吴国上将军的用兵之法，你总也应该知道个一二吧？"

楚国将军闻听子蒲的讽刺后，啐了一口说："站着说话，不腰疼！以后看你们的，你们照样会败在孙武的手下！"

秦楚联军决定围困郢城，一粒米也不许进入郢城。一连二十余日，城里眼看就要断粮了，楚国的细作又趁机蛊惑人心，说秦国和楚国的军队还要继续围困下去，直到把郢城的吴军和百姓全部饿死！百姓皆惶恐不安，豁上性命去抢粮食，和吴军发生了争斗，以致动了刀枪，刚刚有所改善的吴军和楚国百姓的关系，刹时又紧张起来。阖闾和伍子胥也有些着急。阖闾对孙武说："你如果再不能退敌，不但城内的楚人要造反，郢城内的吴军也将无粮可用了！"

孙武很自信地说："三日后，秦楚军队必退。"

二

孙武决定先安定郢城的百姓，只有郢城安稳了，他才可能走下一步棋。第二天，天色刚蒙蒙发亮，一队队运粮的车队便从麦城出发，然后进入了郢城。此时秦楚联军皆后退五里左右，远远看着麦城驶出的粮队。

楚国士兵对楚国将军说："我们远远看见，麦城的粮队源源不断把粮食运往郢城，我们是不是应该出击，拦截这些粮队？"

楚国将军刚在城西遭到败绩，他怀疑在运粮的路上埋伏着吴国的军队，如果楚军出击，不但捞不到什么好处，还会让秦国人嘲笑。楚国将军对士兵说："你们再好好观察，看看粮队周围，有没有吴国的伏兵。"

秦国元帅子蒲也接到士兵的报告，说看到麦城的粮队源源不断把粮食运往郢城。子蒲怀疑其中有诈，便对士兵说："你们盯着楚国军队，如果楚国军队不出击，我们也按兵不动。"

就这样，吴国的运粮队运送了一天的粮食，秦楚联军都没有任何动作。伍子胥问孙武："你到底运来多少粮食？为何秦楚联军不管不问呢？"

孙武笑道："我现在不能告诉你运了多少粮食，反正够我们用的了，也够百姓用的。至于秦楚联军为何不管不问，那是因为他们只想困住我们，而不敢和我们交战。"

到了第三天，郢城内开始售卖粮食，一个人只能买两天的粮食，吃完了，过两天再买。至于为何只能买两天的粮食，粮店的老板说："这是吴军的命令，吴军担心多买粮食的人，会偷偷跑出城去，吴军的统帅让你们都待在家里，粮食有的是，但只能两天两天地卖给你。"老百姓只图有粮食吃，两天一买就两天一买，麻烦点就麻烦点，这也比买不到粮食吃好。

阖闾和伍子胥看出点门道，阖闾让伍子胥晚上盯着孙武，看看他到底玩什么把戏。阖闾所担心的是三日后秦楚联军不撤，那他的军队可就要断炊了。

伍子胥夜晚来到孙武的军营，看到许多士兵在装车，便欲走上前去查看，没想到被一个士兵拦了下来。那个士兵对伍子胥说："上将军有令，任何人不得靠近马车！"

伍子胥解释道："我是伍员啊，上将军的好朋友，我看看何妨，我看到什么，绝对不向外人提及。"

那士兵继续用长矛拦住伍子胥，严厉地说："不行，谁也不行！请你走开！"

伍子胥又道："是大王让我来看的，这样可以了吧？"

那士兵仍很坚决，说："我说过了，任谁也不行，请你赶快走开！"

伍子胥无奈地看了看远处的马车，只得离开。

回到楚王宫，阖闾问伍子胥都看到些什么。伍子胥摇摇头，说："孙武的士兵不让看。"

阖闾道："你是孙武的好朋友，又是寡人让你去的，他为何不让你看？"

伍子胥说："孙武的命令，任何人都不得靠近马车。"

阖闾愤然地道："岂有此理，这个孙武，给他点权力，他就不知道自

第二十六回 守而必固

己吃几碗饭了？寡人去看看！"

阖闾说着就要走，伍子胥一把拦住阖闾，说："大王，孙武不让看自有他的道理，我们不看就是了，只要他能在三日内让秦楚联军撤军，比什么都强！"

阖闾"嗯"一声，然后道："好，我们就等他三日……"说到这儿他突然想到什么，问伍子胥，"明天就是第三日了吧？"

伍子胥算了算，道："应该是。"

三

一场大战即将来临，这仗不打，秦楚联军不可能自动撤退。临行前，孙武到孙驰的住处看望孙驰。孙驰根本不看孙武，他坐在床上，手里拿着雾雨的一缕长发，一会儿笑，一会儿哭。孙武看着伤残的儿子，心里很不是滋味，他走到床前，柔声对孙驰说："驰儿，今晚父亲去打仗，打完这仗，父亲带着你回吴国，把雾雨的遗物和她父亲要离葬在一起。"

孙驰不说话，还是抚摸着雾雨的长发，一会儿笑，一会儿哭……

这天夜晚，专毅的四千军队悄悄离开军营。孙武白天用马车运到郢城的是一包包的柴草，晚上随着马车回到麦城的是一队队士兵和各种作战用的武器，所以他对任何人封锁消息。本来麦城有两千人马，又悄悄过来了三千，留一千守护麦城，其他四千将士牵着马，战车用布裹着车轮，马和人的脸上都戴着鬼神的面具，向楚军的侧后方运动过去……

这天晚上，楚国将军闲暇无事，请秦国元帅子蒲到楚国的军营喝酒。酒过三巡，子蒲问楚国将军道："你说，吴国的孙武现在做什么呢？"

楚国将军想了想，说："喝酒。喝苦酒吧。"

子蒲思索着道："也许吧，但未必喝的是苦酒……"

楚国将军说："不喝苦酒还能怎样？我们十多万大军围困郢城，连个耗子都跑不进去，他们很快就会没粮食吃了，只能喝苦酒了！"

子蒲看了看楚国将军，道："我怎么听说，孙武白天从麦城运到郢城好多粮食呢？"

楚国将军支吾片刻，然后道："麦城能有多少粮食？他最多再撑上月余，还是要断粮的……好了，不提孙武了，我们还是继续喝酒，最终的胜利，是我们的！"

于是两人又干了一杯。

阖闾和伍子胥也在喝酒，虽不是苦酒，但是闷酒。阖闾边喝边问伍子胥："伍员，你说孙武这葫芦里到底卖的是什么药？寡人怎么看不透呢？说好了三日秦楚联军必撤，但明天就是三日了，秦楚联军怎么没有一点儿撤退的迹象呢？寡人只看到，他们对郢城的围困越来越紧了！"

伍子胥喝了口酒，叹道："长卿办事，从来说到做到……不过，我也觉得大王这次重新让他执掌军队以来，他的所作所为，真是让人看不透了！"

就在此时，有一个宫卫将军进来禀报道："大王，上将军派人来禀告大王，若大王有兴趣，可到上将军的营帐，一同喝庆功酒。"

阖闾和伍子胥相互看了一眼，阖闾对宫卫将军道："你通知上将军，寡人马上就到！"

阖闾和伍子胥走进孙武设在郢城北城下的大营，营内静悄悄的，只有一两个巡逻的士兵。阖闾和伍子胥进了孙武的营帐，只见酒菜已经摆好，但孙武不在。一个将军在此迎接阖闾和伍子胥。那将军说："大王，伍将军，上将军出去安排战事了，他说一会儿等敌人退兵后，他就回来。他让你们先喝。"

阖闾看看帐外的天空，天空还是漆黑一片，他不解地问那将军："一会儿是多长时间，一个时辰？还是一天？你们的上将军总不能让寡人在此等他一天吧？"

那将军笑了笑："一会儿不会太长，也许用不了一个时辰。"

阖闾又看看帐外，又问："用不了一个时辰，秦楚联军就会退兵？"

那将军说："我也不知道他们能不能退，一会儿你问上将军吧。"

阖闾想了想，道："一会儿秦楚联军若不退兵，寡人拿你们上将军问

第二十六回 守而必固

罪！伍员，咱们喝酒！"

阖闾说着，用目光寻找伍子胥，此时伍子胥正伏在军事地图前仔细查看着。

阖闾提高了嗓音道："伍员，军事地图上你看不出什么道道，来，咱们先喝酒……"

伍子胥看着军事地图，突然叫了起来："大王，我知道了！你过来，看这里！"

阖闾立刻放下酒樽站起来，走到军事地图旁。

伍子胥指着敌军的军营侧后方道："大王，今晚这里肯定有战事！"

阖闾仔细看着军事地图上伍子胥指的那个地方。

天色依然很黑，黑得伸手不见五指。专毅带领着四千吴国军队已经到达了楚军阵营的侧后方。只见每个士兵都戴着鬼面具，披着画有鬼魂的斗篷；战马也戴着同样的鬼面具，身上披着画着鬼魂的彩色布。专毅突然向前一指，戴着面具的士兵和战马即刻向楚军大营悄悄摸了过去……

楚国将军和秦国元帅子蒲的那场酒刚喝完，楚国将军送走了子蒲。临别前两人约定，待吴国军队在郢城弹尽粮绝之时，楚国将军再到子蒲帐内喝庆功酒。

楚国将军送走秦国元帅刚躺下，突然就听到帐外喊杀声四起，还伴有鬼哭狼嚎声。楚国将军立刻爬起来，问守卫营帐的士兵："外面是怎么回事？"

那卫兵哭丧着脸说："鬼魂杀进来了……"

楚国将军一愣，然后怒道："什么鬼魂，肯定是吴国人搞的鬼！"说完，楚国将军穿好衣服拿着佩剑冲了出去。

此时的楚军大营，已经乱成一片，楚国将士像无头苍蝇一样到处乱跑，身后紧随着戴着鬼脸的吴军士兵和他们的战马。楚国将军大声呵斥道："都站住，打回去，他们是吴国人，不是鬼！"

楚国人历来敬畏鬼神，他们可以为国家献身，但不能让鬼抓住魂。无论楚国将军如何气愤、呵斥，楚国士兵们不管不顾，只是逃命。

楚国将军气愤地抓住一个士兵,将其砍翻在地,大声对其他人道:"再有逃跑者,与他……"

话没说完,一队"鬼魂"冲过来,逃跑的楚国士兵携裹着楚国将军掉头就跑,那楚国将军看着身后紧随的"鬼魂"吴军,再看看周围拼命逃跑的楚军士兵,知道靠自己一人之力,是无法劝阻士兵们的,长叹一声,随着士兵们一起奔跑逃命……

楚军一乱,势必影响到秦军,秦军士兵看到楚军士兵拼命逃跑,也莫名其妙地向后方逃去。孙武指挥城内军队趁机出城,向秦军杀去。一时间,秦楚两国军队的军营内,尘土飞扬,喊杀声震天。秦国和楚国的士兵拼命地逃跑,他们嫌自己跑得慢,就恨爹妈少给了一条腿。

孙武回到营帐时,刚巧一个时辰,阖闾已经知道秦楚联军被打败逃跑了,他非要孙武带着他和伍子胥登上城头看看。

天蒙蒙亮的时候,三人来到郢城北城墙,阖闾看着远处隐隐逃窜的秦楚联军,高兴地大叫:"孙武用兵,真乃鬼神也!"

伍子胥也赞道:"长卿之用兵,依照兵法,又不拘于兵法!"

秦楚联军主力向北逃窜六十余里才逐渐稳住了队伍。这一仗秦楚联军死伤近万人,损失众多马匹和辎重。

阖闾对孙武命令道:"上将军,寡人命令你,乘胜追击,彻底消灭秦楚联军!"

孙武对阖闾说:"大王,此战秦楚联军并未伤筋动骨,兵力仍数倍于我,我们还是撤离楚国的好。"

阖闾冷笑着点点头,道:"上将军,寡人记得古人说过,一鼓作气,再而衰,三而竭。如今秦楚联军新败,吴军气势正高,若此时乘胜追击,秦国人和楚国人必夹着尾巴逃窜!你若不率军追击,寡人带着吴国士兵继续追击!寡人不能这么便宜了楚国人和秦国人!"

孙武正想说什么,有一个大臣急忙跑上城来,将一块布帛递给阖闾道:"大王,姑苏急报!"

阖闾打开急报一看,脸色大变。

第二十七回　利而诱之

利而诱之，乱而取之。

——《始计篇》

一

吴国送来的急报，是禀报夫概一回到吴国便自称吴王，谎说阖闾已经战死，他代兄长掌管国家。阖闾没看完急报就火冒三丈，叫道："夫概，你这叛徒！瞒着寡人回吴国，是要抢夺寡人的国家啊！寡人非杀了你不可！"

孙武在一旁劝道："大王，夫概有反骨，我早就告诉过你，如今应验，也在预料之中。你不必发火了，应尽快商量回国一事。"

阖闾此时才感到孙武以前所说的确是为了他和他的吴国，他对孙武说："好，寡人即刻回国，铲除夫概这个叛徒！郢城这边的事就全交于你了。你带领吴国军队一定要体面地离开楚国！一定！"

孙武点头道："大王请放心，孙武一定把吴国军队全部都带回吴国，一个也不会少！"

要离开楚国了，伍子胥与伯嚭的心情都很复杂。他们知道，以后再也回不到自己的故国了。伍子胥独自一人来到父亲伍奢和兄长伍尚的坟墓前，只见坟墓杂草丛生，好长时间没有祭扫了。伍子胥本来一进入郢城就要给父亲扫墓的，但自从鞭尸楚平王后，他不敢来了，他怕楚国的百姓因为他而记恨自己的父兄。

伍子胥在父亲与兄长的墓前虔诚地烧了纸,供上了水果和点心,然后跪在地上叩首。身后有人叹了一声,伍子胥忙回头看去,是一个老者。那老者满头的白发,看上去比伍子胥还要大不少岁数。伍子胥起身问:"老者,你为何叹气啊?"

老者看着伍奢与伍尚的坟墓说:"我叹这两个人啊,活着人称忠臣,忠心侍奉君王,受人敬仰。死了后,因为他们的儿子、兄弟,楚国人都不认可这两个人了,说他们的儿子和兄弟,鞭打楚国的大王,那是死去的楚王,他还要鞭打三百下,太残忍了。这两个人是叛臣的父亲和兄长,理应受到惩罚!"

伍子胥解释道:"他儿子是为了替父兄报仇,才鞭打无道的君王!"

老者冷笑道:"话不能这么说,他儿子鞭打的是君王,鞭打君王者,不是国家的叛徒又是什么呢?"

伍子胥无言以对。

老者哀叹道:"没有直木,哪有栋梁?没有良心,怎做忠臣?"

说完,老者转身而去。伍子胥久久看着老者的身影,心中道:他是在埋怨我鞭尸啊,我以后就是楚国的叛臣了!

伯嚭也来到父亲的坟墓前,看到坟墓已被楚人毁坏了。伯嚭跪在坟前对父亲道:"父亲大人,伯嚭为你报仇了!孩儿带领吴国军队千里伐楚,攻占了国都郢城,可恶的令尹囊瓦仓皇而逃,楚王也流落他乡,孩儿从来没有像如今这样趾高气昂!虽然你的坟墓被楚人毁坏,但那都是小人所为。如今,孩儿要回吴国了,也许再也见不到你了,但孩儿还会在吴国再建功勋,光宗耀祖!"

伯嚭说完,对着父亲的坟墓三叩首。

孙武亲自帮助孙驰收拾行装。自从孙驰疯了,孙武一直把孙驰带在身边,帮助孙驰料理起居之事,不论多忙,他从不用别人,他认为自己欠儿子的,儿子的事他应该承担起来。孙驰的腿折了,走路一拐一拐,孙武就扶着孙驰。孙驰并不反抗,因为除了雾雨留下的遗物,孙驰谁也不认识了。收拾完行装，孙武对孙驰道："再过几天，我们就要走了，回吴国，你在屋子里安心待着，走的时候我来叫你。"

孙驰没有任何反应，一个人坐在床上轻轻抚摸着雾雨留下的长发。

阖闾对国内的夫概并不担心，有孙武和伍子胥，夫概完全不是他的对手。但要离开楚国，他舍不得的是楚王宫殿的这些财宝，如果这些财宝都带回吴国，带到吴国的宫殿，他将成为最富有的君王。但是，他知道这些财宝不可能都带回去，他不免有些遗憾。再就是楚国的这些嫔妃，他能看上眼的不下百人，这些嫔妃若带不回去，实在可惜了！

阖闾找孙武商议，问孙武这些嫔妃能不能都带回吴国。孙武回答说："一个都不可能！"阖闾又道："哪怕带二十个，最少十个？寡人离不开她们！"孙武对阖闾说："大王在吴国有数百嫔妃，那都是用百姓的钱养活她们，吴国的百姓已经尽了最大的努力，吴国要强国，要强军，不能再有更多的嫔妃了！"

阖闾看了看孙武，只好作罢。然后又问："楚王的财宝呢，能带回多少？"

孙武道："能带多少，带多少，这些财宝可助力吴国兴盛起来！"

阖闾很高兴，他说："孙武，你尽可能把楚王的财宝都带回吴国，否则我们不远千里来打楚国，攻占了他们的国都，却一无所得，那就太不值了！"

二

阖闾要离开楚国郢城了，他带走了一万多人马。孙武说他再给阖闾一万人马，送阖闾离开郢城。阖闾不同意，他对孙武说："上将军，你答应过寡人，一定要战胜秦国人，带着吴国的军队体面地离开楚国。如今，你若再派一万人马护送寡人，守城的吴军将捉襟见肘，你如何战胜秦国和楚国的军队呢？"

孙武解释道："我就是为了战胜秦国和楚国的军队，才让一万人马护送大王离开郢城。"

阖闾听不明白，让孙武再讲得详细一些。孙武把作战计划详细告诉了阖闾，阖闾赞叹好计！

阖闾带着一万军队与孙武护送吴王的一万吴军离开郢城时，战车上众多旌旗迎风飘舞，士兵们昂首挺胸，马匹油光发亮，队伍延绵不断，看上去好不威风。

阖闾走后，孙武让探子四处散布消息，说阖闾为了平定国内动乱，带走了大部分军队，孙武留在郢城的军队不足一万人，他在郢城也待不了几天了。

秦军元帅子蒲听到这个消息将信将疑，他对楚国将军说："孙武刚刚获得大胜，绝不会轻易离开楚国的，这其中一定有诈。我们等等再做决断。"

楚国将军则说："我派去的探子亲眼看到吴国军队被阖闾带走的足有两万人马，吴国进攻楚国的军队满打满算也就是三万，现在走了两万，孙武留下来的顶多一万人马，他就是神仙也打不过我们的十万大军啊！"

秦国的子蒲在第一仗就被孙武打怕了，他坚持等等再说。楚国将军也犹豫了，便让军队原地待命。

孙武在郢城发布命令，调配守城的军队，一副众志成城、死守郢城的样子。而在此时，吴国的联军唐国和蔡国的军队也陆续撤离，郢城的孙武真的成了孤军。

楚国将军把探到的情况转告给秦国元帅子蒲，说："我派出的探子来报，唐国和蔡国的军队也离开了郢城，孙武在郢城已经成了孤军，我们两国的军队应该尽快围困郢城，这样，孙武就是插翅也难逃掉了！"

子蒲沉吟片刻，然后道："上次围困郢城，你也是信誓旦旦，结果我们大败，损失了一万多人马。这次孙武不知道还会用何种计谋对付我们。大王把军队交给我，我必须对秦国的军队负责！"

楚国将军问："说了这么多，你的意思是什么？"

子蒲道："还是那句话，再等等。反正吴国军队大部分已经返回吴国，

第二十七回 利而诱之

孙武的这一万人马，跑不出楚国！"

这次孙武真的要走了，他这两天之所以摆出死守郢城的架式，除了虚张声势外，也是为了转移别人的视线，把楚王宫的财宝带走。这些财宝价值连城，吴国缺的是钱，有了这些钱，可以兴办产业，招聘人才，像当年的齐桓公一样，使国家尽快富裕起来。楚国的财宝这天总算全部挑选装载完毕了，一百多辆马车，凡是值钱的能带走的都带上了。

装好马车，孙武才回到自己的住处。孙武的住处就在沈尹戌家隔壁，有好几间大房子，其中一间让孙驰住着。孙武先到了孙驰的屋子，孙驰已经睡了，手里还是拿着雾雨的长发。

孙武坐在一旁，静静地看着睡熟的儿子。他回想着这次千里伐楚，虽然自己立下了赫赫战功，但那都不重要，在伐楚的战争中，他失去了一个儿子，一个活泼、有智慧的儿子……现如今，孙驰也就是活着而已，不记得自己的从前，也不关心自己的往后，只是沉浸在对雾雨的思念中……孙武想到这里，内心彷徨不安，他不知道自己这次伐楚做得对不对，也许很多年后，人们记得他的就是因为这次千里伐楚，可他的儿子，也因为这次伐楚，失去了太多……他多希望自己的儿子能像以前那样，即便是和自己吵架，也是那般生龙活虎，可是如今……孙武看着孙驰，自己的儿子，想了很多很多。他的眼中不由得流出了泪水，他没有擦去，任凭泪水慢慢地流淌……

窗外的月牙已经西斜了，再有一个多时辰，孙武的队伍就要离开郢城了，孙武还是坐在孙驰身旁，静静地看着熟睡的儿子……

这天晚上，楚昭王来到了楚军大营，他到的时候天色也是这么晚了。楚国将军们忙爬起来觐见楚昭王。

楚昭王严厉地问楚国将军："你们为什么还不向郢城发起进攻，夺回寡人的都城？"

楚国将军回答道："秦国元帅子蒲担心孙武有诈，说再等等。"

楚昭王愤然说道："郢城是寡人的国都，不是他秦国人的国都，所以他不着急！"

楚国将军解释道:"上次我们围困郢城,近月余,结果被孙武打败,丢盔卸甲,落荒而逃,逃出二舍之地,这次秦国子蒲心有余悸,也在情理之中……"

楚昭王打断了楚国将军,问:"那你呢,你有没有心有余悸?"

楚国将军支吾道:"我……我也是……"

楚昭王心烦地打断他:"行了,你别也是了,你就是心有余悸!"楚昭王看了看楚国将军,继续说,"不过,那时的孙武掌管着吴国、蔡国和唐国的军队,现在不同了,寡人听说守卫郢城的军队也就是一万人左右,我们楚军有六万之众,难道就拿不下郢城吗?"

楚国将军不知道如何反驳楚昭王,只是默默地低着头。

楚昭王看着默默不语的楚国将军,气愤地说:"你不会打仗也就罢了,怎么现在连话也不会说了呢?你要是不敢去郢城,寡人这就撤了你!"

楚国将军闻此,忙答应出兵郢城。

三

楚国将军向秦国元帅子蒲通报后,便率领楚国军队浩浩荡荡向郢城开进。楚国将军给秦国的通报主要是告知秦国元帅,楚国军队决定向郢城进发,若秦国还是惧怕孙武,那就等楚国攻破郢城后,再向郢城进军;若秦国愿意和楚国共同夺取郢城的话,请尾随楚军向郢城前进。这份通报子蒲看了多遍,反复掂量利害,决定尾随楚军向郢城进发。

楚国军队来到郢城外,看到城门大开,城上城下既没有吴军的旗帜,也不见吴军的士兵,楚国将军不禁疑惑起来,立刻派人进城打探。

尾随在后的子蒲听说楚国将军没有遇到吴军的抵抗,城门大开,也很疑惑,马上也派人进城打探。

楚国打探的人回来对楚国将军说:"孙武的军队连夜撤离郢城,还拉走了楚国王宫几乎所有的财宝。"

楚国将军还有些怀疑,问:"你可看清楚了?"

第二十七回 利而诱之

那探子道:"我虽然没有看到,但我问过街上的百姓,他们说,昨天夜里吴国军队从王宫拉走了一百多车的财宝,都是楚国的珍宝。马车轰隆隆在街上走了好久。"

楚国将军想了想,然后又问楚国的探子:"你敢保证郢城真的没有吴国的军队了?"

探子信誓旦旦地说:"真的没有了,街上的百姓都是这么说的!"

楚国将军还是不相信,说:"如果这些吴国军队藏起来了,老百姓没看到呢?当初吴军从麦城运粮,装得也跟真的一样,楚国的百姓们不也都相信了吗?你再探一探,我们不能再吃孙武的亏了!"

那探子只得再次进城查探。

太阳已经很高了,楚国探子带着几个楚国百姓从城里走了出来。探子对楚国将军道:"将军,我又探了,吴军真的走了,一大早走的。"他指着身后几个百姓,"他们都是郢城的百姓,参加过反抗吴军的义军,你听他们说吧。"

那几个百姓纷纷对楚国将军道:"我亲眼看到吴国军队从东城出的门,拉了好多马车的财宝。""我也不放心孙武,我悄悄跟在吴军队伍后面,走出了五里路我才回来,他们的确回吴国了!"

楚国将军这才相信孙武是真的走了,他对探子说:"带我进城,去王宫。"

楚国军队浩浩荡荡开进了郢城,一路上百姓们夹道欢迎,好不热闹。

楚昭王也进城了,他乘坐着君王的马车,楚国百姓看见自己的君王回来了,激动得热泪盈眶。

楚昭王和楚国将军进了楚王宫,王宫内空空荡荡。在王宫的大殿里,楚昭王的几上摆着一封信。

楚昭王拿起信,打开,上面只有一句话:归师勿遏,围师遗阙,穷寇勿迫,此用兵之法也。

楚昭王问一旁的楚国将军:"这是什么意思?"

楚国将军接过信看了看,对楚昭王道:"这很有可能是孙武留给大王的。"

楚昭王从楚国将军手里拿过那块写有字迹的布帛，又看了看上面的那几句话，说："孙武的意思，是让我们不要追击他了？"

楚国将军道："正是。吴军本来就强悍，又有孙武统领，我们如果紧追不舍，逼急了吴军反扑回来，我很难保护大王。"

楚昭王闻此，怒道："你有六万人马，都保护不了寡人，寡人要你何用？孙武让你不追，你就不追了吗？你作为寡人的将军，怎么能眼睁睁地让孙武在你的眼皮子下面把寡人的财宝都夺走呢？你必须给寡人追回来！"

楚国将军无奈，只好调动军队去追赶孙武。

楚国军队刚离开郢城，楚国的探子来报，尾随在身后的秦国军队已经向吴军追去。原来，秦国的探子也把郢城的情况禀报给秦国元帅子蒲，子蒲一开始也是不相信，又让探子仔细打听了一遍，后来听说楚军进城了，才断定孙武真的走了，但他没有继续尾随楚军进入郢城，而是指挥秦军紧追孙武。

楚昭王听闻后叹道："秦国人哪是为了追赶孙武啊，他们是为了寡人的财宝啊！寡人的财宝将归秦国人所有了！"

大夫申包胥安抚楚昭王说："孙武用兵鬼神莫测，单凭秦军难以取胜。秦国军队即便获胜，也将受到重创。大王虽然丧失财宝，但保护了楚国的军队，这对大王的国家是有好处的。"

楚昭王不服气，说："寡人还有六万大军，如果秦国人不插手，寡人的军队不但能夺回财宝，也能打败吴国的军队！"

第二十八回　动如雷霆

其疾如风，其徐如林，侵掠如火，不动如山，难知如阴，动如雷霆。

——《军争篇》

一

秦国元帅子蒲带着军队紧追慢赶，终于在第三天上午到达了清发水，追上了吴国军队。秦国先头部队到达清发水时，先头部队的探子发现河对岸有许多吴国士兵正在河边洗马，洗马的士兵把刚洗好的衣服晾晒在河边的灌木丛中，好像并没发现对岸的秦国军队。

秦国探子把河对岸吴军的情况禀报了秦国元帅子蒲，子蒲亲自来到河边，观察对岸的情况。只见对岸的士兵们已经洗完了马，正在往回走。一会儿，又来了一队洗马的士兵，他们和前面的士兵一样，先把马放在一旁，任由马匹悠闲地吃着河边的青草，自己脱了军服，在河边尽情地洗了衣服，然后再悠然自得地洗马，边洗马边说笑、打闹，很惬意，并不知道危险就在对面。

回来后，子蒲还是不敢下命令，对面的吴军越是悠闲自得，他越是觉得没有底气，担心孙武在河对岸有埋伏，自己的军队若一半渡过河时，孙武发起进攻，秦军可就完蛋了。但是，楚国王宫的财宝太诱人了，尤其是对秦国来说。秦国地处西部边缘，所有的财富不及楚国的十分之一，如果秦国截获了这些财宝，那他这个元帅也会得到莫大的荣誉！想到这里，秦国元帅命令手下的士兵，先过去几个人到对面打探一番，然后再做决定。

那几个秦国探子悄悄渡过河，潜伏到吴军的军营旁边。他们看到了吴军大营中那些拉着财宝的马车，一辆接着一辆，足有一百多辆车。马车周围还有许多站岗的士兵，一般人不得靠近。那几个探子趴在营外的草丛里，远远听着士兵聊天。

一个士兵说："这些财宝太多了，也不知能不能运回吴国。"

另一个士兵说："这些财宝若是都给你，你保证不嫌多。"

又一个士兵说："别说都给了，给我一件财宝，我这辈子，下辈子，下下辈子也用不完！"

那几个探子又看了看周围，然后悄悄溜回了秦国大营。

探子向子蒲禀报道："元帅，我看到那些楚王的财宝了，足有一百多辆马车，有很多士兵把守，不能靠近。"

子蒲"嗯"了一声，然后问："吴军营帐周围有埋伏吗？"

那个探子摇摇头，道："不像有的样子，军营里的吴军也不多。"想到什么，又补充道，"我还听吴军士兵说，明天一早他们就走。"

旁边一个秦国的将军闻此对子蒲道："元帅，我们赶紧渡河吧，若晚了，这些财宝就被吴军拉跑了！"

探子也附和道："元帅，机不可失，失不再来！我们赶紧渡河吧！"

子蒲并不是不想过河，那些楚王的财宝他一定要想办法弄到手，但是这个可恶的孙武，总在他面前晃悠，让他忘不了在郢城外的那次失败。于是，他还是不能着急，对探子说："你们再派人过河，盯着那些财宝。另外，再多派一些探子，过河后四处查探，看看周围五里内，还有没有吴国的军队。"

探子头目领命走了，他按照秦国元帅的命令，带着十多个探子，又过河去了。秦国元帅又命令将士们枕戈待旦，随时准备过河。

楚国的军队尾随秦国军队也赶到了清发水。楚国将军见秦国军队仍未过河，便放了心。他经过打听，知道秦国军队上午就到了清发水，只是

第二十八回 动如雷霆

因为担心孙武的诡计，才没有过河。楚国将军心里冷笑道：你们秦国军队不是跑得快吗，有本事赶快过河啊！孙武就在河对面等着你们呢！

楚国将军的部下建议楚国军队立刻从上游过河，赶在秦国军队之前拦截住吴军，把楚王的财宝夺回来。楚国将军摇头道："我们不能给秦国人当刀使，我们要让他们给我们当刀用，等他们打败了吴国军队，我们再过河去抢财宝！"

楚国将军虽然话是这么说，但他也派出探子到河对岸打探，他心里想：明天一早若秦军还不过河，河对岸若没有孙武的埋伏，我们就过河。

二

天色渐渐黑了下来，孙武的军队在距离清发水河边五里路之外的地方待命。放置财宝的军营里也驻有吴军，但那些财宝已经被装上车，悄悄提前出发了，在大营里的"财宝"是装样子的，马车外裹着厚厚的布匹，里面都是些条几凳子之类的东西。

孙武来到伍子胥的营帐，伍子胥是带领着护送阖闾的一万军队来到清发水的。这一万军队到达清发水后，便没有再往前走，而是留在清发水，选择了这个隐蔽的地方住下来，一住就是好多天。孙武来看望伍子胥，两人见面自然有说不完的话。伍子胥摆了酒菜，两人边喝边聊。

孙武对伍子胥说："子胥，我们就要离开楚国了，这里可能要打最后一仗了，不知你有何感想？"

伍子胥感慨道："就像做了一个梦，梦做完了，什么也没得到。"

孙武说："你已经为父兄报仇了，你得到了你想要的东西。"

伍子胥喝了樽酒，对孙武说："没报仇时，时时想着报仇，一旦这仇报了……哎，怎么说呢，我觉得对不住楚国的人啊！"

孙武问："你是说鞭尸吗？"

伍子胥叹道："不止鞭尸，还有屠杀楚国的百姓，那都是我的同胞、兄弟姐妹啊！"

伍子胥说着又喝了一樽酒，然后对孙武道："好了，不说了，喝酒！"两人又是对樽而饮，连饮三樽。

喝完酒，伍子胥抹了抹胡须，问孙武："长卿，说说清发水这一仗吧，我在这里待了好多天了，也不知秦楚联军明天敢不敢过河？"

孙武很自信地说："明天他们肯定过河。"

伍子胥故意道："你就这么自信？我要是秦军元帅，我就不过河，反正你的财宝已经不在了！"

孙武笑着说："楚王的财宝虽然已经运走了，但是他们不知道。"

伍子胥也笑了笑，然后纠正道："我是故意这么说的。我的意思是说，如果敌人识破了你的计谋，就是不过河，你还能在这里等下去吗？"

孙武说："我布置缜密，他们不会看破的。即便看出点蛛丝马迹，他们也不会轻易下结论，毕竟在他们面前有着这么大的利诱，那几乎是楚王的全部财富。正所谓'利而诱之，乱而取之'。敌人贪利，就用利益引诱它，使其处于混乱的状态，然后乘机攻击它！"

伍子胥听着不由得点头。

孙武继续道："至于如何攻击呢？我在自己的兵法上说：'其疾如风，其徐如林，侵掠如火，不动如山，难知如阴，动若雷霆'。我们军队的布防，就像阴云蔽天，看不见日月星辰，其势不可测也。一旦行动，我们的军队便会像雷霆般，从空中击下，不知所避也！"孙武看了看伍子胥，又道："如果我们一旦撤离，秦国军队反而会过河不停地追击我们，让我们迫于奔命。只有打一仗把他们打疼了，打服气了，他们才会罢休。"

伍子胥不由得赞叹道："长卿用兵，越来越令人佩服了！"

孙武一笑，说："用兵也是学问，只要你认真研究、揣摩，就会有收获。"孙武看看帐外的天色，站起身来，"子胥，我该走了，去那边军营安排一下，一个时辰后，我们出发去河边等着秦军过河。"

伍子胥道："好，我一切听你的。"

外面的月亮向西边斜过去，再有一个时辰，天色就蒙蒙亮了。此时秦军元帅子蒲的帐内，仍然灯火通明。

第二十八回 动如雷霆

子蒲看着外面的天色，有些疑虑重重。他在等派出去的探子，可如今秦国的探子还没回来，他担心河对面的吴军有什么变化，但他又不希望有变化。若有变化，他就不过河了，但楚王的那些财宝，将归吴国所有了……

探子终于回到了子蒲的大营，子蒲立刻迎了上去，问："怎么样？"

探子气喘吁吁地道："没什么变化，周围五里内，都没有吴国的军队。"

子蒲点点头，然后问："吴国的那些马车呢，就是拉楚王财宝的那些马车还在吗？"

探子道："在，不过，我听说他们天一亮就走。"

子蒲冷笑道："他们走不了了！"他对帐外喊道，"来人！"

门外的士兵走了进来，问："元帅，何事？"

子蒲道："命令军队，即刻吃饭，吃完饭过河追击吴军！"

秦国军队准备就绪，陆续开拔到河边，然后举着火把准备过河。楚国将军得到这个消息，命令军队也起床吃饭，到河边集结。

三

秦国军队乘坐着战船，一船又一船渡过了清发水。楚国士兵向楚国将军禀报后，楚国将军欲命令楚国军队抢在秦军前面，从上游渡河，申包胥对楚国将军说："秦国军队是我们请来的，如今为了楚王的财宝，你和秦国人争夺得不可开交，这会让秦国人怎么看我们？再说，如果吴军反杀回来，你是和秦国军队一同战斗呢，还是赶紧撤回来呢？"

楚国将军冷笑道："如果说是为了楚国的面子，我可以不和秦国军队去争，但如果说是因为吴国军队反杀回来，哼，吴国不过一万人马，他们既要保护楚王的财宝，又要反击，一是他不敢，二是即便杀回来。我们十万大军一人一口唾沫，也能把他们淹死！"

楚国将军尽管发狠话，但他还是命令军队等待在河边，按兵不动。

秦国军队渡河很顺利，太阳升起的时候，秦国军队已经有一万多人渡过了清发水。秦国的将军对子蒲说："我们这一万人马可以先期出发追赶楚王的财宝了！"

子蒲担心这一万人还不是孙武的对手，他对那将军道："吴国拉财宝的马车走不快，等我们的军队全部渡过河后再追，他们跑不了！"

秦军加快了渡河的速度，一船接着一船，太阳高照的时候，秦军又过去了近两万人马。子蒲的一颗心终于落了下来，他对身旁的将军说："我一直担心孙武在我渡河的时候袭击我，如今我们的军队已经过去近三万人了，他即便进攻，也讨不到什么便宜了。"

子蒲说完，也乘坐着战船向对岸驶过去。

楚国将军听说秦国元帅子蒲已经过了河，正准备进攻吴国军队，再也沉不住气了，命令军队立即过河！

子蒲的战船刚到达彼岸，对面的旷野中突然响起了隆隆的战鼓声和惊天动地的喊杀声，然后就看到无数面旗帜和黑压压的战车和兵卒，就像乌云中的一道闪电，向岸边的秦军杀过来！

秦国军队还没来得及反应过来，吴军的战马和士兵已经冲到近前，只见无数箭矢飞过来，立时便有一片片的秦国士兵倒下去。

秦国将军这才反应过来，他没想到有这么多的吴军士兵埋伏在那里，更没想到吴军士兵会向闪电一样向他们攻击。他语无伦次地说："这怎么可能……怎么可能呢！何处来的如此规模的吴国军队！"

吴国军队的箭矢不停地射来，有一支箭险些射中子蒲。一旁的将军拉了一把子蒲道："元帅，快走，再不走就来不及了！"

说着，那将军拉着子蒲上了战船，指挥着战船向河对岸返回。

此时，跑的快的吴国士兵已经冲进了秦军的队伍内，他们手持兵戈猛烈地向秦国士兵砍去。秦国士兵早已魂飞胆破了，不顾一切地爬上战船向后逃跑。由于船上的士兵太多，船还没驶到对岸，便被船上的士兵挤翻了，船上的士兵纷纷落在水里，有的淹死了，有的拼命向对岸游去……

楚国的军队已经开始渡河，听说秦国军队遭到吴国军队的攻击，楚

第二十八回　动如雷霆

国将军立刻命令楚国军队撤回。还好，楚国军队过河的军队还不多，很快便退了回来。楚国将军命令退回来的楚国军队，向后再退三十里待命。

这边清发水河边成了吴军的屠宰场，一堆堆秦军的尸体躺在河边和河水中，河水都被血水染红了。那些漏网的士兵，还在拼命地逃跑，身后飞来的箭矢让他们一一命归西天……

吴国军队还带来了守城用的大弩，架到河边，向水里和逃向对岸的秦国士兵射击。可怜从西北千里赶来的秦军将士，侥幸逃离了苦海，又在对岸被吴军的大弩射中，丧命在楚国的原野上……

西边的太阳就要落下了，夕阳照在了清发水的河上，到处都是鲜血，到处都是秦军的尸体。这一仗，吴军杀死了秦军两万多人，过河的秦军几乎都死在了河岸和河中。

吴军收兵了，他们乘坐着马车，拉着楚王的财宝，大踏步走在回吴国的路上。旌旗蔽日，马车隆隆，士兵们从来没有这么趾高气昂，精神焕发。

秦国军队向后逃出三十多里，才把剩余的军队聚拢起来，清点剩余人数，将军将秦军的损失报告了子蒲。子蒲听闻后哭了起来。他哭道："孙武啊，你太狠心了！我秦军六万将士，如今剩下的还不到一半了，我怎么回去向大王交代啊……"

楚国将军听说秦军损失过半，浑身直冒冷汗，他对部下说："多亏不是我们楚国的军队，如果换成我们楚国的军队，我的脑袋非搬家不可！"

秦军大败的消息传到楚昭王那里，楚昭王也是直冒冷汗，他十分后怕，也十分感激申包胥，但他弄不明白，孙武如此众多的兵马是从何处而来。他问申包胥："吴军一共三万人，吴王阖闾带走了两万人，孙武手上哪来的这么多兵马？难道是从天上掉下来的吗？"

申包胥沉吟道："这么看来，阖闾带走的兵马肯定没有走远，他们就留在清发水等待秦国或者楚国的军队。"

楚昭王恍然大悟，不由得赞叹道："吴国有孙武，天下将归吴王所有了！"

秦国子蒲侥幸保住一条性命，他也叹道："秦楚联军虽众，但不如吴国—孙武！"子蒲命令所有秦军，不许向东多走一步，让孙武快快离开楚国，走得越快越好。

孙武和伍子胥带领吴国军队跋涉千里，从容进入吴国的土地，楚王的金银珠宝分毫未少。同行的伯嚭对孙武说："长卿，你把这么多财宝都带回了吴国，真是不容易。吴王一定会重重地奖赏你！"

伍子胥笑道："这点财宝算不了什么，长卿轻而易举就大败秦军，让他们数十年内都不敢小看吴国，吴国从此可以称霸天下了！"

孙武感慨道："吴国要称霸，只靠打仗可不行啊，当年齐桓公称霸，是因为齐国富有天下。我把这些财宝带回吴国，是希望大王用这些财宝招揽天下商贾和人才，让吴国尽快富裕起来。"

第二十九回　退不避罪

故进不求名，退不避罪，唯人是保，而利合于主，国之宝也。

——《地形篇》

一

孙武带着吴国军队顺利回到了吴国国都姑苏城，阖闾和吴国大夫们到城外夹道迎接孙武。前来欢迎孙武的还有姑苏城的老百姓。只见姑苏城外旌旗招展，人头攒动，大家都期盼着能亲眼目睹战神孙武一眼。

孙武坐着上将军的马车缓缓驶到阖闾面前，孙武让车停下，按照军队的礼节，孙武在车上向阖闾拱手行礼，道："大王，吴国上将军孙武，率领吴国兵马两万人，跋涉千里，从楚国撤回吴国国都，一路秋毫无犯，百姓称道，所带的楚王财宝一件不少，全部带回。"

阖闾也站在自己的大王马车上，笑着对孙武道："上将军，你说到做到，把吴国军队安全带回了姑苏，并打得秦楚联军望而生畏，不敢尾随，你真乃吴国的战神！寡人由衷地敬佩你！寡人准备了盛大的酒宴，欢迎你得胜而归！"

孙武想到孙驰，想到那些战死在楚国的将士，他觉得自己这个上将军不配享有这顿庆功宴，便对阖闾道："大王的盛情，孙武心领了，但孙武离家多日，今天想和家人共进晚餐，不知大王意下如何？"

阖闾点头说："也好。人之常情，上将军今天是该与家人欢聚，改日再请上将军赴庆功宴会。"

孙武又推辞道："'进不求名，退不避罪，唯人是保……'一个国家需要的是这样的将军，我孙武如今还没有做到这些。大王的庆功宴我就不参加了吧。"

阖闾心中不悦，但又不好当着众人的面扫孙武的兴，便说："参加不参加庆功宴，上将军自己定夺。但庆功宴寡人还是要举办的，上将军不参加，还有伍员、伯嚭、专毅，以及那些为吴国立下战功的将军们，他们都会参加的！"

孙武告别了阖闾，带着孙驰回到家中，孙武的夫人和另外两个儿子在家中迎接他们。二儿子孙明已经长得很高了，他说他的志向就是做一个像孙武这样的兵家。小儿子孙敌，虽然个头不高，但志向不低，他说他也会像父亲那样，指挥千军万马，为国家杀敌立功的。

孙夫人关心的是孙驰，他看着孙驰一瘸一拐地进了自己的屋子，而且不问候家里的任何人，孙明叫他哥哥，他也不理，关上自己的屋门，谁也不理睬。

孙夫人看着孙驰的屋子，不安地问孙武："驰儿到底是怎么回事？"

孙武叹了口气，把夫人拉到一边，将孙驰在吴国的经历，雾雨的死对孙驰的打击，以及他如何摔伤等等都告诉了夫人。夫人听后，不住地擦泪。

第二天，孙武带着孙驰来到要离的墓地，与孙驰一起把雾雨的遗物葬在了墓地旁边的小坟墓里。此时孙驰好像有些清醒，他帮助父亲挖坟，埋下雾雨的遗物，然后在要离墓前三叩首。

该回家了，孙武要孙驰和他一同回家，孙驰摇了摇头，这次他终于开口说话了。他说他要陪一陪雾雨，困了就在要离的家休息。孙武派士兵将要离家重新打扫一遍，送了一些吃的，并让那士兵一直待在要离家照顾孙驰。

处理完这一系列事情，孙武觐见吴王阖闾，他对吴王说："大王，孙驰的事我已经处理完了，可以为国家做事了。"

第二十九回 退不避罪

阖闾很高兴，对孙武说："你先在家休息几日，然后开始操练军队。近来越国经常骚扰我们吴国，寡人应该教训他们了！"

孙武说："一个国家只有强大了，别的国家才不敢侵犯你。国家的强大首先是发展经济，其次才是壮大军队。我们带回来许多楚王的财宝，还望大王拿出一部分招揽天下商贾和有才华的人，让吴国尽快富裕起来；再拿一部分奖励对楚国作战有功的将士，抚慰他们的家庭；还要拿一部分，鼓励种田的百姓，促使百姓多开垦农田，让吴国的耕地多起来。吴国有了财富，有了粮食，再有了强大的军队，何愁不霸！"

阖闾点头道："孙武，你说得很好，寡人会这样做的。"

孙武离开后，阖闾查看楚王的财宝，那些财宝琳琅满目，阖闾的眼睛都看直了，他早就把孙武的话抛到九霄云外了，只拿出一小部分奖励有功的将士，其余的都收为己有。

二

孙武凯旋后，阖闾的女儿胜玉缠着父亲要他兑现自己的诺言，把她嫁给孙驰。阖闾告诉胜玉："孙驰已经不是昔日的英雄了，他惧怕战争，而且如今成了残废人。"胜玉不信，去军营看望孙驰，得知孙驰已经脱下铠甲离开了军营。

胜玉多方打听，在要离的墓地找到了孙驰，那里又多了一个坟墓，是雾雨的坟墓。孙驰在墓前摆了三只酒樽，目无旁人，自斟、自饮、自言，他神情恍惚，对着雾雨的坟墓诉说着："雾雨，你不该走啊，我们从小青梅竹马，我那时候就喜欢你，期盼着一辈子和你在一起……"

孙驰不像在楚国时那么沉默寡言，一旦对着雾雨的墓说起过去的事，便滔滔不绝。

胜玉走到孙驰旁边，对他说："孙驰，我是胜玉，吴王的女儿啊！"

孙驰就像是没听到一样，对着雾雨的墓继续道："雾雨，你忘记了我们坐在湖边看太阳了吗，从太阳升起，一直看到太阳落山，我觉得那是我人生最幸福的时刻……"

胜玉不满地对孙驰大声道:"孙驰,你疯了吗?对着死人絮絮叨叨,根本就不把我这大活人放在眼里!我看你是真疯了!"

孙驰还是不理睬胜玉,自顾自地对着雾雨的墓诉说着:"雾雨,是我的父亲害死了你,害死了你的父亲……我恨他!他脑子里没有家庭,没有爱的人,只有他自己、他的兵法和他的战争……"

胜玉气愤地站起来走到孙驰对面,面对孙驰道:"孙驰,我告诉你,我胜玉不是可有可无的,我可以杀你,也可以让我的父王赐你死!"

孙驰略有动容,但很快又进入了现在的状态,他目无旁人,对雾雨的墓说:"雾雨,我恨我自己,我应该和你一起去死,在地下陪伴着你,可我没有,我苟活着,我可耻!"

胜玉看了看疯癫的孙驰,气得一跺脚,对孙驰道:"孙驰,我永远不会再理你了!永远!"

说完,胜玉扭身离开了湖边,坐着自己的马车回王宫去了。

胜玉的马车渐渐地远去了。孙驰不再对雾雨诉说了,一滴泪水从他的脸颊落下来……

回到王宫,胜玉好像也被孙驰的悲伤情绪所感染,整日闷闷不乐。阖闾以为胜玉是为孙驰惋惜,便劝慰胜玉道:"胜玉,你不必为孙驰惋惜,如今他已经身残,不再是你当年看到的孙驰了!"

胜玉不愿意听阖闾说话,她让阖闾离开自己的住处。她对阖闾说:"我不愿意听你说话,你走开,快点走开!"

阖闾没有走,胜玉一脸的不高兴让阖闾不放心。阖闾对胜玉道:"胜玉,父王知道你爱慕的是天下的英雄,不是身残的孙驰。如今吴国的英雄应该是专毅,他作战勇敢,胜过当年他的父亲;他指挥作战有勇有谋,在郢城大败秦楚联军,专毅一马当先,势不可挡……"

阖闾话没说完,胜玉就不快地站起来推着阖闾道:"父王,我说过了,我不愿意听你说话,你走啊!走!"

阖闾被推出了胜玉的房间,胜玉在里面重重地关上了门。阖闾站在门外，对胜玉说："胜玉，父王说的都是真的，不信你可以问一问孙武，他也称赞专毅是当今天下的英雄！"

屋子里的胜玉没有声响，阖闾以为胜玉心动了，便对胜玉说："胜玉，如果你没什么意见，父王便把你许配给专毅了……"

屋门突然打开了，胜玉站在门内怒目而视，对阖闾道："你若是把我许配给专毅，我就死在你面前！"

说完，胜玉又把门呼的一声关上了。

阖闾望着屋门，不知对胜玉再说什么为好。

三

孙武多次上奏阖闾，建言富国之事。

阖闾对孙武说："称霸用的是军队，不是财富。一个国家的军队不能打仗，这个国家即便有再多的财富也保不住，就像楚国一样。楚国从别的国家抢夺了那么多财富，结果怎么样？还不是被寡人的军队都运回了吴国吗？"

孙武道："国家富裕是强盛的根本，国不富，军队也不会强大。昔日齐桓公时，国家靠渔盐之利，富有天下，所以齐国可不用武力，九合诸侯，称霸于天下。军队是用来打仗的，这的确不错，但若只倚靠军队的力量，是不能称霸天下的。"

阖闾不同意孙武的说法，他说："寡人的国家虽不富，但寡人的军队能打仗，只用三万人，便打败了楚国和秦国，令天下人不敢小看寡人。"

孙武道："兵者，国之大事，不可不察也。我这里说的察，不但要察军事，也要察国家的经济和政治。只有国家富裕了，强大了，才是夺取战争胜利的根基，否则，将会失败！打仗是为了保卫国家，不受他国的侵犯和欺辱，并不是为了穷兵黩武，为了打仗而打仗！"

阖闾不耐烦地摆摆手，对孙武说："好了，你不要再说了，你的兵法寡人已经烂熟于心，寡人知道该怎么去做！"

孙武说服不了阖闾,便找伍子胥和伯嚭商议。孙武把自己对阖闾的劝解,以及阖闾的态度告知了二人,请他们帮忙说服阖闾。

伍子胥对孙武道:"长卿不要着急,大王认定的事,一时半会劝解不来,不过,为了吴国,我会尽力劝说大王的。"

伯嚭则说:"大王定了的事是不会改变的,身为臣子,只能投其所好,让大王高兴而已……"

孙武气愤地对伯嚭道:"如果吴国的臣子都像你说的这样做,吴国早晚一天会灭亡的!"

说完,孙武拂袖而去。

阖闾那天被胜玉赶出了屋门,他在想,寡人不如先斩后奏,这样,胜玉不听从也得听从了。于是,这天上朝,阖闾当着众臣的面宣布,将他的女儿胜玉赐嫁予专毅将军,以表彰专毅在讨伐楚国作战中的英勇表现。

专毅闻听后,感激涕零,他跪在阖闾面前道:"大王对待专毅,可为再生父母!专毅今后一定对大王忠心耿耿,真心对待胜玉公主!"

胜玉听说父王未征询她的意见,擅作主张把自己许配给了专毅,火冒三丈,她发疯般地大闹王宫,把窗帘撕了,把睡榻弄翻了,凡是王宫能砸的都砸了。对待上前劝阻的嫔妃她抬手就打。大家没有办法,只得把情况告诉阖闾。

阖闾赶过来,大声对胜玉道:"你住手!"

胜玉见阖闾前来,气得浑身颤抖,她停下手中动作,大声道:"你凭什么把我许配给专毅那个混蛋?凭什么啊?"

阖闾耐着性子道:"父王说过,专毅是英雄,你不是要嫁给天下第一的英雄吗?"

胜玉嚷道:"专毅什么也不是!他就是只狗熊!又笨又蠢的狗熊!"

阖闾看着胜玉怒气冲冲的样子,只好说:"好,他是狗熊……可是父王已经当着这么多大臣的面把你许配给他了,说出去的话就是泼出去的水,无法收回了……"

胜玉瞪着双眼冲着阖闾叫道:"我不管,你必须把话收回来!我不许

第二十九回 退不避罪

你把我许配给他，不许！"

"你！"阖闾真想狠狠地抽胜玉一个耳光，从来没有人敢这样对他阖闾说话，而且是命令般的话，尤其是当着这么多人的面……但阖闾还是忍住了，他从小就疼自己的女儿，没有打过她一个巴掌。阖闾咽了口气，对胜玉妥协道："好吧，父王收回自己的话……这可是第一次，也是最后一次！"

第二天上朝，阖闾在众臣面前道："前日，寡人曾在这里说，把寡人的女儿胜玉许配给专毅将军。"阖闾说着看了看专毅，然后继续说道，"可寡人的女儿不同意，她想嫁的是……是国外的君王，她是想做王后啊！"

众臣一阵议论。

阖闾对大家道："好了，别在下面说，要说上来说。"

那些大臣立刻闭了嘴。

阖闾对众臣又道："其实做王后也很好，很多国君，为了自己国家的利益，和他国联姻，这也是很正常的事情……"他看向专毅，问道，"专毅将军，你说是吧？"

专毅忙道："是，大王，国家利益永远在上！"

阖闾点点头，说："你这样说，寡人很高兴，寡人的大臣们，如果人人都以国家为重，寡人的吴国何愁不能称霸天下呢？"

那天退朝后，阖闾难得高兴，他让厨子买了新鲜的白鱼，就是太湖的白鱼。太湖有三白闻名天下，其中之一就是白鱼。阖闾让厨子把白鱼做好，端到胜玉的房间。他又让厨子做了些精致的菜肴，还准备了一些水果一起端到胜玉的房间。

胜玉一个人坐在窗前，呆呆地看着外面的湖水。阖闾走进来，对胜玉笑道："胜玉，今天父王当着朝臣的面，取消了你的婚约，你不会嫁给专毅了。"

胜玉背对着阖闾，也不说话。

阖闾坐到胜玉身旁，柔声道："胜玉，父王给你说话呢，你听到没有？"

胜玉没好气地道："听到了。"

见胜玉似乎气消了，阖闾稍微松了口气，说："听到就好……来，咱们吃鱼，太湖里的白鱼，你最爱吃的。"

说着，阖闾起身，坐到摆着白鱼的几前，对窗前的胜玉道："快来啊，胜玉！还有银鱼、白虾，太湖三白，都是你爱吃的！"

胜玉没有动，还是呆呆地看着外面的湖水，冷冷道："我不饿，你吃吧，我不想吃！"

阖闾嗔怪道："看你这孩子说的，你好几天都没吃饭了，怎么能不饿呢……来，先吃这条白鱼……"说着阖闾端起盘子，尝了尝一小口鱼，然后端到胜玉面前，说："你尝尝，可好吃了，父王刚尝了一小口，这鱼……"

"哐当"一声，阖闾手里的盘子被胜玉打落在地，阖闾不由得愣住了。

胜玉怒目道："你吃过的鱼再给我吃，你这是侮辱我！"

阖闾忙解释道："不是，父王只是尝尝……"

胜玉根本不听阖闾的解释，一把抽出了阖闾携带的"湛卢"剑，对阖闾大声嚷道："女儿这一生，最恨受侮辱！你懂吗？"

阖闾刚要发火，又忍住了，忙道："父王懂，父王都懂……只是父王……"

阖闾不等阖闾说完，胜玉又嚷道："你什么都懂，已经晚了！"说着，拿剑在自己脖子上使劲抹了一下，她那白皙的脖子立时冒出了一股鲜血，胜玉一头栽倒在地上。

阖闾被这一幕吓住了，待回过神来，才颤声大叫道："胜玉！我的女儿……"阖闾喊着，几步过去，抱起胜玉，呼喊着："胜玉，胜玉……"

胜玉还有一口气，她看着自己的父亲，轻声说："父亲，别怪女儿，女儿本来就……不想再活在这个世上了……"

阖闾忙道："胜玉，你千万别这么想，你是寡人的女儿，你要什么，寡人给你什么……"

第二十九回　退不避罪

　　胜玉轻轻摇摇头，说："我什么也不要……如果父王心中还有我这个女儿……女儿的葬礼，要隆重，胜过吴军凯旋……"

　　阖闾看着怀里的胜玉，点点头道："父王答应你，你如果不在了……父王用一万人，给你陪葬……"

　　胜玉微微一笑，她笑得那么甜，然后轻轻闭上了眼睛，永远不会再睁开了……

第三十回　明君慎之

怒可以复喜，愠可以复说，亡国不可以复存，死者不可以复生。故明君慎之，良将警之。此安国全军之道也。

————《火攻篇》

一

阖闾征用一万吴国人给胜玉陪葬，吴国士兵城里城外，到处抓陪葬的人，闹得整个吴国鸡犬不宁。这让孙武十分气愤，他面见阖闾说："大王口口声声说要让吴国成为一个强大的国家，国家要强大，首先需保证人丁兴旺，大王让这么多无辜的人为一己之私白白丧命，大王心里还有国家，还有百姓吗？孙武恳请大王收回王命，用泥人给胜玉公主陪葬。"

阖闾耐心解释道："以活人陪葬是吴国的风俗，祖祖辈辈都这样，寡人怎可随便修改呢？"

一旁的伍子胥对阖闾道："陪葬之风，恶劣之甚，他国已经在改，为何吴国就不能修改呢？凡是不利于国家强大的旧俗，都应该破除。何况这是一万条人命啊！"

伯嚭附和道："大王，以臣下之见，你若实在不想改变风俗，也未必用一万人为女儿陪葬啊，微臣认为，一百个足矣了……"

孙武在一旁直接打断伯嚭，说："一百个也不行！那都是吴国的儿女，男人可成为吴国的士兵，为国家去作战；女人可织布种田，为吴国积攒财

第三十回　明君慎之

富！活人陪葬的陋习，必须坚决取缔！"

其他大臣们也纷纷劝说阖闾，取缔活人陪葬的旧风俗，为了吴国的强盛，收回王命，不要用这么多人给公主陪葬。

阖闾被大臣们说急了，他站起身来对众人严肃地说："谁若是再劝寡人收回陪葬的王命，不管他有多大功劳，寡人也不会留下他的性命！"

大臣们面面相觑，谁也不敢再劝阖闾收回王命。

吴王女儿胜玉的葬礼非常隆重，前面是吴国王室送葬的队伍，阖闾领路，他穿着一身丧服，一边走，一边高呼着胜玉的名字，叫道："胜玉，你回来吧！父王想念你啊！胜玉，你回来吧……"

阖闾身后跟着嫔妃和宫卫们，他们也都穿着丧服，哭哭啼啼，一片悲哀之声。

再往后是一万多吴国人，有男人，也有女人，大多是青壮年百姓，他们面无表情，在士兵的押解下跟着棺木缓缓走去……

送葬的人来到了庞大的墓穴前，那一万人木讷地走进了墓穴，阖闾和宫中的嫔妃、宫卫们，则立在胜玉的墓旁，看着墓穴的石头门慢慢地关上了，墓穴里面隐隐传来了人们的嚎叫和痛哭声……

阖闾面无表情地命令士兵们掩埋石门。士兵们一锹一锹地将土抛向石门，待石头门全部被土掩埋了，那地下的哭声也几乎听不到了。

阖闾在墓碑旁对着胜玉的墓道："胜玉，你在天之灵会遇见你的知己！父王祝福你们！"

胜玉的葬礼过后，孙武感到阖闾离明君更加遥远了，他看透了阖闾，自战胜楚国后，阖闾就变得目空一切，他的所作所为证明他不是有道的君王，孙武深深地悔恨自己不该出世辅佐阖闾。

孙武来到湖边要离的坟墓旁，看到疯癫的孙驰仍跪在雾雨的墓前，对雾雨诉说着不知说过多少遍的经历以及对雾雨的爱恋。

孙驰对雾雨的坟墓说："雾雨，我想离开这个世界，但我已经没有离开的力量；我不想看到我的父母再为了我奔波，父母已经老了，他们步履蹒跚，我应该照顾他们啊……"

孙驰明显比以前清醒多了。孙武看到孙驰现在的样子，心里更加难受，他虽然疯了，心里记恨自己的父亲，但他心里还是有自己的，爱着自己的父母……泪水再一次从孙武的眼里流了下来。

孙驰对着雾雨的墓继续说着："雾雨，我多么希望永远陪伴着你，在你的墓前做一个守墓人，我们一起看夕阳落下，看太湖里的鱼在湖面上游弋，看湖上的鸟在金色的阳光下飞翔……"

孙武看着孙驰，他想到了在夕阳下唱诗的要离，要离是那样意气风发……他想到了在湖边的落日中专诸和庆忌的搏斗，勇猛的专诸一下将庆忌摔倒在地，庆忌爬起来要和专诸再打，有人喊："专诸，你娘喊你回家……"专诸转身便走，气得庆忌在背后大骂专诸……他想到了这次征伐楚国，夕阳西下，战场上满是双方士兵的尸体和打散了的马车与马匹，落日的残阳，为战场上的这一切镀上了一层血色……

孙武想着这场战争给楚国和吴国的百姓带来的灾难，开始对自己的所作所为以及自己的兵法、理念产生了怀疑，这世间诸事纷扰，不是一部兵法就可以把一切都理顺的。

孙武回到家中，拿出自己抄写的兵法副本，以及为修改兵法记录的作战笔记，在院子里默默地一片片点燃。夫人走过来，看看火盆里燃烧的兵法简册，惊讶万分，问："孙武，你不要这些兵法了？"

孙武叹道："我想要，但这个天下，它不让我要啊！"

那些写满兵法的竹简，在火盆里熊熊地燃烧着……

二

孙武打算带着家人离开吴国，离开他曾经训练指挥过的军队，离开阖闾，归隐山林。

阖闾听说孙武要走，想挽留孙武，但又放不下架子，他对伍子胥说："伍员，你的好朋友孙武要离开吴国了。寡人得不到的，别人也别想得到！寡人留不住孙武，只得杀了他！你去劝劝孙武，还是留在吴国为

第三十回　明君慎之

好！"

伍子胥来到孙武的府邸，看见孙武正在整理行装，便对孙武说："长卿，你是一个兵家，你的功名之路如今才刚刚开始。吴王也很信任你，他欲称霸天下，也离不开你。"

孙武停下手中的活儿，对伍子胥说："暑往而寒来，春去而秋至，这是万物的规律，吴王不是一个明君，你我都该走了。"

伍子胥劝道："当今天下能有几个明君？像吴王这样信任我们的君王，已经很难得。"

孙武看了看伍子胥，知道伍子胥是打定主意要留在吴国的，他不好再说什么，只说："人各有志，我们都按照我们的志向行事就好。但有一句话请你转告吴王。"

伍子胥道："长卿请讲。"

孙武正色说："'怒可以复喜，愠可以复说，亡国不可以复存，死者不可以复生。故明君慎之，良将警之，此安国全军之道也'。这就是说，人愤怒了，还可以重新变得欢喜，含怨了也可以重新转为高兴，但是国家灭亡了就不能复存，人死了也不能复生。所以，对待战争，明智的国君应该慎重，贤良的将帅应该警惕，这是安定国家和保全军队的关键。"

伍子胥感叹道："长卿肺腑之言，我定转告大王。"

孙武知道，如今的阖闾已经听不进他这样的劝说了，但只要他还在吴国一日，为了吴国的百姓和军队，他还是留下了这样的忠告。

孙武带着家人离开吴国都城的那一天，天气格外晴朗，姑苏城内像往常一样热闹非凡，孙武一家的马车缓缓地驶在通往城外的石板路上。孙武看着熟悉的街道和忙碌的百姓，心中不免有些惆怅。

孙武一家的马车就要驶出姑苏城门时，突然身后传来急促的马蹄声响，不一会儿，一队骑马的人奔到了孙武马车的前方，拦住了孙武的去路。骑在马上的是阖闾和他的宫卫。阖闾勒住马，看着孙武问："孙武，你这是要走吗？"

孙武在马车上拱手道："是的，大王。孙武不习惯在喧嚣的街市居住，意欲隐居山林，修身养性。"

阖闾沉默了片刻，说："我吴国之罗浮山可谓湖山一色，景致宜人，你可以在那里居住，寡人闲暇时也可以去看望你。"

孙武道："感谢大王一番美意，但故土难舍，孙武想回到自己的家乡齐国，在那里安居。"

阖闾闻言脸色一变，说："齐国你不能去，那是寡人的敌人！"

孙武道："那我就去鲁国，鲁国乃周公的故土，崇尚礼仪，号称礼仪之邦。"

阖闾说："鲁国你也不能去！除了吴国，你哪里都不能去！"

孙武微微一笑，道："孙武只听说各国君王礼贤下士、招揽人才，未曾听说还有不让人离开的道理！"

阖闾面色凝重，缓缓道："因为你不是一般的人才，你是百年难得一遇的将帅之才，无论哪个国家得到你，都可以称霸天下，所以寡人不允许你去其他国家。"阖闾说罢，看着孙武，又道，"寡人希望你留下，留在寡人身边，帮助寡人称霸天下！"

孙武叹道："人一旦动了想走的念头，任何力量也不会让他留下的！"

阖闾阴沉地说："你要走，我就杀了你！寡人得不到的东西，他人也别想得到！"阖闾说着慢慢地抽出了随身带的"湛卢"剑，那宝剑在阳光下闪烁着阴森森的光泽。

孙武沉稳地看着阖闾，道："死，我见得多了！大王就是杀了我，我也是去意已决！"

阖闾用剑一指孙武，对宫卫们说："拿下！"

宫卫们上前正欲捉拿孙武，只见众多吴国大臣沿着姑苏的街道向城门这里跑过来，跑在最前面的是伍子胥。

伍子胥跑到阖闾面前，扑通一声跪下，对阖闾道："大王，孙武不能杀啊！"

身后的大臣们也纷纷跪倒在阖闾面前，专毅也在其列，他们向阖闾叩首道："大王，上将军不能杀！"

第三十回　明君慎之

专毅直起身躯，对阖闾道："大王，孙武乃天下之才，他的兵法必将千古流传，你若杀了他，将遭到天下人的唾弃！"

阖闾看着专毅，说："即便天下人都鄙视寡人，寡人也要杀了孙武。寡人不能看着他带着他国的军队涂炭寡人的吴国！"

伍子胥诚恳道："大王，微臣曾经和孙武有过长谈，他说他再也不会做兵家了，也不会帮助任何国家！请你放过孙武吧！"

阖闾看了看伍子胥，问："那你呢，你是否也要抛弃寡人呢？"

伍子胥道："大王若放过孙武，伍员将毕生跟从大王；大王若杀掉孙武，不但是伍员，怕是天下的人才，都不会来吴国了！"

阖闾沉思片刻，他看了看跪在面前的众臣，心里说：若天下的人才都不来我吴国，寡人可如何是好呢……他又看了看孙武，然后说："孙武，你答应寡人，不再辅助他国，不再讲授你的兵法，若是这样，寡人可以放过你！"

孙武坦然道："大王，我已经说过了，我厌倦了国家间的争斗，厌倦了战争，我不会再帮助任何国家，并且，从此不再讲授我的兵法。"

阖闾收起"湛卢"宝剑，对跪在面前的伍子胥等人说："你们都起来吧，寡人同意孙武离开吴国！"

伍子胥等众臣纷纷站起，靠在路旁。

阖闾对孙武说："兵家讲究的是一个信字。寡人相信你，你走吧，快点离开吴国，否则，寡人一旦后悔，你可就走不了了！"

孙武拱手施礼，对阖闾道："多谢大王！"

孙武的马车向姑苏城外缓缓驶去。

伍子胥等众臣向孙武拱手施礼告别。

伍子胥对孙武道："长卿兄，一路保重！"

专毅对孙武道："上将军，一路走好啊！"

阖闾并不看孙武，他的眼中似乎有泪水在打转。

阖闾大声对宫卫们道："回王宫！"说着，阖闾打马向姑苏城内疾奔而去，身后的宫卫们也都骑着马跟了上去。

伍子胥和专毅等大臣没有走,他们站在城门内,默默望着远去的孙武。

孙武的马车渐渐地消失在城门外的原野中……

三

孙武的马车在茫茫的原野上行驶着,路上的小麦已经返青了,绿油油的一片,菜花也黄了,金黄色的菜煞是好看。路边的桃树开花了,雪白的花朵在春风里摇曳不停,散发出扑鼻的香气。

看着这些生机盎然的春色,孙武的心情终于舒展了一些,他看了看车上的夫人和孙驰,夫人也和他一样,孙驰却低着头,想着自己的心事。自从孙武要离开吴国,孙驰的病似乎好了许多,他能料理自己的事情了,闲暇下来,还能安心看一看《诗》,但是他绝对不看兵书,也不提兵法。当然,孙武的家已经没有一册兵书了。

孙武的马车就要走到太湖边了,突然身后传来阵阵马蹄声,有几匹马从身后飞奔而来。孙武的心不由得又提了起来:难道阖闾反悔了?

那几匹马近了,骑在马上的是伍子胥和专毅几人。孙武提着的心又落了下去。伍子胥的马在孙武的马车前停下来,伍子胥对孙武道:"长卿,我不放心,我来送送你。"

孙武笑了笑,说:"有什么不放心的,茫茫原野,任我驰骋啊!"

伍子胥道:"我担心大王,说不定一会儿的工夫,他又改变主意,不让你走了。"

孙武看着伍子胥,想说什么,又没说,只是苦笑一声,对伍子胥说:"子胥,在吴王身旁待久了,都会这样想,我劝你还是离开吧。"

伍子胥叹道:"我这辈子就一个愿望,为父亲和兄长报仇。如今仇报了,我也没有什么念想了,只有跟从吴王了,毕竟是他让我得以报了深仇大恨!"

两人说着,马车已经来到了太湖边,突然孙驰在车上喊道:"雾雨的

第三十回　明君慎之

坟墓不见了!"

大家向湖边看去,那里是埋葬要离的墓地,要离的坟墓旁边本来有一座小坟墓,那是雾雨的墓,如今雾雨的墓真的不见了,只有要离的墓还立在那里。

大家纷纷下了马车,来到要离的墓前,四处查看着。要离的坟墓旁,一点痕迹也没有,雾雨的坟墓仿佛根本就没有存在过一样。

孙驰看着雾雨的坟墓曾经立过的地方,感到非常困惑,他嘟囔道:"奇怪,真奇怪!"

孙驰抬头望着苍茫的太湖,太阳落在湖水上,雾气中的湖水泛起粼粼波光。孙驰和雾雨之间发生的一切就像这太湖的雾一样,似乎是场梦,到底有没有雾雨这个人,孙驰也产生了怀疑,但吴楚之间的这场战争是实实在在发生过的,孙驰腿上的伤至今还在疼。

突然,孙驰高声唱道:"关关雎鸠,在河之洲,窈窕淑女,君子好逑。参差荇菜,左右流之。窈窕淑女,寤寐求之。求之不得,寤寐思服。悠哉悠哉,辗转反侧。参差荇菜,左右采之。窈窕淑女,琴瑟友之。参差荇菜,左右芼之。窈窕淑女,钟鼓乐之。"

孙驰唱诗的声音落在太湖上,在雾气中飘出去,传了很远很远。

孙武告别了伍子胥和专毅,离开了太湖,驾着马车驶向他梦寐以求的地方……

　　按:吴王阖闾将孙武送给他的十三篇兵法烂熟于心后,把它珍藏于姑苏台,作为国宝。后来,因为吴国穷兵黩武,被越王勾践消灭,越军占领了姑苏城,放火烧了姑苏台,世人都说,孙武的兵法十三篇已不复存在。

　　许多年后,孙武的后代孙膑从鬼谷子那里继承了孙武的兵法,那是孙武根据记忆抄写的另一副本,兵法十三篇才得以流传后世。

2021 年 12 月